Nicholas Erba

KANAIT
LA PRIMA ALBA

Libro terzo

Kanait – La Prima Alba è un'opera di fantasia. Nomi di personaggi e luoghi sono basati sulle conoscenze della lingua nativa americana, e riadattati dall'autore per essere resi fruibili. Pertanto, qualsiasi analogia con fatti, luoghi o persone, vive o scomparse, è totalmente casuale.

PREFAZIONE

Scrivo queste parole dopo aver digitato la parola "FINE", all'ultima pagina di questo romanzo, che sancisce ufficialmente la fine di questo incredibile viaggio.
È stato un percorso lungo, durato otto anni: scrissi la prima riga, dalla quale tutto ebbe inizio, il 18/10/2015, e da allora sono cambiate così tante cose, e io stesso sono cambiato così tanto, che penso valga la pena spendere le mie ultime parole tra queste pagine per dedicare un pensiero a quello che è stato KANAIT per me.

Scrivo da quando ne ho memoria, questo è doveroso dirlo.
Letteralmente, sognavo di fare un mio libro, quando ancora non sapevo scrivere! Davvero: prendevo dei fogli di carta, li piegavo in due unendoli tra loro con un elastico, scarabocchiavo qualcosa di insensato e poi andavo in giro a elogiare il mio fantastico libro.
A sei anni scrissi una poesia, mentre mi trovavo in campeggio, e la lessi ad alta voce sul palco in una serata dedicata, davanti a tantissima gente.
Nel 2012 partecipai al mio primo concorso letterario, e l'anno successivo, a maggio 2013, il mio racconto vinse.
Da quel momento, grazie soprattutto alla fiducia dei professori che mi stavano intorno, iniziai a credere che quella passione, quel desiderio che mi portavo nel cuore fin da piccolo, potesse divenire qualcosa di più...

Ed è così che arriviamo al 2015.

Credo sia simpatico pensare che, inizialmente, KANAIT non fosse stato pensato per essere... KANAIT. Sì, perché alle origini, volevo scrivere una storia che raccontasse la Guerra d'Indipendenza Americana vista dagli occhi di un bambino della tribù Mohawk.
Provai a scrivere qualche pagina, ma ben presto mi resi conto che la mitologia delle tribù Mohawk, Lakota, Sioux, Cherokee etc. era così affascinante, che privare un racconto di tali miti e leggende sarebbe stato un vero peccato... quantomeno, per un appassionato del genere Fantasy quale sono.

Riscrissi il racconto da zero, e dalle prime pagine iniziai a immaginare un mondo che si distanziava sempre più da quello reale, in favore di qualcosa di completamente diverso: qualcosa di nuovo, che però mantenesse quanto più possibile la mitologia nativa americana all'interno di un racconto dai toni epici e drammatici. Sono quasi certo che il primo titolo che mi venne in mente fu "La leggenda dell'Aquila di Fuoco".
Per fortuna, cambiai idea molto velocemente.

Scrissi il primo capitolo, che tra l'altro è rimasto pressoché identico a come figura in PRELUDIO DI GUERRA.
Decisi che la storia aveva del potenziale; o, quantomeno, volevo crederlo con tutto me stesso.
Aprii un nuovo file, e iniziai a scrivere l'intero racconto: nei due anni successivi studiai le leggende delle tradizioni dei popoli nativi, lessi i grandiosi miti tramandati dalle

tribù, prendendo sempre più ispirazione per il racconto che stava acquisendo forma.
Il 14/08/2017 (ultima modifica del file, a quanto scritto in questo momento sul mio computer), finii di scrivere la traccia del racconto.
Da lì in poi, susseguirono titoli e sottotitoli per il romanzo: "La Leggenda dei Figli", "I Dodicesimi Figli", e poi ancora "Corno di guerra" per il primo atto, "La Prima Alba" per il secondo, e "Ultima Luna" per il terzo.
...
Ripeto: per fortuna, cambiai idea molto velocemente.
Anche se, stavolta, i documenti Word non lasciano dubbi: ero seriamente convinto che funzionassero!

Nei mesi successivi scrissi a rotta di collo il primo atto, PRELUDIO DI GUERRA, e lo pubblicai.

Qualcosa, però, mi spense l'entusiasmo, e qualche mese dopo la pubblicazione, successivamente alla stesura del primo capitolo del secondo atto, mi fermai.
Non credevo più in quello che stavo facendo; perlopiù, la mia vita cambiò drasticamente. E io, intenzionato a voltare pagina (ironico, vero? "pagina", i libri... ok, come non detto.) misi da parte KANAIT, lasciandolo a prendere polvere nei meandri del pc.

E lì vi rimase... per cinque anni.

Eppure, lui era sempre lì: nel profondo della mia mente, là tra i ricordi, il rimpianto di aver abbandonato il mio

grande sogno tornava periodicamente a bussare alla porta.
E fu solo nel tardo 2021 che decisi – non senza una doverosa spinta, cui sarò per sempre grato con tutto il mio cuore – che quel sogno andava portato a termine.
Per me, per il mio spirito, e per il mio bene; per il rispetto verso quel bambino che correva in giro per casa con dei fogli legati con un elastico... e per quella parte di me che voleva assiduamente che KANAIT divenisse un esempio, per il mio futuro.

Da quel momento in poi, ogni giorno (davvero, OGNI GIORNO), KANAIT non mi ha mai più lasciato: mi sono innamorato di nuovo del mio racconto, del mondo che stavo andando a creare, e che a sua volta stava espandendosi e arricchendosi sempre più, al punto da modificare e riscrivere alcuni momenti persino del primo libro, perché il mio universo narrativo stava prendendo una forma che andava ben oltre la mia immaginazione!

E così, pubblicai nel febbraio 2022 il secondo atto; e ora, con un sincero magone, mi accingo a chiudere una volta per tutte anche questo terzo e ultimo capitolo.
Ci sarebbero altre storie che vorrei raccontare: ad oggi, mentre scrivo, già viaggia nella mia mente qualche idea per un possibile prequel su Wakan Tanka (di cui si leggerà nelle ultime battute della storia) il cui mito originale, tra gli altri, è quello che mi ispira maggiormente.
Ma questo sarà tutto da vedere, perché non ho davvero idea di cosa mi riserverà il futuro.

Posso solo dire questo, concludendo: sono grato a KANAIT per avermi salvato, letteralmente, da un periodo buio della mia vita, aiutandomi a comprendere meglio chi sono e facendomi continuamente mettere in gioco per migliorarmi.
Grazie a Kitaan, a Mogan, a Mayka e a Tonikua, e a tutti gli altri personaggi che vivranno per sempre tra queste pagine, ho imparato chi sono, e ho appreso una grandissima lezione: bisogna sempre seguire il proprio cuore e realizzare i propri sogni, indipendentemente dagli ostacoli che ci vengono posti davanti, ma soprattutto dalle paure che nascono da noi stessi, e che troppo spesso ci privano di ciò che ci fa davvero sentire realizzati... che ci fa sentire vivi, e che ci dà, al fine, un senso.

E mi auguro, con tutto il cuore, che questo possa essere d'esempio, a tutti coloro che apriranno questo romanzo.

Nicholas Erba

Kanait

La Prima Alba

LA VALLE

TERRE DELLA NOTTE
FORESTA DEL SILENZIO
HASKAU
MONTI MATHEWI
TAWATTI
MOKANZEE
TAEYSA
AGHENDI
HOTOMAK
MONTI LEESKAH
YOKNTUH
BAIA DEL SALE
ODUM
MACHMAK
WEENAS
WRYANTHO

I

IL DOMINIO DEL LUPO

«No! Madre!»
Il volto di Akima era spento; i suoi occhi, persi nel vuoto.
Non v'era in lei più nulla di ciò che era sempre stata: la sua bellezza, la sua dolcezza, ma anche la sua forza e la sua tempra, non erano che un mero ricordo sgretolatosi sotto il peso di un destino atroce.
«Madre! No! Madre!» gridò disperato Kitaan, che a stento riusciva a vedere con nitidezza la donna legata davanti a lui attraverso le lacrime, mentre veniva trascinato via dai suoi stessi uomini; gli uomini di suo fratello.
Ella era stata così tremendamente devastata dalle torture perpetratele dal nemico, che aveva perso il senno: non era stata in grado di riconoscere i suoi stessi figli, e ora sembrava più un fantoccio, che un essere umano.
Una figura vuota, senza più ricordi, che si dondolava con fare assente, legata ad una colonna nella sala che stava andando a fuoco.

Eppure, finalmente alzò lo sguardo, e i suoi occhi trovarono quelli di Kitaan: al ragazzo parve di intravedere una luce in essi.
Forse, per un istante, lo aveva riconosciuto. Forse, per un breve momento, era riuscita a ricordare.
Come una belva che si avvinghia sulla sua preda, così le fiamme si avvolsero veloci sulle travi del soffitto, che cedendo crollarono dinnanzi a Kitaan. Ora, legna e fuoco lo separavano irrimediabilmente da sua madre.
E gli occhi di lei erano ancora lì, fissi in quelli di suo figlio.
«Madre! No!» gridò nuovamente.
Un'esplosione di fuoco proveniente dalla sala lo raggiunse, e lo inghiottì.

Kitaan si svegliò di soprassalto.
La pioggia del temporale scrosciava incessante, e un cielo grigio era dipinto sopra la sua testa. Enormi onde si innalzavano fin sopra il parapetto dell'imbarcazione, e andavano infrangendosi violente sul ponte della nave e sugli uomini che la guidavano, chi vogando, chi impartendo ordini con grida volte a sovrastare il rumore del temporale e del Vento Blu, che pareva quasi intenzionato a inghiottirli negli abissi da un momento all'altro, tanta era l'irruenza di quelle onde.
Sentì il cuore martellare nel petto, e a stento l'aria giungeva ai polmoni.
«Madre...» sussurrò con un velo di voce.
Si rese conto ben presto di quanto stesse tremando: non era la pioggia dirompente o la gelida brezza proveniente dal Vento Blu a paralizzarlo e a mozzargli il fiato, bensì

qualcosa che si ergeva dalle parti più viscerali e recondite di quel suo animo distrutto.
Il terrificante sogno dal quale si era destato altro non era che il ricordo di quanto accaduto appena poche ore prima: la Grande Casa di Odum in fiamme, l'assalto da parte dei Lupi di Hotomak, i guerrieri che lo trascinavano via dalla sala... il corpo devastato di Keelosh steso a terra senza vita... Mogan, in piedi in mezzo alla stanza, sporco del sangue di Mundook... e dinnanzi a lui, Akima, la loro madre.
Una devastante consapevolezza si incatenò a quei ricordi: tutto era realmente accaduto.
E Akima... l'immagine di sua madre avvolta dalle fiamme fu quanto di più doloroso Kitaan avesse mai provato in vita sua, al pari di quando – per quello che ora sembrava un tempo lontano un'intera vita – aveva saputo della morte di suo padre Kayr per mano di Kurut in persona.
Eppure, questa volta il dolore della perdita aveva un sapore ben più amaro, e infinitamente più angosciante: non era stato il nemico a scegliere il fato di un suo caro.
Ed eccolo lì, senza neppure bisogno di chiudere gli occhi perché l'immagine gli potesse apparire nitida: Mogan era davanti a lui, lo sguardo colmo d'un odio primordiale; uno sguardo che aveva dimenticato l'amore fraterno. In una mano il tomahawk insanguinato, nell'altra la fiaccola infuocata.
Egli era stato l'assassino della loro stessa madre: l'aveva osservata a lungo, aveva visto con i suoi stessi occhi ch'ella aveva perso il senno... e quindi l'aveva rinnegata. Come madre, e come essere umano. Non era più nulla, ormai. E

così aveva appiccato l'incendio nella Grande Casa, proclamando il gesto come l'inizio della sua vendetta contro Kurut.
Lasciando sua madre legata a una colonna.
Lasciandola bruciare viva, insieme a tutto il villaggio di Odum.
E lui, Kitaan, non aveva potuto fare nulla per impedirlo.
Lentamente alzò le mani, che notò essere legate, si tastò con la punta delle dita il volto, e sentì un bruciore lancinante divampare: Mogan aveva sferrato contro di lui un colpo di tomahawk, in un momento di furia, e la lama dell'arma aveva fatto un taglio netto lungo il viso del giovane Lupo, proprio sopra l'occhio e lungo la guancia. Il ragazzo non aveva perso la vista per un pelo. Ma cosa ben più importante, quella ferita era la prova che tutto era cambiato, per sempre. Quel taglio sul volto era portatore d'una terribile verità: suo fratello Mogan si era irrimediabilmente perso, consumato dall'ira, dall'odio, dalla corruzione di Yanni, e dallo spirito del wendigo con il quale ella aveva infettato l'animo di Mogan.
La cognizione di quanto accaduto bagnò il volto di Kitaan, trasformandosi in un silente e soffocato pianto, le cui lacrime si mischiarono alla pioggia e alle onde che gli si frantumavano intorno.

D'un tratto, qualcosa lo fece rinsavire.
«Terra!» gridò l'uomo in testa alla nave, proteso in avanti per scrutare l'orizzonte al di là della coltre di pioggia, e ben saldo alle cime di prua per non farsi trascinare via dalle onde.

Kitaan sentì alle sue spalle un rumore di passi, decisi e svelti; si voltò, e fu allora che lo vide.
Egli pareva una figura oscura nata da un incubo: gli occhi dall'iride color ghiaccio e sclera nera, contornati da ecchimosi scure intorno ad essi e da graffi che partivano dalle palpebre e scendevano lungo le guance, erano appena visibili sotto la testa di lupo che gli faceva da copricapo; era avvolto nel manto dell'animale, che danzava al volere del vento. I muscoli tesi, il passo deciso, come un predatore pronto ad attaccare, ma sintomo in realtà di una ferocia che trovava radici in un animo corrotto. Lo sguardo, infine, era glaciale: non vi fu uomo alcuno, sulla nave, che osò guardarlo negli occhi, per via del timore e della paura ch'egli trasmetteva. Appariva come una figura solo in parte umana: era più una belva, una creatura che richiamava a sé oscurità e angoscia, portatrice d'un male che poteva solo essere immaginato, e temuto.
«Mogan…» sussurrò tra sé Kitaan, guardando suo fratello farsi largo tra i guerrieri che navigavano per lui.
Quest'ultimo lo superò senza neppure rendersi conto della sua presenza, e si portò a prua, spostando l'uomo che aveva dato l'avviso, per scrutare l'orizzonte dinnanzi a sé.
Rimase lì fermo qualche istante, poi si voltò verso i suoi uomini.
«Preparate le armi.» ordinò.
Nel trambusto che ne seguì, Kitaan trovò la forza di sollevarsi, e di protrarsi sul parapetto a osservare a sua volta ciò verso cui si stavano dirigendo.
Yokintuh era sempre più vicina.

Atterrito, si guardò intorno: gli uomini stavano armandosi. Tomahawk, lance, archi e frecce venivano passati di guerriero in guerriero; posò lo sguardo su Mogan, e notò che la sua mano era talmente salda al tomahawk legato alla cinta da tremare, e come essa anche il braccio. Era come in preda alle convulsioni, seppur appena percettibili.
Kitaan si mosse verso il fratello: quali che fossero le sue intenzioni, andavano fermate, poiché era chiaro ormai che egli aveva perso il lume della ragione.
Spintonò e venne spinto dai guerrieri, cercando di avanzare, ma fu dopo appena pochi passi che, per la prima volta, Mogan posò il gelido sguardo su di lui.
E quello sguardo fu come una lama che attraversò il cuore di Kitaan.
«Mogan!» lo chiamò il ragazzo, cercando di isolare l'inquietudine che il Figlio del Lupo emanava; un'inquietudine data non solo dalla visione di quell'essere così diverso dal ragazzo con il quale era cresciuto, ma anche a causa della consapevolezza del male di cui egli si era macchiato, dell'odio e della rabbia che sembrava essere ormai l'unica cosa che li legasse, giacché ogni altro tipo di legame, di sangue o di fratellanza, sembrava essersi perso definitivamente.
«Legatelo. E che non parli.» ordinò Mogan ai suoi uomini, mantenendo lo sguardo fisso su quello che una volta chiamava fratello.
«Mogan, devi fermarti!» gridò Kitaan; i guerrieri lo circondarono. «Non sai cosa stai facendo, devi -» Ma non riuscì a finire la frase, poiché qualcuno da dietro lo imbavagliò, e altri uomini gli furono addosso.

A nulla servì cercare di opporsi e dimenarsi: venne tenuto fermo e percosso finché, stremato, non cadde sulle sue stesse gambe.
Dolorante e sconfitto, alzò lo sguardo: Mogan gli era sopra, e lo guardava con lo stesso sguardo con il quale lo aveva guardato a Odum, la notte in cui Akima bruciò viva. Uno sguardo di ribrezzo, uno sguardo d'odio.
Kitaan non riuscì a ricambiare lo sguardo in modo diverso: in quegli occhi di ghiaccio vide sua madre, vide il fuoco che la circondava, vide il wendigo... per un attimo desiderò distruggere quella creatura, vendicarsi dei crimini che aveva commesso; provò una rabbia così viscerale da provocargli nausea, e dai suoi occhi tutto questo era percettibile, senza bisogno di parola alcuna.
I due fratelli rimasero così, per un tempo che parve durare una vita, ma che in realtà non durò più di qualche istante; in quel tempo, tutto era chiaro: ogni bene tra loro, era perduto.
Mogan si voltò, e prese posto a comando della nave; Kitaan abbassò nuovamente lo sguardo, e il dolore per ciò che stava accadendo divampò dal profondo del cuore sino agli occhi, i quali versarono un'ultima lacrima.

La loro nave fu la prima a raggiungere la battigia, seguita poco dopo dalle altre: tutti i soldati si gettarono in acqua, e combattendo la forte marea, avanzarono per i pochi passi che li separavano dalla terraferma.
Kitaan venne preso di forza da due guerrieri e trascinato giù dall'imbarcazione: finì sott'acqua, e annaspò cercando di tornare in superficie, ma fu arduo, poiché i guerrieri lo

tiravano in avanti, noncuranti del fatto ch'egli respirava a malapena. Pareva, anzi, una sorta di subdola tortura: lo avevano privato della forza delle gambe, e lo trascinavano a forza contro le onde, ora spingendolo sott'acqua, ora strattonandolo in avanti.
Finalmente, Kitaan sentì sotto le sue deboli gambe la terraferma: i due uomini lo lasciarono cadere a terra, e lì lui vi rimase, stremato.
Alzò lo sguardo appena riuscì a riprendere fiato, e si guardò intorno: erano arrivati alla spiaggia, davanti alle mura di Yokintuh. L'intero villaggio, i guerrieri delle tribù del Wapiti e dell'Aquila, tutti erano lì ad aspettarli; Tonikua e Mayka erano in prima fila, davanti a chiunque altro, pronti ad accogliere il ritorno dei loro alleati.
Ma il volere degli Spiriti Antichi aveva riservato un fato ben diverso dalle aspettative e dalle speranze che giacevano nei cuori di quegli uomini e di quelle donne.
Questo fu chiaro, quando Kitaan intravide tra la folla Niiza, Anhau e Tysmak, con la madre Naya e il padre Tailock dietro di loro: essi lo avevano visto, e lo guardavano sconcertati e increduli.
Mogan si fece largo tra i suoi guerrieri, Lupi e Bisonti, e avanzò lentamente, a testa bassa: pareva una creatura metà lupo e metà uomo; si fermò quando si trovò esattamente tra il suo esercito e i suoi alleati. Allora alzò finalmente lo sguardo: i suoi occhi si posarono lentamente su Tonikua, su Mayka, sui guerrieri wapiti e sulle guerriere aquile; su Meeko, sulla Grande Saggia. Sugli uomini, sulle donne e sui bambini di Yokintuh. Su tutti coloro che erano lì per lui.

Ma chiunque di quelle persone si rese conto ben presto che l'uomo che avevano davanti non era lo stesso che li aveva salvati diverse lune prima: ora, dinnanzi a loro, v'era un essere spaventoso alla visione, e nel cui sguardo non v'era speranza o gioia, ma rabbia e inquietudine. Il gelido vento e la pioggia che violenta scrosciava su di loro erano solo un contorno che enfatizzava l'angoscia che egli emanava.
Non una parola venne udita per diversi istanti: istanti lunghi, pesanti, soffocanti. Poi, finalmente, forse stanco di quel silenzio che tanto l'angosciava, fu Tonikua a parlare per primo.
«Mogan...» fece, avvicinandosi lentamente al suo alleato, gli occhi che passavano da lui ai guerrieri alle sue spalle.
Il Lupo posò lo sguardo torvo su Tonikua. «Mundook è morto.» annunciò, con tono distaccato.
Tonikua spalancò gli occhi: dal suo sguardo trasparì una velata nota di gioia. L'uomo che aveva ordinato la morte di sua moglie Mara, che aveva soggiogato il suo villaggio e fatto prigioniero suo figlio e i suoi uomini, l'uomo che aveva attaccato la Terra del Wapiti e che aveva massacrato così tanti dei suoi uomini... era finalmente morto. Non vi fu rammarico per non averlo ucciso con le proprie mani, giacché l'importante era che egli fosse infine caduto.
Eppure, il tempo della gioia non era destinato a durare più di quell'istante: lo sguardo di Mogan era rimasto torvo, e gelido; e, cosa più importante, non vi era traccia di una persona in particolare.
«Mogan... dov'è Keelosh?» chiese Tonikua, posando lo sguardo ora sul Figlio del Lupo, ora sugli uomini alle sue spalle.

Silenzio.
«Mogan?» ripeté Tonikua. Passarono alcuni secondi, poi il silenzio che seguì la domanda divenne esso stesso una risposta, e fu allora che la paura si aggrappò al cuore del Wapiti, così veloce e così forte che già la voce divenne null'altro che un sussurro strozzato dal terrore. «Dov'è mio figlio?»
Mogan non fece altro che sospirare.
«Dov'è mio figlio?» gridò disperato il Figlio del Wapiti.
Ci fu ancora qualche istante di silenzio.
«Tuo figlio è caduto, Tonikua.» confessò infine Mogan, gelido nel tono e senza mostrare dolore alcuno in viso.
Il volto dell'uomo si corrugò: le labbra presero a tremare, gli occhi si riempirono di lacrime, ed egli quasi smise di respirare, annaspando.
«No...» sussurrò con quel filo di voce che riuscì a emettere, mentre le lacrime già solcavano il suo viso. «No... no... no... Mogan, dov'è mio figlio? Dov'è mio figlio?» gridò, aggrappandosi al Lupo e strattonandolo, nella speranza di estorcergli una diversa risposta.
Ma Mogan non rispose, rimanendo impassibile e, di contro, si fece indietro di qualche passo, guardando freddo l'uomo al quale stava spezzando il cuore, con lo stesso sguardo disgustato e infastidito con il quale un passante guarda un appestato.
Tonikua si lasciò cadere in terra, gridando e lasciandosi andare ad un pianto disperato.
Già una volta Mundook gli aveva portato via una persona cara, e ora succedeva di nuovo.

Si strinse la mano al petto, come per cercare di tenere insieme un cuore che andava in frantumi e che faceva male, quasi al punto da fermarsi.
L'intero villaggio gli fece eco: grida di dolore, urla e pianti disperati riempirono l'aria.
Kitaan riuscì a vedere i suoi amici piangere e stringersi l'un l'altro, tra la folla: Anhau e Tysmak erano stati grandi amici di Keelosh sin dalla più tenera età, quando Tailock aveva salvato la vita del piccolo figlio del capotribù da un annegamento. Tra loro si era creato un legame quasi fraterno, in cui Keelosh era chiamato a svolgere il ruolo di fratello maggiore, pronto a rimproverare i due scapestrati e a provare a indirizzarli verso una maturità che i due faticavano a intraprendere. Eppure, nel momento del bisogno, i due fratelli non avevano esitato un solo istante: quando, durante l'assedio di Mundook, Kitaan si era detto pronto a liberare dalla prigionia Keelosh e i guerrieri wapiti, Anhau e Tysmak si erano offerti immediatamente volontari per aiutare e fare la loro parte, seppure non fossero abili nell'arte della guerra. E quando Kitaan aveva deciso di navigare verso l'isola Weenas in cerca degli Sciamani, i ragazzi avevano seguito Keelosh e si erano uniti a quella spedizione a cuor leggero, senza preoccuparsi dei rischi che stavano per correre, pur di rimanere vicini al loro amico. E ora lo avevano perduto, per sempre. Il dolore che quella famiglia stava provando fu pari a ciò che stava devastando lo stesso Tonikua.
«Dov'è?» chiese il Figlio del Wapiti a Mogan, senza neppure cercare di ricomporsi. «Dov'è il suo corpo?»

Kitaan, all'udire di quella domanda, ebbe come una visione, un ricordo che esplose davanti ai suoi occhi: il villaggio di Odum preso d'assalto e in fiamme, la Grande Casa avviluppata dal fuoco, Akima, il corpo di Keelosh a terra.
«A Odum.» rispose freddo Mogan.
Tale risposta, forse, fu in un qualche modo più dolorosa della notizia stessa della morte di Keelosh: l'idea di non poter neppure riavere indietro le spoglie del figlio, fece tremare Tonikua ulteriormente, spezzandogli ancor di più un animo ormai già completamente in frantumi.
«Perché?» fece il Figlio del Wapiti, incredulo. «Perché non mi hai riportato mio figlio, Mogan?» E dicendo questo, cercò la forza nelle gambe per rialzarsi, seppur goffamente: ma ora nei suoi occhi v'era qualcosa di più del dolore.
Mogan lo osservò, senza mai sottrare il suo sguardo privo d'emozioni dall'uomo. Fece una smorfia, appena accennata, poi parlò, con voce ferma.
«Sono successe molte cose, durante l'assedio. Ma ora Odum è stata distrutta: non ne rimane altro che cenere.»
«*Non ne rimane altro che cenere*?» ripeté disgustato Tonikua. «Tu... hai lasciato mio figlio alle fiamme?» gridò, appena prima di gettarsi su Mogan, infuriato e privo d'ogni forma di ragione.
Ma il Figlio del Lupo, forse pronto a una tale reazione e già con i muscoli tesi, non gli diede tempo di fare un solo passo, che lo tramortì con una tale forza da far cadere il possente Wapiti in terra.
Bastò questo: in un baleno, i guerrieri di Yokintuh estrassero le armi, facendosi largo tra la folla e avanzando:

di contro, gli uomini di Mogan erano già stati preparati a questo. *"Preparate le armi"* aveva ordinato Mogan, prima di giungere alla spiaggia. Questo diede vantaggio ai guerrieri della tribù del Lupo e del Bisonte: essi si fecero avanti a loro volta, affiancandosi a Mogan, chi puntando con le lance, chi mettendosi in posizione di combattimento con asce e tomahawk, chi flettendo l'arco, in attesa di scoccare la freccia.
Meeko, e i guerrieri di Yokintuh tutti, rimasero esterrefatti, e increduli, dinnanzi un tale gesto: laddove il loro approntarsi a difesa del loro capotribù altro non era che un gesto d'avvertimento, per coloro che si facevano chiamare "alleati" e per Mogan era l'inizio, già premeditato, di uno scontro.
Ma fu lo stesso Figlio del Lupo ad alzare le braccia, prima che le due fazioni potessero darsi battaglia.
«Fermi!» gridò con tutta la forza che aveva in corpo. Il suo intento era quello di sorprendere e spaventare i guerrieri wapiti, e aveva funzionato, ma non voleva combattere, non ancora.
«Non voglio inutili spargimenti di sangue!» continuò, facendo sua l'attenzione. Posò un'ultima volta gli occhi su Tonikua, ai suoi piedi, e con lo sguardo gli suggerì di non provare ulteriori, folli gesti. Poi continuò, rivolgendosi stavolta a tutti i presenti. «Sono venuto qui, per liberarvi dal vostro nemico! Dal *nostro* nemico! Dall'uomo che stava distruggendo il vostro villaggio, che stava mettendo a repentaglio la vostra vita! Dalla bestia che ha massacrato le vostre donne, e i vostri bambini, davanti ai vostri occhi! E mentre Mundook si ritirava, e si preparava ad un nuovo

attacco, *io* ho cercato un modo per distruggere definitivamente lui, e Kurut, una volta per tutte! Ho preso decisioni difficili, e ho sacrificato molto, per voi! E l'unica cosa che avevo chiesto, era di fidarvi di me! Ma voi mi avete voltato le spalle!» La sua voce, già possente e decisa, era divenuta ancor più autorevole ora che ogni parola era carica di rancore e di rabbia. «Sono stato tradito! Da coloro che chiamavo alleati e che chiamavo fratelli!» e dicendo ciò, puntò il dito contro Kitaan, ponendo su egli il peso di quelle parole. «Avete disobbedito ai miei ordini, e facendo ciò avete dato al nemico l'opportunità che stava aspettando, mettendo a repentaglio non solo la nostra causa, ma vite preziose! Vite che abbiamo rischiato di perdere, e che abbiamo perso!» Posò nuovamente lo sguardo su Tonikua, e lo guardò con disprezzo; poi i suoi occhi si portarono su Kitaan, e poi su Tysmak, Anhau, Niiza, e Mayka, e a tutti loro riservò lo stesso, gelido sguardo. «Ma quando Mundook ha catturato Keelosh, e Kitaan, al largo di Yokintuh, chi di voi si è fatto avanti? Chi, tra voi, ha avuto il coraggio di issare le vele e andare a salvare il vostro amato futuro capotribù? Nessuno!» Il suo sguardo accusatorio passò su tutti i presenti ancora una volta, prima di riprendere a parlare. «No... *Io* ho preso i miei uomini, e coloro che per ultimi si sono uniti alla nostra causa, mostrandosi più leali di chiunque di voi, e sono andato a riprenderlo! *Io* ho attaccato Odum, senza paura o timore! *Io* ho affrontato Mundook in persona, e gli ho strappato lo spirito dal corpo! È morto per mano *mia*! E ho fatto in modo che bruciasse... lui, e il suo villaggio... fino a ridurre in cenere ogni casa, e ogni uomo che si fosse

messo contro di me, e contro di voi!» Poi si rivolse a Tonikua, ma con l'intento di farsi ben udire da tutti. «Sono arrivato troppo tardi per Keelosh, ma nessuno di voi ha fatto nulla per salvarlo, prima di me! Siete rimasti fermi, a piangere, a pregare gli Spiriti Antichi che non gli succedesse nulla, mentre veniva massacrato!» Alzò nuovamente lo sguardo, ora volgendo la parola a chiunque fosse lì ad ascoltarlo. «Ma l'ho vendicato. Ho inflitto a Kurut un dolore pari a quello che lui ha inflitto a me molto tempo fa, e che ha inflitto ora a voi: ho strappato la vita di un suo caro. E questo, non solo lo distruggerà come padre, ma come capo: il suo miglior sottoposto è caduto. L'uomo sul quale faceva più affidamento, con il quale pianificava di distruggerci, non è ora nient'altro che un cumulo di cenere! È una grande vittoria per noi, per l'intera Valle! Oggi, noi rispondiamo per la prima volta alla tirannia di Kurut, e ci prepariamo a distruggere per sempre il suo mondo, e ciò per cui lotta! Io lo giuro, davanti a voi e davanti agli Spiriti Antichi: non mi fermerò. Questo è solo l'inizio: distruggerò con le mie stesse mani i miei nemici! Il popolo delle Ombre, Kurut… tutti cadranno per la vendetta del Lupo! I miei nemici…» e prima di continuare, posò lo sguardo su Mayka, la quale stava ascoltando con inquietudine le parole del Lupo «… e tutti coloro che mi hanno tradito, pagheranno.» concluse.
Nel cuore della Figlia dell'Aquila qualcosa esplose: gli occhi del Lupo erano solo per lei, in quello sguardo che la frastornò come se fosse stata colpita da un fulmine. E capì: quell'ultima frase aveva un significato ben peggiore di quanto non apparisse agli occhi di chiunque altro. Ed

esisteva una sola ragione possibile: in qualche modo, egli sapeva.
Mogan lasciò che il rumore del temporale, e della pioggia scrosciante, riempissero l'aria per qualche istante; poi si voltò, parlando ai suoi uomini.
«Prendete Mayka.» ordinò.
Vi fu un gran chiasso: grida esterrefatte, persone che si agitavano e imprecavano contro la follia che stava avendo luogo; nel vedere i guerrieri lupo con le armi sguainate avanzare, le guerriere aquile si posero intorno alla loro "Niya", "*Sorella Maggiore*", per proteggerla, alzando a loro volta le armi e approntandosi a resistere.
Ma fu proprio Mayka a farle desistere: poggiando lentamente la mano su una delle lance ben salde nelle mani di una guerriera che si era posta al suo fianco, le fece abbassare la guardia. E gli occhi delle sue guerriere, delle sue sorelle, furono tutte su di lei, incredule dinnanzi un tale gesto di resa. Ma a differenza loro, lo sguardo di Mayka non si era mai distaccato da Mogan, il quale ricambiava allo stesso modo: occhi di ghiaccio, che stavano in qualche modo comunicando.
Senza opporsi, parlò con decisione. «Non oggi, sorelle mie.» disse in poco più di un sussurro. Poi inspirò la fredda aria, ed espirando si rese conto che, nonostante l'animo coraggioso che l'aveva sempre protetta, stava tremando.
Subito, le mani dei guerrieri lupo la afferrarono per le braccia, e la tirarono in avanti, allontanandola dalla folla e portandola al cospetto di Mogan.
Fu proprio il Figlio del Lupo a legarle i polsi, senza mai distogliere lo sguardo; fece un cenno ai suoi uomini, e la

donna venne spinta con forza e fatta cadere a terra, ai piedi di colui che una volta era suo alleato. Si sentirono le guerriere aquile invocare il nome della loro Niya, ma Mogan alzò la mano come per farle tacere.
Di fronte all'intera Yokintuh, tutti i capitribù erano ora sottomessi al Lupo.
«So cosa vi state chiedendo.» iniziò Mogan; posò nuovamente gli occhi prima su Mayka, e poi sulle sue guerriere, e su tutti i presenti. «Ma è giusto che sappiate la verità, per poter vedere con i vostri stessi occhi ciò che ora è chiaro ai miei. Ebbene, come ho detto: sono stato tradito. Tradito da coloro che chiamavo alleati, e fratelli. Tradito da parole di conforto, di speranza. Mayka, dodicesima Figlia dell'Aquila, mi ha mentito. E non solo a me… ha mentito a tutti noi.» Fece una pausa, soppesando con attenzione le parole successive. «Mia madre è morta.»
Si sollevarono voci, ancora una volta, di incredulità. Lo stesso Tonikua rimase scioccato nell'udire tale frase, e i suoi occhi, già colmi di dolore, si posarono sulla Figlia dell'Aquila, la quale non proferì parola alcuna, ma anzi abbassò lo sguardo; tale gesto bastò per dare conferma di ciò che Mogan stava dicendo.
«Mia madre è morta. Era in mano ai miei nemici… e loro l'hanno torturata, e massacrata… lei era nelle mani dei miei nemici… e *lei*» disse il Lupo, puntando il dito contro l'Aquila, la voce piena di dolore e di rabbia. «Mi aveva garantito che fosse al sicuro, invece. Mi aveva detto che mia madre, e il mio popolo, fossero salvi, nascosti nelle Terre Selvagge… ma era tutta una bugia. Avrei potuto

salvarla… e *lei* me lo ha impedito, raccontandomi una storia che non era la realtà.»
Sul volto di ogni persona presente su quella spiaggia, quel giorno, si dipinse l'orrore. E decine di occhi si posarono su Mayka: occhi sospettosi, occhi giudicatori.
«Ho trovato mia madre morta, a Odum.» disse Mogan.
Kitaan rimase inorridito da tale affermazione: egli stava mentendo. Era stato *lui* a ucciderla: aveva deciso che quella povera donna priva di senno non era più Akima, e l'aveva lasciata legata e nuda a bruciare viva dentro un edificio, invece di portarla indietro per provare a salvarla. Ma non poteva ribattere, imbavagliato com'era; d'altro canto, immaginò che qualsiasi tentativo di prendere l'attenzione su di sé gli si sarebbe ritorta contro con violenza.
Purtroppo, però, Mogan non pareva pronto a fermarsi.
«E mio fratello…» continuò, portando l'attenzione da Mayka a Kitaan. «Ha tradito la mia fiducia più di chiunque altro: eravamo a un passo dal vincere questa guerra, ma egli ha deciso di non ascoltarmi, e si è imbarcato con Keelosh e un pugno di altri ragazzi cercando di colpire Mundook di persona. Senza uomini, e senza risorse.»
Ancora una volta, la realtà era ben diversa da quanto il Lupo stava raccontando alla massa: non poteva, e forse non voleva, parlare degli Sciamani, della scoperta dell'isola Weenas, del Viaggio Astrale, o di Yanni. Il popolo doveva sapere solo parte della verità: quella parte più reale, che nulla aveva a che fare con antichi riti e leggende che, agli occhi dell'uomo, non erano nulla più di questo: leggende, per l'appunto.

«Prendete i ragazzi.» ordinò nuovamente Mogan: questa volta, i guerrieri si mossero in massa, alzando le armi contro il popolo che già gridava e si dimenava e facendosi largo tra la folla.
Kitaan perse un colpo, quando vide che gli uomini di Mogan ora stavano prendendo come prigionieri proprio Niiza, Tysmak e Anhau. Questi ultimi cercarono di liberarsi, gridando e dimenandosi, ma non fu abbastanza; Tailock cercò di riprendersi i propri figli, colpendo un guerriero, ma venne preso a sua volta e malmenato, finendo infine a terra, inerme e privo di forze.
«Ora tutto questo deve finire.» disse Mogan, rivolgendosi a tutta Yokintuh. «Ho visto mio padre venire ucciso da un mostro. Ho visto Hotomak, la mia terra, venire presa d'assalto e rasa al suolo, nella notte della Prima Luna. Ho cercato alleati, e questi mi hanno voltato le spalle. Ho riposto fiducia in pochi, e mi sono state raccontate solo menzogne! Ho rischiato la vita, mia e dei miei uomini, per salvare queste terre, con la promessa che se avessimo unito le nostre forze, il nostro comune nemico sarebbe caduto… e ogni patto di fratellanza, e di fiducia, mi è stato negato! Ognuno, per un proprio interesse! Sicurezza…» disse, guardando Mayka, «…Salvezza…» continuò, posando gli occhi su Tonikua, «… e potere.» concluse, guardando infine Kitaan, con un disprezzo che tale non fu per nessun altro nominato sino a quel momento. «Ora… io fermerò Kurut. E metterò fine una volta per tutte alla Guerra dei Figli. Perché *questo* è il fato che gli Spiriti Antichi hanno scelto per me: sono stato scelto per scoprire la verità su questa nostra terra, mi è stato dato il potere di vendicare il

mio popolo, il *nostro* popolo… e non lascerò che nessuno più mi impedisca di compiere il mio destino. Chiunque si metterà contro di me, si metterà contro il volere degli Spiriti Antichi, contro il nostro destino. Contro la nostra vittoria, contro la nostra pace. Quindi, d'ora in avanti farò in modo che questo non possa più accadere: fermerò chiunque di voi si frapporrà tra me e il mio dovere, ve lo posso garantire.» Alzò le braccia, e con voce più grave e furiosa che mai, tuonò «Ora fate una scelta: unitevi a me, o pagherete le conseguenze delle vostre azioni! Combattete per me, o siate pronti a venire sterminati! Perché se non sarete dalla mia parte, sarete miei nemici! E vi prometto, in nome degli Spiriti Antichi, che il Lupo ululerà sui corpi di chi si opporrà, da oggi fino alla fine della mia guerra!»
Nessuno osò dire nulla: quella creatura, quell'essere che sotto il temporale sembrava una bestia metà lupo e metà uomo, con quei suoi gelidi occhi di ghiaccio e il volto devastato, aveva instillato la paura nel cuore di tutti i presenti. Le sue parole, tanto decise quanto terrificanti, ebbero l'effetto desiderato: regnò il silenzio; con esso, di conseguenza, il dominio del Lupo.
Mogan fece cenno ai suoi uomini di seguirlo, poi si incamminò verso le mura del villaggio, in direzione della Grande Casa.
Kitaan lo guardò, poi volse lo sguardo su tutti coloro che stavano ancora guardando il Figlio del Lupo: nei volti del popolo di Yokintuh, v'era lo stesso sguardo terrificato e inquieto di quando Mundook aveva preso il potere, appena poche lune prima. Le cose, in fin dei conti, non erano affatto cambiate da quel giorno, e anzi si erano evolute in

qualcosa di ben peggiore. Posò lo sguardo su Tonikua, ed egli ricambiò con quanto più odio potesse esprimere con il solo sguardo. Capì: egli lo riteneva responsabile della morte di Keelosh, e ogni sentimento di rispetto e di affetto che li aveva legati sin dal primo loro incontro, era stato spazzato via da una primordiale rabbia.
I guerrieri di Mogan lo tirarono in piedi a forza, costringendolo a incamminarsi; fecero lo stesso con Mayka, con Anhau, Tysmak e Niiza. Tutti gli altri puntarono le armi contro Tonikua, Meeko, i guerrieri delle altre tribù e i civili, e condussero tutti verso il villaggio, lontani dalla spiaggia.
Fu in quel momento, guardando Mogan incamminarsi verso la Grande Casa, che capì che Kurut era sì uno dei nemici della Valle, ma che un nuovo male, molto più grande, e molto più potente, aveva appena mosso il suo primo passo verso una guerra ben più distruttiva di quanto qualsiasi uomo si sarebbe mai potuto immaginare.

II

TRADITORI E TRADITI

Le porte vennero aperte, e il prolungato cigolio del legno echeggiò nella stanza, riempiendo il silenzio.
Kitaan, ancora imbavagliato e ben legato, venne spinto in avanti da due guerrieri lupo, gli stessi che si erano occupati di lui sin dal loro arrivo a Yokintuh, e venne accompagnato fino al centro della sala.
Il giovane Lupo si guardò intorno: si trovava nello stesso luogo ove era stato diverse volte, dal suo primo incontro con Tonikua, nel salone della Grande Casa. Quelle mura, un tempo maestose alla vista, ricche di colori, di incantevoli arazzi, di calore, che da sempre avevano rappresentato per lui un posto sicuro, dove grandi amicizie erano nate, e dove profondi legami erano stati sanciti sotto gli occhi degli Spiriti Antichi, ora parevano lugubre e tenebrose. I fuochi che un tempo illuminavano le pareti erano spenti; gli arazzi erano stati tolti, per fare posto a strutture in legno per le lance da guerra. E l'intera stanza, solitamente irradiata dalla luce del sole che penetrava da una grande finestra, era quasi buia, poiché il temporale

imperversava funesto, e nulla più che un debole e grigio chiarore giungeva dall'esterno. Kitaan non poté fare a meno di sentirsi soffocare da una tale visione, e sentì il cuore stringersi, avvolto da un dolore che pareva avviluppare non solo il suo petto, ma l'intero edificio, e tutta Yokintuh con esso.
Tale sentimento non fece che enfatizzarsi, quando gli occhi del giovane, distaccandosi dalle pareti che lo circondavano, si posarono sulle figure intorno a lui.
Poco distante rispetto a dove si trovava, con gli occhi fissi verso il proprio seggio, e tenuto sotto custodia degli uomini di Mogan che puntavano verso di egli le proprie armi, c'era Tonikua: il suo sguardo era torvo, i lineamenti del volto scavati; gli occhi, caratterizzati dal colore tipico dei Figli, erano gonfi per via delle lacrime ch'egli aveva versato, e stanchi, e da essi poteva ben vedersi il dolore che l'uomo stava provando. Negli ultimi giorni, il male del quale era stato vittima si era mostrato anche nel portamento: da uomo massiccio, dalla possente stazza, e fiero, era divenuto più oscuro dopo la morte di sua moglie, e già era stato ben visibile lo sconforto che lo aveva privato di qualsiasi gesto di empatia e benevolenza che Kitaan aveva riconosciuto in lui sin dal loro primo incontro. Ma adesso egli era cupo, colmo di rammarico, e la collera che lo stava consumando per la morte del figlio trasudava dal suo sguardo, che si posò dal Figlio del Lupo proprio su Kitaan verso il quale, per un tempo che ormai pareva distante un'intera vita, aveva riposto grande fiducia.
Dinnanzi a loro, sul seggio di Tonikua, troneggiava Mogan.

Il Figlio del Lupo sedeva al posto del capotribù di Yokintuh: probabilmente credeva di avere il diritto, dopo i recenti avvenimenti, di fare ciò che più voleva per consolidare l'idea che egli era divenuto a tutti gli effetti un essere al di sopra degli altri uomini, ma ancor più di questo sembrava un usurpatore, che aveva tolto con la forza il potere a qualcun altro. Eppure, condivideva con il Figlio del Wapiti lo sguardo accusatorio rivolto a Kitaan; ma a differenza del primo, in lui v'era qualcosa di più: era, il suo, uno sguardo più sadico, dal quale pareva bruciare una rabbia più animalesca e bestiale.
Con il peso di quello sguardo su di sé, Kitaan faticò a guardarsi intorno, ma riuscì a intravedere diverse figure ben conosciute: al lato della stanza, infatti, osservati e tenuti prigionieri dai loro aguzzini, vi erano Niiza, Anhau e Tysmak, legati e imbavagliati. Dall'altro lato della stanza vi erano anche Meeko e la Grande Saggia. Di fianco a Mogan, invece, figurava Nassor, ovvero il guerriero della tribù di Taeysa, che osservava indifferente l'angosciante spettacolo, privo di colpe o di interesse verso ciò che sarebbe accaduto di lì a poco; il resto della stanza era infine occupato dagli uomini di Mogan e di Nassor, i quali tenevano sotto osservazione, armi alla mano, tutti i presenti. Fu chiaro che chiunque nella stanza, eccezion fatta per il Figlio del Lupo, il suo nuovo alleato, e per i loro guerrieri, fosse un prigioniero.
Kitaan abbassò lo sguardo, in attesa di sentire una voce che potesse spezzare quel silenzio che tanto stava opprimendo l'aria.

Con suo grande stupore, però, sentì dietro di sé un rumore di passi, e si voltò appena in tempo per vedere Mayka venire colpita e cadere sulle proprie gambe.
Anche lei, ora, era in ginocchio; anche lei al cospetto del Lupo.
Lentamente, Mogan si portò a sua volta al centro della sala, in modo da rendersi ben visibile a tutti i presenti; abbassò la testa di lupo che gli copriva il capo, e la lasciò lentamente cadere sulla schiena, rimanendo ben avvolto nella pelliccia dell'animale che gli copriva le spalle: ora più che mai, il suo volto, lacerato e contorto dalla rabbia e dalla follia, fu ben visibile a tutti.
«Oggi» iniziò, con voce ferma e altisonante «Voglio che voi tutti, insieme a me, conosciate la verità. Voglio che possiate udire, come me, ciò che verrà detto al cospetto mio, e degli Spiriti Antichi. Voglio che possiate guardare, con gli stessi occhi con i quali sono ora nitidi a me, questi traditori.»
Dopo una breve pausa, Mogan puntò il dito contro Mayka, conscio di aver instillato ancora una volta la paura nei cuori di chi lo stava ascoltando.
«Tu.» disse «Mayka, dodicesima Figlia dell'Aquila e capotribù di Haskau, ti sei macchiata di un crimine senza precedenti. Oggi, sotto lo sguardo dei tuoi antenati, e di fronte a coloro che chiamavi fratelli... sei accusata di tradimento.»
Non un rumore si udì per diversi istanti: tutti furono catturati, e inorriditi, dalla smorfia carica d'odio che Mogan stava riservando alla donna in ginocchio dinnanzi a lui.

La Figlia dell'Aquila non rispose subito, e in tutta la sala quasi echeggiò il suo profondo respirare: erano respiri lenti, di chi trema; di chi è sul punto di crollare, e cerca di resistere. Poi alzò lo sguardo, e i suoi occhi color ghiaccio incrociarono finalmente quelli temibili di Mogan.
«Non negherò ciò per cui mi accusi.» disse, caricandosi del coraggio più recondito nella speranza di mostrarsi più forte e tenace di quanto l'animo le potesse concedere. «So di cosa sei venuto a conoscenza. Mi domando solo come?»
Ma Mogan era pronto: mai, di fronte a chi sperava di portare definitivamente dalla sua parte e di aizzare contro i suoi stessi nemici, avrebbe raccontato la verità su ciò che aveva visto; su ciò che era stato costretto a fare. Digrignò i denti, e ancora una volta sul suo volto comparì una smorfia di disgusto.
«Ora mi dirai perché mi hai mentito.» ordinò. «Ora mi dirai cosa ti ha spinto a manipolarmi, e a convincermi di qualcosa che sapevi non essere vero.»
Mayka guardò intensamente Mogan, e poi posò lentamente lo sguardo su Kitaan: quella fu la parte più dolorosa. Poiché se nei confronti del Figlio del Lupo ormai provava un senso di paura e insieme di rabbia, vedendo ciò che era divenuto, per suo fratello era diverso: era legata a Kitaan da un sentimento di reciproco rispetto che metteva le radici in qualcosa di ben più profondo della mera alleanza tra i loro clan. Lei era stata la scintilla che aveva acceso lo spirito di Kitaan, molte lune prima: al loro primo incontro, era stata lei a vedere nel ragazzo il desiderio di intraprendere la propria strada più di chiunque altro; era stata lei a convincerlo a inseguire i propri ideali, a qualsiasi costo, e

a iniziare il suo viaggio verso Yokintuh che lo aveva condotto, seppur indirettamente, alla salvezza del villaggio stesso, poiché senza di lui, Mundook avrebbe vinto sul popolo Wapiti, e chissà quali disgrazie sarebbero accadute all'intera Valle. Si sentiva responsabile, almeno in parte e non senza ragione, dell'evoluzione che Kitaan aveva avuto da giovane e insicuro ragazzo a coraggioso guerriero, sancendo indissolubilmente ciò che il concetto del suo nome significava nella lingua degli Antichi: "*Fratello Coraggioso*". Ed era altresì chiaro che il ragazzo provasse un genuino affetto per lei: non con malizia, ma con lo stesso sentimento che lega un fratello più piccolo ad una sorella maggiore, in cui il primo vede la seconda come una guida da cui trarre ispirazione.
Fu proprio per questo, che lo sguardo addolorato e distrutto di Kitaan le spezzò il cuore, donandole un dolore che mai avrebbe potuto immaginare: ella aveva tradito anche lui, e poté vedere, attraverso quei giovani occhi colmi di lacrime a stento trattenute, la più profonda e pura fiducia andare in frantumi, sotto il peso d'un dolore che non conosceva eguali.
Trovò infine il coraggio di alzare nuovamente gli occhi, scontrandosi con il furioso sguardo di Mogan.
«Ho fatto ciò che dovevo, per proteggere le mie sorelle, i nostri popoli, e le nostre stesse vite, da morte certa.» iniziò l'Aquila. «E tu lo sai questo, Figlio del Lupo.» disse cercando di trarre a sé tutta la forza possibile. «Non è mia intenzione mentire. Non più. Troppo a lungo ho conservato nel mio cuore un tale peso… troppo a lungo ho vissuto con gli incubi, con le visioni di ciò che ho visto e che non ho

potuto evitare. Troppo a lungo il senso di colpa si è alimentato della mia mente… ma voglio che si sappia, che ciò che ho fatto l'ho fatto per il nostro bene.»
Mogan non le distolse lo sguardo di dosso, e non un battito di ciglia interruppe quel legame.
«Dimmi tutto. Ora.» ordinò con voce tremante di rabbia Mogan.
Mayka inspirò a pieni polmoni, e chiuse gli occhi. Di fronte a sé, ancora vide le immagini che tanto l'avevano tormentata: ma era pronta. Pronta a liberarsi di quel terribile fardello.
«Durante la battaglia di Haskau…» iniziò «…mi stavo battendo per la nostra vittoria contro Kurut. Ma qualcosa, a un tratto, attirò la mia attenzione: fumo nero, che si alzava dal villaggio. Non avevo scelta: in forma d'aquila volai fin sopra l'altura, lontano dalla battaglia che imperversava ai piedi della mia terra. Al villaggio, i nostri popoli, il mio e il tuo, stavano cercando disperatamente un riparo, un modo per salvarsi. Erano così terrorizzati… ma riuscii a trovare la fonte del fumo: veniva dalla Grande Casa. Qualcuno aveva appiccato un incendio, e le fiamme stavano avvolgendo non solo la mia dimora, ma anche tutte quelle intorno ad essa. Tra la folla cercai vostra madre: gridai alla mia gente di dirmi dove fosse, nella speranza che qualcuno l'avesse vista… ma nessuno ascoltava. Erano tutti intenti a fuggire, a salvarsi. Sentii delle grida provenire dalla Grande Casa… così corsi dentro. Gli uomini e le donne che avevamo lasciato a protezione di vostra madre, e della Grande Saggia di Hotomak, erano distese a terra, senza vita, alcuni già avvolti dalle fiamme… Sentii altre grida, e

cercai di farmi largo tra il fumo e le travi che stavano bruciando. Giunsi davanti a una porta… e la aprii.»
Ancora una volta, davanti ai suoi occhi esplose in una visione la scena che stava raccontando, e sentì la gola bruciare, allo stesso modo in cui la percepì a causa dell'urlo che emise quel giorno. Nonostante questo, continuò.
«Davanti a me…» trattenne le lacrime, deglutì, e riprese. «…c'erano degli uomini. Gli uomini di Qalentosh, del popolo delle Ombre… erano armati. Le loro lame erano sporche di sangue. A terra, poco distante, c'era la Grande Saggia del vostro villaggio, senza vita… ma… vidi vostra madre.»
Sentii gli occhi di Kitaan guardarla ancora più intensamente. Posò lo sguardo su di lui, e poi di nuovo su Mogan: il primo dei due era affranto, il secondo pareva quasi impassibile all'udire di quel racconto. La rabbia superava di gran lunga il lutto, o forse la follia aveva reso cieco ogni sentimento. Trovò in quello sguardo così glaciale la forza di andare avanti, e di liberarsi ancor più velocemente di quel fardello, nella speranza che tutti coloro che la stavano ascoltando capissero. Che Kitaan, capisse.
«Vostra madre… gli uomini di Qalentosh le avevano tagliato le mani, e lei era grondante di sangue. Urlava, di dolore e di terrore…Fu orribile… gridai, orripilata, e attirai su di me l'attenzione di quegli uomini… di quelle bestie. Capii, guardandomi intorno, cosa fosse accaduto: vostra madre aveva cercato di difendere sé stessa e la Grande Saggia, poiché a terra c'era un uomo morto. Poco distante, dove giacevano le mani mozzate di vostra madre, v'era un

coltello… probabilmente, quello che vostra madre aveva usato per proteggersi. Ma gli uomini erano troppi… notandomi, mi accerchiarono: erano pronti a uccidere anche me. Combattemmo… cercai di tenere loro testa, ma le fiamme ci avvolgevano, e la Grande Casa stava crollando. Riuscirono a disarmarmi… e mi avrebbero uccisa. Stavano per farlo. Posai lo sguardo su vostra madre, dietro di loro… gli uomini che erano rimasti indietro l'avevano colpita... e la stavano caricando sulle spalle… dovevano uscire dall'edificio anche loro, se volevano vivere. Quindi perché portare via anche vostra madre, e non lasciarla bruciare? La volevano viva… fu quanto di più potei sperare, in quel breve attimo di lucidità, in mezzo a tanto terrore. Fu quella speranza a darmi la forza: mi trasformai in aquila con il potere del Legame, e fuggii. Senza guardarmi indietro, senza poter fare nulla per lei.»
Fece una pausa, volta a rivedere nella sua mente quel momento.
«Tornai da te.» continuò, guardando Mogan, ora con la voce ben più forte e decisa di quanto non lo fosse stata sino a quel momento. «E vidi che il tradimento di Qalentosh aveva avuto atto anche sul campo di battaglia. Ti salvai… e ti implorai, solo allora, di abbandonare quello scontro, poiché i tuoi guerrieri e le mie sorelle stavano venendo massacrati dai nostri nemici… da coloro che odiavamo e da coloro che ci avevano voltato le spalle.» Si zittì, studiando lo sguardo del Lupo: sperava di notare qualcosa… un segno, anche impercettibile, che dimostrasse ch'egli aveva compreso le ragioni d'un tale gesto. Non si aspettava il perdono, ma qualcosa… che però

non vide mai. Fu palese, dopo quel breve attimo di labile speranza, attraverso gli occhi che la stavano guardando: l'uomo che aveva davanti l'aveva già giudicata secondo le proprie leggi morali, quali che fossero in quel momento, e nulla avrebbe cambiato ciò che pareva ormai sancito definitivamente.
«Tu hai lasciato che la prendessero.» disse sibilando in tono glaciale Mogan, dopo alcuni attimi di silenzio. Il ribrezzo che permeava quelle parole era tale che per Mayka fu la conferma di ciò che sospettava: non v'era speranza ch'egli potesse cambiare idea, o che il suo odio fosse stato in qualche modo scalfito da ciò che gli era stato raccontato.
«L'hai lasciata nelle mani del nemico...» continuò il Lupo, ora alzando la voce per farsi udire da tutti coloro che presenziavano al processo. «Mia madre è stata mutilata, torturata, spezzata nello spirito e nel corpo per chissà quanto tempo, per mano dei nostri nemici, senza possibilità di difendersi e senza alcuna pietà... a causa tua!»
«Non c'era altro modo!» scoppiò Mayka, non senza timore di ciò che sarebbe potuto accadere. «Ho fatto quello che ho fatto, per proteggere *te*! Per proteggere ciò in cui credevi, per il quale ti stavi battendo! Per la tua vendetta, e la nostra pace! Io ti ho salvato, più di una volta! Se non fosse stato per me, saresti morto in ben più di un'occasione... E ora mi accusi di averti voltato le spalle, di essere la causa di ciò che di più terribile è successo alla tua famiglia? Che gli Spiriti Antichi siano miei testimoni...» Forse per frustrazione, forse per rabbia, o forse per un dolore nato dal ricordo di ciò che aveva fatto e dalle parole che stava per pronunciare, delle lacrime scesero sul suo viso. «... ho le

mani sporche del sangue di vostra madre, e il suo spirito tormenterà i miei sogni finché non la rivedrò nelle Terre Celesti, ma ho fatto ciò che era più giusto. Senza di me, Kurut avrebbe avuto la tua testa come trofeo; tuo fratello, e la gente qui presente oggi, sarebbe morta, e Mundook avrebbe seduto dove ora siede ancora Tonikua.»

Mogan la studiò a lungo, prima di parlare: le parole della Figlia dell'Aquila erano state pronunciate con una tale forza d'animo che chiunque sarebbe rimasto basito, e probabilmente un cuore che lui stesso avrebbe definito troppo debole avrebbe persino rivalutato le sue colpe. Manipolatrice, questo era. Una sporca traditrice, che fingeva soltanto un senso di colpa che non le apparteneva, e che anzi stava cercando di usare come arma per colpire chi l'ascoltava. Ma lui poteva vederla per ciò che era davvero… o così dettava la sua mente: una mente ormai contorta, devastata dall'ira, e qualcosa di molto più profondo e subdolo.

«Non eri tu a dover decidere.» replicò infine. «Giurasti che mia madre era al sicuro con la Grande Saggia e il mio popolo. Mi garantisti la sua salvezza. Mi manipolasti perché sapevi che se avessi saputo ciò che avevi fatto, ti avrei uccisa quella stessa notte. Parli di ciò che ritenevi giusto, parli di avermi condotto al mio destino tramite le tue scelte… ma io vedo ciò che sei realmente. Hai solo avuto paura: paura di *me*. Hai tradito me, la mia famiglia, i miei uomini; hai voltato le spalle a mia madre, e al popolo che avevi promesso di proteggere e di aiutare! Hai fatto la tua scelta, e come tale è giunto il momento per te di pagare le conseguenze d'un simile affronto.»

Mayka rimase nauseata dalle parole del Lupo: egli non voleva sentire ragioni.
«Una volta vedevo in te un capo.» disse la Figlia dell'Aquila, con una smorfia sul viso così colma di rammarico e disprezzo che quasi pareva riflettere in modo speculare quella che aveva dinnanzi. «Vedevo in te qualcuno per il quale valesse la pena battersi... una guida per i nostri clan. Un capotribù che potesse onorare la grandezza dei suoi avi... ora invece non vedo altro che un uomo così accecato dall'odio da non vedere più il bene e il male. Non sei più il Lupo per il quale avrei combattuto... No... tu non sei diverso colui che chiami "nemico" ... non sei diverso da Kurut.»
Tale era il disdegno e la rabbia che provava, che neppure sentì il colpo che la fece cadere in terra, al terminare di tali parole. Sentì il freddo pavimento sul suo viso, e il pulsare del labbro e della guancia che già stavano perdendo sangue, quando scostò i capelli che le coprivano gli occhi e tornò a guardare il suo interlocutore: Mogan, ora più che mai, pareva qualcosa di molto lontano da un normale essere umano: sul volto era disegnata ancora quella smorfia di disprezzo, ma ora il suo respiro era accelerato, e il petto si gonfiava e si sgonfiava più velocemente del normale; il pugno ben stretto e sporco di sangue era ancora chiuso, e i muscoli tesi. Ma furono i suoi occhi a essere mutati: essi bruciavano d'una rabbia primordiale, al limite della follia, a stento repressa. Quelle iridi color ghiaccio, contornate da cotanta oscurità e dalle cicatrici che, come lacrime, percorrevano il volto dalle ecchimosi intorno agli occhi, erano specchi d'un animo ormai perduto, e tale fu il

sentimento che emanavano, che per la prima volta Mayka, nonostante fosse ben consapevole del peso delle parole che aveva usato e fosse pronta a una qualche reazione, ebbe sinceramente paura di lui. Ma non lo diede a vedere, e anzi tenne ben fissi gli occhi sul Lupo.
«Sta' molto attenta a ciò che dici, Aquila.» sussurrò Mogan, tremante di rabbia. «Non confondere l'insolenza con il coraggio.» Poi alzò lo sguardo, ed esso passò da Mayka a Kitaan, e da Kitaan a Tonikua... così, lentamente, i suoi occhi si posarono su tutti coloro che gli erano intorno. «E come lei, anche voi. Non siete meno colpevoli di questa donna. Quanti, tra voi, hanno messo in discussione ciò che stavo facendo? Quanti hanno creduto che io stessi sbagliando?» Ora stava gridando, furioso e frustrato, ma sicuro di sé.
Non vi fu una sola parola a rispondere a tale domanda, tanta era la paura delle conseguenze che un simile affronto avrebbe causato.
Vedendo ciò, Mogan mosse un passo, e poi un altro; lentamente, come un lupo si avvicina a una preda ormai in procinto di morire per sua mano, si pose dinnanzi a Kitaan. Il giovane Lupo ricambiò lo sguardo di suo fratello, e in esso poté leggere ancora una volta il rammarico che egli provava nei suoi confronti.
«Perché?» chiese Mogan, con voce non priva di delusione. «Perché, tra tutti, proprio tu?»
Ma Kitaan sapeva che non era una domanda che richiedeva risposta. Imbavagliato com'era, non poteva che subire ciò che il fratello avrebbe detto da quel momento in poi; d'altro canto, in cuor suo temeva che, proprio come accaduto per

Mayka, ogni parola sarebbe stata vana. Così rimase immobile, lo sguardo fisso e colmo di dolore, a osservare il fratello maggiore distruggerlo davanti a tutti i loro alleati e amici.
«Tu, mio fratello...» riprese Mogan «Tu ti sei macchiato della più deplorevole delle colpe. Tu, che avresti dovuto essere al mio fianco più di tutta questa gente... che dovevi essere dalla mia parte... mi hai pugnalato alle spalle!» Egli prese a tremare di rabbia. Le sue parole successive vennero gridate, e un'ira fino a quel momento trattenuta esplose con tutta la sua forza. «Tu sei stato la causa di ogni male su questa terra! Hai abbandonato me, per seguire i tuoi *stupidi* ideali! Hai abbandonato nostra madre! Sarebbe ancora viva, se tu non te ne fossi andato, e l'avessi protetta stando al mio fianco! Mi hai costretto a scegliere tra te e lei, perché sei fuggito dal tuo dovere per aiutare un popolo che non era il tuo! Sei un vigliacco...» concluse in un sussurro, digrignando i denti e avvicinando il proprio volto a quello del fratello. «Ma non ti è bastato questo, vero?» continuò. «Tu volevi di più... volevi che io facessi ciò che desideravi, non è vero? Volevi scoprire dove si trovassero gli Sciamani... E io sono stato così stupido, così accecato dall'affetto per te, da farmi convincere... perché, mi chiedo? Perché eri così tanto preso dall'idea che potessimo scovarli? Perché volevi a tutti i costi portarmi su quella strada, al punto da scappare da Haskau, e trovare chi potesse farmi intraprendere il Viaggio Astrale? Credevo che pensassi al nostro bene, che fossi dalla mia parte... che volessi il bene del nostro popolo, e che volessi vendicare nostro padre tanto quanto lo volevo io... ma poi ho capito.»

Nei suoi occhi, ora, si era acceso il fuoco della follia, ed essa si concretizzò nelle parole ch'egli pronunciò. «Ho capito tutto… tu volevi il potere degli Sciamani per te. Tu volevi il loro potere, perché non hai mai avuto nulla… tu sei sempre stato invidioso di me… non hai ricevuto il potere del Legame da nostro padre, e questo ti ha fatto sentire inferiore, dico bene? Ma invece di accettare il tuo posto, hai complottato contro di me. Non era lealtà, la tua, ma un subdolo piano per i tuoi scopi. Ti servivo per trovarli… mi hai usato, e poi sei partito mentre non ero presente, nella speranza di poter prendere ciò che era mio di diritto, non è vero?»
Kitaan prese a tremare: mai si sarebbe immaginato d'essere incolpato di un tale gesto. Mai avrebbe potuto pensare che un'idea così malsana potesse nascere dalla mente di Mogan. Sprofondò nel dolore, ed esso era così soffocante che neppure le lacrime riuscirono a bagnare i suoi occhi.
«Ma guardati intorno, Kitaan.» continuò il Figlio del Lupo, alzando le braccia, come a indicare ciò che li circondava. «Non hai fatto altro che portare il male nelle vite di queste persone. Hai fatto del male a me, hai abbandonato nostra madre, e hai distrutto la vita di coloro che chiamavi amici. Sei *tu* il responsabile della morte di Keelosh.»
Queste furono le parole che trafissero definitivamente il giovane Lupo: poiché laddove ciò che era stato detto fino a un momento prima non era altro che una convinzione mal riposta, al contrario l'ultima affermazione era qualcosa di cui lui stesso era pienamente convinto. Il senso di colpa lo avviluppò, e non riuscì a fare altro che abbassare lo sguardo.

Un ricordo esplose nella sua mente: Kurut che sollevava l'ascia di guerra di Mundook, il colpo vibrato, e il corpo di Keelosh scaraventato a terra dalla forza dell'impatto.
Era stato realmente responsabile della sua morte.
«Tu hai lasciato che mio figlio venisse ucciso...»
Kitaan alzò lo sguardo: era stato Tonikua a parlare. Egli si era voltato verso il giovane Lupo: gli uomini di Mogan che lo tenevano al posto si fecero da parte, e il capotribù di Yokintuh poté finalmente incamminarsi, goffo e spezzato nell'animo, verso il ragazzo.
Mogan indietreggiò, lasciando al Wapiti lo spazio necessario ad avvicinarsi a Kitaan.
«Perché mi hai fatto questo?» chiese Tonikua, con voce colma di dolore. «Ponevo piena fiducia in te... eri stato leale nei miei confronti, sin dal primo giorno. E ti ho trattato con l'affetto che credevo meritassi... ma hai tradito la nostra fiducia...» si voltò, ora parlando a Mogan. «Avevamo deciso di aspettare il tuo ritorno dalle Terre Danzanti... non condividevamo il tuo piano, ma nessuno di noi era intenzionato a voltarti le spalle.» poi tornò a guardare Kitaan «Tutti tranne te... era chiaro il tuo disappunto, e vedevo la rabbia nei tuoi occhi... ma quello che hai fatto... è stato qualcosa di imperdonabile. E ora mio figlio non c'è più... e per cosa? Lui si fidava di te, tanto quanto mi fidavo io! Ti ha seguito nella tua insensata missione, e ha perso la vita a causa tua...»
«Tu, e i tuoi amici» iniziò Mogan, parlando a Kitaan «avete commesso un errore senza precedenti, facendo ciò che avete fatto.» Alzò la voce, pronto a emettere il suo giudizio. «Siete un pericolo: per i nostri clan, per le sorti della

guerra, e per l'intera Valle. Ma tu, Kitaan, più di chiunque altro, ti sei macchiato di un crimine imperdonabile.» I suoi occhi mai furono così intensi, come nel pronunciare le parole che seguirono. «Per difendere l'onore della mia famiglia, e dei miei avi... e per proteggere l'intera Valle dal pericolo che corre a causa tua... io, Mogan, dodicesimo Figlio del Lupo e capotribù di Hotomak, ti rinnego: come Lupo, come figlio di Kayr, e come fratello.»
L'intera sala rimase di stucco, e Kitaan stesso sentì il cuore spezzarglisi nel petto. Questo fu quanto di più doloroso potesse aspettarsi: prese a tremare, e un male che mai aveva conosciuto si sprigionò. Sentì gli occhi bruciare, ma nessuna lacrima solcargli il viso; sentì il cuore battere più forte, ma il fiato farsi più corto. Era scioccato, e così addolorato dalle parole che gli erano state rivolte, che quasi si sentì perdere le forze.
«Verrai tenuto prigioniero qui a Yokintuh» continuò Mogan «fino a quando la Guerra dei Figli non sarà terminata. Il tuo giudizio sarà rimandato al giorno in cui avremo liberato la Valle da Kurut e dai suoi seguaci. Solo allora sarai chiamato a rispondere definitivamente delle tue colpe. Ma per ora, e fino a quel momento, farò tutto ciò che devo per proteggere la Valle, e per impedirti di compiere gesti che possano mettere a repentaglio chi la abita.»
I due fratelli si guardarono intensamente: l'uno poteva leggere negli occhi dell'altro la collera e il rancore che bruciava le loro anime. Era chiaro, agli occhi di Kitaan, che la follia di Mogan fosse definitivamente esplosa, e che si fosse tramutata in un male ben più crudele e, per questo, di gran lunga più distruttivo: egli non era infatti mosso solo

da una furia cieca e desiderosa di sangue, ma usava con consapevolezza le parole che pronunciava. Era in grado di ragionare e di pensare lucidamente, e seppure la sua mente fosse stata infettata da un male antico, Kitaan non poté fare a meno di pensare che ciò ch'egli diceva fosse frutto del suo solo pensiero, e che nelle parole che aveva pronunciato ci fosse un rancore le cui radici non erano da imputare a ciò che lo aveva corrotto, ma soltanto a ciò che egli pensava realmente. Era quindi Mogan, semplicemente e solamente Mogan, ad aver parlato. Ed era quindi contro di lui, che lo sguardo truce di Kitaan era volto.
«In quanto a te, Mayka, dodicesima Figlia dell'Aquila...» continuò Mogan «Non c'è scusa che possa perdonarti, non c'è parola che possa alleviare il peso della tua colpa. Hai mancato di adempiere al patto di lealtà e fratellanza tra i nostri clan, e come tale sei giudicata colpevole.» Attese alcuni istanti, soppesando con cautela le successive parole, poi riprese. «Ma non sono uno sciocco, né sono il folle che credete che io sia. So bene quanto potente sia Kurut: lui e la sua armata sono un nemico temibile, e ben più forte di chiunque di noi. So di non poterlo combattere da solo. È per questo che sei ancora viva.»
Mayka lo guardò, in un misto di incredulità e timore.
«Combatti per me...» disse Mogan «... o muori.»
Mayka sentì una forza sopprimergli il fiato, ma la paura mai venne mostrata.
Tonikua rimase così colpito dalle parole di Mogan, che d'istinto si frappose tra loro, appoggiando la mano sullo stemma del lupo sul petto dell'uomo, come a intimargli di

fermarsi. «Questo no.» disse digrignando i denti. «Noi non siamo così.»
«Il tempo del perdono è finito, Tonikua.» rispose Mogan, colpendo con forza la mano che aveva sul petto. «Condividiamo lo stesso dolore, tu ed io: abbiamo riposto fiducia in chi doveva essere dalla nostra parte, e che invece ci ha voltato le spalle, facendo pagare questo affronto con la vita di chi amavamo. Io so cosa provi, lo leggo nei tuoi occhi: vedo il desiderio di morte che ti corrode. Vorresti che fosse stato Kitaan a venire ucciso a Odum al posto di tuo figlio, così come io vorrei che fosse stata lei a morire, al posto di mia madre.»
«Noi non uccidiamo i nostri alleati.»
«Ma vendichiamo i nostri caduti! Niente e nessuno li porterà indietro. E fino a quando non li rincontreremo nelle Terre Celesti, l'unica cosa che possiamo fare è vendicarli, distruggendo ciò che ce li ha portati via. Mayka...» continuò, rivolgendosi nuovamente all'Aquila «Ora devi fare una scelta: combatti per me contro Kurut, o paga per ciò che hai fatto a mia madre con la vita. Aiutami a distruggere il male che corrompe queste terre, o accetta le conseguenze delle tue azioni. Sottomettiti al Lupo, o muori per mano sua.»
La voce di Mogan era implacabile, e gelida; le sue parole, così taglienti e minacciose, avevano scalfito la corazza di Mayka, ma ella pareva non voler cedere: i suoi occhi erano immobili, fissi sul Lupo. Era chiaro, in quegli occhi color ghiaccio, che la ragazza non si sarebbe voluta schierare ulteriormente con il mostro che aveva davanti. Ciò non stupì il Lupo, ed egli, con quello che parve un sorriso di

repulsione appena accennato, le si avvicinò, e con voce ancor più sinistra disse la frase che sapeva l'avrebbe spezzata. «Se non accetti, darò ordine ai miei uomini di prendere le tue sorelle, e di obbligarle ad assistere alla tua esecuzione. E solo allora, quando ti avranno vista cadere per mano mia, le farò giustiziare... una per una. Le tue guerriere aquile ti seguiranno nelle Terre Celesti, Mayka. Vuoi davvero questo? Sarai ancora una volta così egoista, da condannare nuovamente qualcun altro a morte, per causa tua? Sottomettiti e combatti per me contro Kurut, o non vi sarà alcuna Aquila che possa tornare ad Haskau.»
Queste furono le parole che, come previsto da Mogan, distrussero la fermezza di Mayka.
Per lei, le sue sorelle, le sue guerriere, erano quanto di più prezioso avesse in vita: non le aveva mai considerate come semplici guerriere abili nell'arte del combattimento, e mai si era posta al di sopra di esse; al contrario, si era sempre sentita loro pari. Esse la chiamavano "Niya", "*Sorella Maggiore*" nella lingua degli Antichi, in segno di riverenza ma soprattutto a riprova di quel legame che le univa così indissolubilmente. Sin dalla più tenera età, infatti, Mayka aveva condiviso con coloro che erano chiamate a proteggerla un rapporto di estrema unione: da bambina non si era mai separata dalle guerriere che per anni avevano servito sua madre e suo padre, prima della loro prematura dipartita, ed esse l'avevano allevata con tutto l'amore che la bimba meritava, ma ancor di più con la forza di una guerriera implacabile e indomabile quale era chiamata a diventare. Da fanciulla era già estremamente abile nell'arte del combattimento e una coraggiosa cacciatrice, e poiché

sua madre non aveva avuto la possibilità di insegnarle nulla riguardo al potere del Legame, fu proprio la Grande Saggia di Haskau a guidarla per poter padroneggiare l'aquila che risiedeva in lei, e ad essere un tutt'uno con l'animale guida della sua stirpe; nel frattempo, le sue guerriere le insegnarono come guidare il clan, suggerendola e accompagnandola nel percorso verso il ruolo che le spettava per diritto. Alla morte della Grande Saggia, venuta a mancare mentre Mayka era ancora poco più che una giovane fanciulla, quest'ultima era già stata nominata Figlia dell'Aquila, e aveva preso il posto che le spettava a guida della tribù di Haskau, circondata da fidate consigliere, e amiche. Il legame con le sue guerriere non fece che consolidarsi con l'andare degli anni, in maniera sempre più naturale e intensa: condivideva con ognuna di esse un legame d'amicizia e di intimità unico, ed era a sua volta amata da tutte coloro che la circondavano, come guida, come sorella, e come donna. Mai, sin dall'età della consapevolezza, Mayka ebbe il desiderio d'un legame differente da quello che aveva con le sue sorelle: esse le bastavano, poiché era circondata da tutto l'affetto di cui aveva bisogno.
Fu proprio per tale motivo che la minaccia di Mogan la fece tremare sin dalla parte più profonda dell'anima: aveva già perso così tante delle sue sorelle, e mai aveva dato a vedere il dolore che portava con sé per tale disgrazia, che la sola idea di mettere a repentaglio la vita di altre di loro, o peggio ancora di condannarle definitivamente a morte a causa sua, fu troppo. Era perfettamente consapevole delle colpe che le attanagliavano il cuore, del peccato del quale si era

macchiata, ma mai avrebbe voluto che fossero le sue sorelle a pagare per lei.
Così, senza dire parola alcuna, chiuse gli occhi, interrompendo lo sguardo che condivideva con Mogan, e abbassò la testa, in forma di resa: l'Aquila si era infine sottomessa al Lupo.
Mogan la osservò per alcuni istanti: dentro di sé una sinistra soddisfazione esplose, e insieme ad essa un pensiero ben più tetro, che rimase però rabbuiato nelle parti più recondite della sua mente.
Si voltò verso Tonikua. «Tu sei dalla mia parte, Figlio del Wapiti? Combatterai con me contro i miei nemici?» chiese.
L'uomo non riuscì a rispondere immediatamente, e una nota d'insicurezza parve comparire nella luce dei suoi occhi. Prese un sospiro, e iniziò a parlare.
«Non ti mentirò, Mogan: la mia fiducia è venuta meno.» iniziò. «Non mi fido più dei Lupi di Hotomak. Ho perso mia moglie a causa del nostro nemico… e Kitaan è stato responsabile della morte dell'unico figlio che avevo. Egli era tutto ciò che mi restava in questa vita, e l'eredità della tua stirpe che porti sulle spalle ha corrotto i vostri animi, conducendo colui che ora rinneghi verso desideri e strade che hanno condotto mio figlio alla morte. Non c'è gesto che possa redimere Kitaan da ciò che mi ha fatto…» disse guardando il giovane Lupo, che ricambiò con uno sguardo di dolore, quegli occhi color ghiaccio colmi di rammarico.
«In quanto a te, Mogan» continuò, spostando nuovamente l'attenzione sul Figlio del Lupo «L'ira che hai provato sin dal giorno in cui fosti obbligato ad abbandonare Hotomak non ha fatto altro che enfatizzarsi e concretizzarsi dopo i

riti e le vicende di cui sei stato protagonista, in un modo a me incomprensibile. Ma...» attese alcuni istanti, e nella sua mente scorsero le immagini di ciò che aveva vissuto: sua moglie Mara morire tra le sue braccia, Mundook, il ricordo di Keelosh... il dolore fece spazio alla rabbia. «Hai vendicato mia moglie e mio figlio, facendo ciò che nessuno di noi è stato in grado di fare, o di cui è stato causa. Non conosco il grande disegno del quale siamo protagonisti, né sono in grado di comprendere il volere degli Spiriti Antichi. Ma se è stato per loro volere che hai dovuto affrontare ciò che ti ha reso quello che sei ora, e questo ti ha dato la possibilità di sconfiggere una volta per tutte i nostri nemici... a me non interessa altro. Il mio unico desiderio, ora, è vedere Kurut, Qalentosh, gli Orsi e le Ombre cadere. Non mi importa come farai.»
Non ci fu bisogno di dire altro: lo sguardo rabbioso e deciso di Tonikua era tale da poter reggere il confronto con quello glaciale e inquietante di Mogan. I due erano insieme: non come alleati, ma come due uomini con un unico interesse comune. E tanto bastava al Wapiti quanto al Lupo.
«In quanto a te...» disse Mogan, posando infine lo sguardo su Kitaan. «Verrai portato con i tuoi amici laddove non potrete creare ulteriori problemi.»
Poi gli si avvicinò, e le sue labbra si fecero vicine all'orecchio del ragazzo.
«Prova a intralciarmi di nuovo...» disse, con voce sussurrata e colma d'una follia appena percettibile «... e vedrai le conseguenze dei tuoi gesti abbattersi per mano mia su coloro che ti seguono.»

Tali parole furono per Kitaan l'ennesima prova che tutto era perduto. Si guardò intorno, posando gli occhi su tutti i presenti nella sala: era straziante pensare a quanti legami fossero stati spezzati a causa della guerra. Mayka aveva tradito la fiducia sua e di Mogan, Mogan sentiva di essere stato tradito dai capitribù e dal suo stesso fratello, e Tonikua aveva perso il proprio figlio a causa del desiderio di Kitaan di scoprire una verità che si era rivelata tutt'altro che speranzosa per le sorti della guerra. E, in tutto questo, una forza oscura si muoveva in mezzo a loro, occultata alla vista: Yanni. Ella era il vero pericolo, ancora più temibile dello stesso Kurut. Kitaan non poté fare a meno di pensare all'eventualità che ciò che stava accadendo in quella stanza non fosse, almeno in parte, proprio causa sua, o ciò ch'ella sperava.
Guardò Mogan, poi i capitribù... poi i suoi occhi si posarono su Anhau, Tysmak, la Grande Saggia, e infine su Niiza: i suoi occhi, così spaventati, furono la fiamma che accese in Kitaan il desiderio di mettere fine al male che stava prendendo sempre più piede nelle vite di chi aveva intorno.
Emise un verso attraverso il bavaglio che gli serrava la bocca, così colmo di rabbia che parve il ringhio di un lupo; quando Mogan si ritrasse, lentamente, a guardarlo, vide negli occhi di Kitaan qualcosa che mai aveva visto prima: il suo sguardo, fino a poco prima impaurito e addolorato, sprigionava ora un'ira e un furore così intenso e così bestiale che, per un breve istante, persino il Figlio del Lupo provò paura. Per la prima volta, Mogan vide in quello che una volta chiamava fratello un sentimento nei suoi

confronti che lo destabilizzò, che lo intimorì; Kitaan, di contro, se fino a quel momento era stato terrorizzato dalla bestia che suo fratello era divenuto, ora sentiva il coraggio di affrontare quegli occhi glaciali senza timore alcuno.
Mogan sollevò lentamente le mani, e abbassò il bavaglio dalla bocca di Kitaan.
«Io so cosa sei veramente.» sussurrò con voce tremante di rabbia Kitaan.
Il Figlio del Lupo rimase a guardarlo; forse, una parte di lui era rimasta delusa dalla banalità della frase che il ragazzo aveva scelto di pronunciare. Indifferente, si alzò, ricomponendosi da quel breve istante di timore che aveva provato, e si voltò, dandogli le spalle. «Portatelo via, e i suoi amici con lui.» ordinò ai suoi uomini.
Kitaan sentì le mani dei guerrieri lupo afferrargli le braccia e sollevarlo in piedi.
«Io so chi sei veramente!» gridò Kitaan, con quanta più forza riuscì a trovare. «Voltati e guardami, Yanni!»
Quest'ultima parola portò il silenzio in tutta la sala, e il tempo parve fermarsi per un istante, al pari di quanto avvenne per i cuori di tutti i presenti.
Mogan sentì i muscoli tendersi, e le mani iniziare a tremare; il cuore gli batteva nel petto come un tamburo, e il fiato gli venne meno. Si voltò, e vide che tutti gli occhi, ora, puntavano esterrefatti verso di lui.
«Cosa hai detto?» chiese, in un filo di voce appena percettibile.
Il silenzio che seguì parve durare un tempo indefinibile. Ma gli occhi dei due Lupi erano ancora uno in direzione dell'altro: furiosi, spaventati.

«Io so chi sei veramente.» ripeté Kitaan, nuovamente. «Ho scoperto la verità su di te. E so che mi stai ascoltando, ora.»
Mogan spalancò gli occhi: erano increduli, ma tale emozione derivava anche da qualcosa che si trovava nelle parti più occulte del suo spirito. Qualcun altro, ora, era in ascolto.
«Guardatevi intorno: non c'è più nulla di ciò che eravamo.» continuò Kitaan, rivolgendosi ora non solo a Mogan, ma anche a Tonikua, e a Mayka, e a tutti coloro che si trovavano nella sala e che silenti e sbigottiti ascoltavano. Ora, dalla voce di Kitaan, si percepiva la frustrazione e la rabbia ch'egli covava verso ognuno dei presenti, e ancor di più verso quell'infausto destino che li aveva colpiti tutti, senza pietà. «Niente che ci leghi l'un l'altro. Ci guardiamo, e vediamo il male negli occhi di chi ci sta accanto. Siamo tutti colpevoli per qualcosa che abbiamo fatto, e che ha avuto ripercussioni terribili su qualcun altro... abbiamo spezzato la fiducia che ci legava: siamo tutti traditori... e tutti ci sentiamo traditi. Ci siamo voltati le spalle, e ora ci reputiamo l'uno il nemico dell'altro. Ma non vi siete resi conto che il nemico, il *vero* nemico, ci osserva, e che è sua intenzione distruggerci tutti, dal primo all'ultimo... Non è Kurut il nemico dal quale dobbiamo proteggerci... ma lei.» disse, indicando Mogan.
Tutti seguirono la direzione del dito sollevato di Kitaan, ma dai loro occhi non traspariva che confusione; per tutti, meno che per Niiza, Anhau e Tysmak, i quali erano stati testimoni tanto quanto Kitaan e Keelosh degli avvenimenti accaduti sull'isola Weenas.

«Abbiamo trovato gli Sciamani… e con essi, la verità. Una verità che è costata la vita a Keelosh, ma che mi ha permesso di capire tutto ciò che è sempre stato. E ora, tutto acquista un senso. Ma scommetto che neppure tu, Figlio del Lupo, sei a conoscenza di ciò che conosco io. Kurut non è il nostro nemico. Egli non è altro che un fantoccio nelle mani di un essere molto più infido. È stato sottoposto al Viaggio Astrale, ed è entrato in contatto con gli spiriti dei suoi padri… ma questo lo ha corrotto. Da quel momento, il suo corpo e il suo spirito sono in mano al suo antenato, Kahot, il "*Bianco Guerriero*". Egli lo controlla: lo sta usando come mezzo per compiere la vendetta che non è riuscito a portare a termine molto tempo addietro. Voleva vendicarsi di noi Lupi, di coloro che nella Valle lo hanno combattuto, e voleva gli Sciamani per poter acquisire ancora più potere, o per vendicarsi del potere che hanno conferito a Kaleth, che ha portato alla sua sconfitta. Ciò che è importante, è che il passato ha trovato il modo di tornare… e ora sono nostre le conseguenze delle gesta dei nostri avi. Ma tu puoi capirlo meglio di chiunque altro, vero Mogan?»
Nessuno poteva credere alle parole pronunciate da Kitaan: tale era il peso di ciò che era stato detto, e così tante erano le domande che ora trovavano risposta, che tutti i presenti rimasero scioccati, fermi a ripensare e soppesare il fardello di suddetta, nuova conoscenza.
Ma ancor più di chiunque altro, fu lo stesso Mogan a rimanere basito: ora, anche ai suoi occhi tutto acquisiva un senso. Nella sua mente esplosero ricordi su ricordi: l'attacco di Kurut a Hotomak, il desiderio di vendetta così

recondito messo in atto dall'Orso… non era realmente lui. Era Kahot ad avergli ordinato di fare ciò che aveva fatto. Kurut non era che un corpo, la cui volontà apparteneva a qualcun altro.
Ma, da qualche parte nell'animo del Figlio del Lupo, qualcosa stava per esplodere: lo sbigottimento di Mogan si frapponeva all'ira che stava facendosi sempre più opprimente… un'ira appartenente a colei che risiedeva in lui.
«Gli Sciamani...» continuò Kitaan, ormai consapevole del potere delle sue parole. «Erano tutti morti. Tutti… tranne uno. Egli era in punto di morte, ma prima di spirare ci ha detto cosa era successo: erano stati uccisi. Massacrati… da colei che avevano a lungo protetto, e che al momento giusto aveva trovato la forza necessaria per compiere la vendetta che covava nel cuore da un tempo lungo intere generazioni. Una bambina… tenuta come garanzia di pace da un tempo lontano intere generazioni, risalente alla Guerra degli Antichi…»
«Yanni…» sussurrò Mayka, sconvolta da ciò che stava udendo.
Kitaan fece un cenno con il capo, a confermare ciò che l'Aquila aveva dedotto. «Gli Sciamani, durante la Guerra degli Antichi, decisero che il nostro tempo era giunto, e che andavamo puniti per il male che stavamo arrecando. Con le loro conoscenze e il loro potere, stavano per creare un nuovo essere, un predatore che potesse distruggerci e riportare la pace nella Valle, cancellando l'uomo da una natura sull'orlo del collasso, per preservare tutti gli altri esseri viventi, e la terra stessa: il wendigo. Ma Kaleth diede

loro un'altra via: una pace, che avrebbe garantito tramite il potere del Legame... ma tale scelta ebbe un costo enorme: Yanni. Gli Sciamani si presero cura di lei, cercando di curare l'instabilità mentale della bambina... Ma quando Kurut è entrato in contatto con il suo antenato, Kahot, e ha attaccato il villaggio di Hotomak per suo volere, in lei si è risvegliato un desiderio a lungo nascosto: avrebbe avuto la sua vendetta. Su suo padre, tornato dal passato, e sui suoi discendenti. Così ha usato le conoscenze acquisite dagli Sciamani, e si è tramutata nel wendigo. Credetemi, ho visto il massacro che ha compiuto: neppure loro sono riusciti a fermare quell'essere. Ma una volta finito con loro, il potere del wendigo deve essere stato troppo potente per lei... deve aver capito che necessitava di un corpo più forte dove poter trasferire il suo spirito, e con esso il potere del wendigo... un corpo che potesse permetterle di consumare la sua vendetta... E ora Yanni è qui, insieme a noi. Attraverso Mogan.»
Gli occhi di Kitaan guardarono così intensamente quelli di Mogan, che quasi gli parve di vedere, attraverso le pupille color ghiaccio, la stessa Yanni. Una percezione, nulla più che questo, ma sentì in cuor suo che colui che gli si parava dinnanzi era esattamente ciò che sospettava.
Mogan ricambiò lo sguardo: era sbigottito, confuso, e al tempo stesso qualcosa stava montando dentro il suo animo: un'ira viscerale, che lo consumava al punto da dargli il voltastomaco. Si guardò intorno, tremante: tutti lo stavano guardando, e nei loro occhi v'era stupore, e al tempo stesso terrore: avevano davanti un mostro, secondo le parole di Kitaan. Una sensazione nauseante lo travolse: non voleva

credere a ciò che il ragazzo aveva detto, e d'altro canto tutto acquisiva un senso tale da demolire ogni dubbio, ogni insensatezza, ogni ragione fino a quel momento celata.
Per un secondo, nel tempo d'un battito di ciglia, Yanni gli si palesò davanti: ella stava gridando. Il suo urlo di rabbia si mescolò al grido disumano del wendigo.
Così, la follia prese il posto dell'incredulità, ed egli veicolò l'ira che esplose dalle parti più celate del suo spirito attraverso la voce.
«Tu menti!» gridò furioso il Figlio del Lupo, con tanta forza quanta mai avrebbe creduto di averne, rivolgendosi a Kitaan. «Yanni mi ha mostrato la verità sulla mia famiglia! Mi ha mostrato ciò che devo fare per sconfiggere il mio nemico! Mi ha condotto sulla strada per compiere il mio destino!» Era chiaro che stesse parlando, ora, per convincere tutti coloro che avevano udito le parole di Kitaan, che egli stesse mentendo.
Niiza, Anhau e Tysmak, però, cercarono di parlare, e dalle loro bocche imbavagliate non uscì nulla più che un lamento. Anch'essi, infatti, erano stati testimoni di ciò che aveva vissuto Kitaan, e insieme a lui avevano scoperto la verità su Yanni.
Mogan sovrastò immediatamente i loro versi con la propria voce. «Portatelo via!» gridò ai suoi uomini. «Portateli via tutti!»
Gli uomini di Hotomak e di Taeysa scattarono in direzione dei loro prigionieri; Kitaan venne imbavagliato nuovamente, in modo che non potesse più dire parola alcuna, e poco dopo venne circondato dai guerrieri di suo fratello.

Kitaan posò lo sguardo sui suoi amici: Niiza, Anhau e Tysmak erano spaventati, ma poté vedere in ognuno di loro un barlume d'orgoglio. La verità era stata ascoltata, e in un modo o nell'altro questo avrebbe dovuto portare a qualcosa.
Mayka, invece, aveva dipinto in volto un misto di incredulità e tristezza: ella era stata molto dubbiosa circa la verità riguardante i motivi che avevano spinto Yanni ad approcciarsi a Mogan sin dal primo momento, e le rivelazioni raccontate da Kitaan non avevano fatto che confermare i suoi sospetti, in un modo a dir poco sconvolgente; d'altro canto, però, la Figlia dell'Aquila si sentiva distrutta e sconfitta, poiché ciò che aveva fatto ad Akima era stato condiviso, e il dolore che ne era scaturito aveva avvinghiato i cuori di molte persone che riponevano in lei piena fiducia, e come se non bastasse questo l'aveva condotta ad una scelta che mai avrebbe voluto compiere, ovvero scegliere tra la sottomissione verso un uomo che ora ripudiava, e la vita, sua e delle sue amate guerriere.
Tonikua, invece, sembrava celare lo sbigottimento per ciò che aveva udito dietro un volto torvo: egli, forse per rabbia, o forse per l'immensa delusione, diffidava dalle parole di Kitaan: esse erano senza dubbio importanti, ed erano state pronunciate con una sicurezza tale che difficilmente si sarebbe potuto mettere in dubbio la veridicità del racconto, eppure il disprezzo che provava per il ragazzo era così intrinseco nel suo animo, e la rabbia verso i suoi nemici era così logorante, che poco gli importava di cosa fosse vero e cosa no, quale fosse la verità che si celava dietro Mogan e quale invece fosse una menzogna. Dai suoi occhi si poteva

leggere solo il desiderio di vedere i nemici del suo popolo cadere.
L'ultima cosa che Kitaan poté fare prima di venire trascinato fuori dalla sala dai guerrieri, che già stavano scortando, armi alla mano, tutti coloro che avevano presenziato al processo, fu guardare un'ultima volta negli occhi suo fratello: condividevano uno sguardo colmo di rabbia, e solo la volontà di distruggersi l'un l'altro sembrava legarli. Nessuno dei due riconosceva più nell'altro un fratello, ma un nemico. E se Kitaan era furioso e al tempo stesso spaventato da ciò che Mogan stava divenendo attraverso la forza del wendigo instillata da Yanni, allo stesso modo il Figlio del Lupo fu intimorito dalla conoscenza della quale Kitaan si era fatto testimone, e dalla forza con la quale tale conoscenza gli si sarebbe potuta rivoltare contro.
La porta si chiuse, e Mogan rimase solo, con il rumore del temporale che incombeva fuori dalla Grande Casa a spezzare il silenzio.
Una terribile consapevolezza lo frastornò: gli Sciamani erano morti. E tale verità divampò nella sua mente come una certezza del quale era sempre stato conscio, a causa del fatto che una parte di lui sapeva perfettamente cosa fosse successo sull'isola Weenas, per il semplice fatto che era stata proprio quella parte che ora risiedeva in lui ad aver compiuto il massacro.
Fu in quel momento che un'immagine esplose davanti ai suoi occhi, come un ricordo che prende vita dalle parti più recondite della mente: vide il wendigo uccidere gli Sciamani, vide questi ultimi cercare di combatterlo con

armi a lui sconosciute; vide donne e uomini scappare, affrontarlo, anziani fatti a pezzi da... sé stesso. Stava vedendo tali scene come un ricordo vissuto in prima persona.
Era tutto vero.
Gli Sciamani erano morti. Per mano di colei che ora era un tutt'uno con lui.
Si guardò le mani: sovrapponendosi alla realtà, queste figurarono come mani da uomo, poi da bambina, poi divennero bianche, emaciate e lunghe... le mani del wendigo; poi la realtà prese il posto delle visioni.
Un pensiero gli attraversò la mente, così violento da dargli la nausea: Yanni lo aveva usato. E ora, erano legati indissolubilmente.
La nausea divenne frustrazione, la frustrazione divenne rabbia. E la rabbia esplose in un grido disperato e furioso.
E Yanni gridò con lui, e attraverso lui: ella era stata scoperta.

III

LA VERITA' CELATA

«Tu mi hai mentito!» gridò Mogan.
La pioggia batteva incessante sul suo volto; il manto di lupo gli copriva le spalle, e danzava inquieto al volere del vento. Le nuvole oscuravano la volta celeste, e l'oscurità lo attanagliava quasi completamente.
Egli, dopo la riunione nella Grande Casa, necessitava di risposte, ma per averle doveva essere sicuro che nessuno lo potesse vedere o, peggio ancora, tenere sotto osservazione. Aveva quindi affrontato il temporale, e tramutatosi in lupo tramite il potere del Legame, si era spinto sin quasi nelle Terre Selvagge, ai confini delle Taghendi, le Terre di Primavera, lontano dal villaggio di Yokintuh.
Lì, completamente solo in mezzo alla radura, aveva lasciato che la rabbia e la frustrazione prendessero il sopravvento.
«Ho fatto ciò che ritenevo necessario.» rispose Yanni, palesandosi dinnanzi al Figlio del Lupo: ella non era reale, se non per Mogan. La sua era una visione nata dalla mente, ma così reale da sembrare quasi concreta. Ma la pioggia l'attraversava senza neppure scalfirne la sagoma eterea, ed ella non percepiva la fredda brezza che giungeva dal Vento Blu. Il suo viso e il suo portamento, così dolce e innocente,

sembrava ancor più inquietante agli occhi di Mogan, ora che poteva percepire il male ch'ella aveva infuso nel suo spirito.
«Tu mi hai usato!» gridò Mogan. «Hai ucciso coloro che avrebbero dovuto proteggerci e aiutarci, e poi sei andata nel luogo dove sapevi che sarei andato, ad aspettare, solo per potermi usare come fantoccio per i tuoi scopi! Non sei che una lurida manipolatrice!»
«Io ho atteso per tanto tempo il mio momento!» esplose la bambina; la sua voce divenne più grave, quasi inumana. «Cosa puoi saperne tu, di ciò che ho dovuto subire?»
Mogan vide davanti ai suoi occhi qualcosa che non aveva vissuto, ma che figuravano come ricordi d'una vita passata: erano i ricordi di Yanni, che la bambina stava mostrando al Lupo.
Mogan vide, come fosse lui in prima persona a viverlo, Kahot uccidere una donna proprio davanti ai suoi occhi: era il ricordo di Yanni, la notte in cui sua madre Laheli morì per mano del Bianco Guerriero come messaggio per il clan rivale, e lei venne salvata da suo zio, Kaleth. Vide quest'ultimo parlare con gli Sciamani, e vide Shaa, il figlio di Kaleth, suo cugino, al suo fianco, e Mogan riconobbe quel momento: lo aveva visto durante il suo primo Viaggio Astrale, il momento in cui Kaleth aveva chiesto agli Sciamani di proteggere i bambini dalla guerra che stava imperversando tra lui e Kahot. Vide il tempio degli Sciamani, sull'isola Weenas... poi vide qualcosa che gli mozzò il fiato: vide una sala, gli Sciamani lavorare; Yanni, legata a un tavolo. Attraverso il ricordo, Mogan gridò,

poiché era stata Yanni a gridare: gli Sciamani la stavano usando come cavia per degli esperimenti.
«Tu non hai idea di cosa mi abbiano fatto...» disse quasi in un sussurro Yanni. Le immagini accompagnarono il racconto di quelle visioni, di quei ricordi. «È vero: gli Sciamani studiarono il modo di creare un nuovo essere, un predatore che potesse distruggere l'uomo e riportare la pace nella Valle, e negli altri esseri viventi che la abitavano... ma come credi che avessero fatto? Mio padre, e mio zio, furono i principali responsabili della Guerra degli Antichi... furono gli uomini a farsi la guerra... quindi dovevano essere gli uomini, a pagare. Io ero stata la causa di tutto... lo ripeterono più volte, anche a mio zio Kaleth in persona... ma nessuno poté capire quanto colpevole fossi ai loro occhi. Come causa della guerra che stava devastando la loro amata terra, gli Sciamani mi presero per creare qualcosa che potesse mettere fine all'era degli uomini.»
Mogan vide Yanni venire sottoposta a rituali tremendi.
«Io ero la causa della Guerra degli Antichi... e sarei dovuta divenirne la soluzione definitiva.» continuò la bambina. «Ma quando Kaleth, orgoglioso del suo nome e della leggenda che sarebbe potuto diventare, fece il patto con gli Sciamani, io non servivo più. Il wendigo non serviva più. E di certo, non avrebbero potuto restituirmi a mio zio nelle condizioni in cui ero. Così nascosero ciò che mi avevano fatto, celando la verità dietro la pretesa di una garanzia per la pace che sarebbe dovuta perdurare per mano di mio zio tramite il Legame. E lui accettò, senza preoccuparsi di me... abbandonandomi. Io non ero più niente, per nessuno.

Ero un essere tenuto a malapena in vita, senza ragione... soffrendo... per un tempo lungo undici generazioni di Figli... destinata a un'agonia eterna... O almeno, fino a quando un'altra guerra non avesse messo nuovamente in pericolo la Valle.»
Mogan era esterrefatto da ciò che aveva visto. «Quindi, ora che Kurut ha iniziato un nuovo conflitto, gli Sciamani...»
«...Hanno deciso che era venuto il tempo per liberare il wendigo.» confermò Yanni. «Ma hanno sottovalutato il potere di quella creatura. Un essere così perfetto, che nessun uomo avrebbe potuto scalfirlo. Un predatore inarrestabile... questo è il wendigo. Ma ero stanca... così iniziai la mia vendetta. E i primi a cadere furono proprio loro: gli esseri leggendari che non erano altro che mostri... mostri che hanno torturato una bambina indifesa per i loro rituali... non sono io il mostro, Mogan. Furono *loro* a odiare la nostra specie, e a creare ciò che potesse distruggerci. Ma io ho cambiato il corso degli eventi... ho fatto ciò che dovevo fare. Nella mia mente vedevo solo mio padre Kahot, mio zio Kaleth, mio cugino Shaa... tutti coloro che mi avevano abbandonato... volevo vendetta. E *voglio* vendetta.» La sua voce si era fatta sempre più rancorosa. «Ho fatto ciò che dovevo. E non permetterò a nessuno di ostacolarmi... neppure a te, dodicesimo Figlio del Lupo. In te scorre lo stesso sangue di colui che mi ha abbandonata, perché troppo debole per combattere la paura di perdere me e suo figlio. In te scorre il sangue del traditore. Ho intenzione di distruggere coloro che sono responsabili di ciò che mi è successo, e ora che mio padre è tornato tramite Kurut, posso compiere il mio destino. Ho

bisogno di te, tanto quanto tu hai bisogno di me: il wendigo è un essere la cui forza è imparagonabile a quella di qualsiasi altro uomo, persino a coloro che possiedono il dono del Legame, persino degli Sciamani stessi, che sono caduti sotto la sua forza. Ti ho offerto l'arma definitiva per spazzare via i tuoi nemici… e tu osi insultarmi?»
Mogan non riuscì a proferire parola: l'orrore per ciò che aveva visto era tale che faticava a pensare a Yanni come ad un mostro: ella, al contrario, era ai suoi occhi una vittima. E la sua vendetta, ora più che mai, acquisiva un senso. Non disse nulla, né chiese perdono: nel suo cuore alberava lo stesso desiderio che aveva reso Yanni ciò che era. E dentro di sé percepì un nuovo sentimento divampare: si rese conto di quanto odio, quanta repulsione stesse provando per quelle figure leggendarie che per intere generazioni erano state idolatrate dal popolo della Valle. Kaleth, gli Sciamani… tutti erano stati colpevoli del male che aveva distrutto la Valle una volta, e le cui conseguenze stavano devastando nuovamente coloro che la abitavano. Mogan si sentì sporco, e tremò al pensiero che nel suo sangue scorreva quello dei suoi padri. Egli stava, inesorabilmente e senza rimorso alcuno, rinnegando la sua stessa stirpe, e tutto ciò in cui aveva sempre creduto; fece sua la rabbia di Yanni, e sentì dentro di sé il sentimento che la bambina provava divampare. I due si guardarono intensamente, ma fu la bambina a consolidare con le parole ciò che entrambi pensavano.
«Siamo solo tu ed io, ora.» disse Yanni.
Mogan confermò con un cenno della testa.
«Cosa hai intenzione di fare, adesso?» chiese Yanni.

Mogan ispirò, e la gelida aria gli riempì i polmoni; il suo sguardo torvo non era che uno specchio del sentimento tetro e oscuro che stava provando. I suoi occhi si posarono lentamente sul suo braccio: esso era come corrotto, divenuto emaciato e consunto, d'un colore pallido e spento; le dita erano più sottili, e logore. Eppure, dinnanzi a uno spettacolo tanto raccapricciante, il Figlio del Lupo sorrise, soddisfatto.
«Distruggerò i nostri nemici.» disse, mentre percepiva una nuova forza avvilupparsi lo spirito. «A partire da Kurut…»
Yanni sorrise, soddisfatta a sua volta: nei suoi occhi brillava la stessa follia che permeava lo sguardo del Figlio del Lupo. Essi erano una cosa sola, in tutto e per tutto.
«E i tuoi alleati?» chiese la bambina, indicando Yokintuh, in lontananza, attraverso la coltre di pioggia.
«Sei *tu* la mia unica alleata, ora. Userò coloro che decideranno di unirsi a me per portare avanti la guerra contro Kurut e Qalentosh, ma non mi fido di nessuno di loro. Il tempo delle alleanze è finito.»
«Tonikua sembra appoggiare la nostra causa.» convenne la bambina.
«Egli è debole. Il dolore lo acceca, e il suo giudizio è labile quanto la sua mente. Lo terrò occupato, in modo che non possa intralciarmi. L'unica cosa che lo rende ancora fedele a me è l'odio verso i nostri nemici, ma soprattutto verso Kitaan: userò questo sentimento a mio vantaggio. Nassor mi è fedele, almeno quel poco che basta per essere al mio fianco: l'alleanza che ho stretto con il suo capotribù, e la

promessa che egli raggiungerà Yokintuh tra pochi giorni lo costringe a seguirmi.»
«Si aspetterà che tu attenda l'arrivo di Taiman prima di partire per combattere Kurut…»
«Ho già stabilito tutto, a riguardo: non attenderò oltre per partire, e lui sarà costretto a seguirmi. Ne va del suo onore verso Taiman, e verso il suo clan.»
«E Mayka? Cosa intendi fare con lei?» chiese sospettosa Yanni.
Mogan tremò al solo udire il nome della donna, tale era la rabbia che provava nei suoi confronti. I suoi occhi si posarono nuovamente sul braccio corrotto dal potere del wendigo, poi su Yokintuh.
Sotto la pioggia dirompente, il Figlio del Lupo ebbe la risposta a tale domanda.

Kitaan sentiva il freddo vento del temporale soffiare fuori dalle mura che lo circondavano.
Era stato condotto dagli uomini di Mogan nella stessa stanza dove era stato tenuto in custodia Naheni, l'uomo appartenente al popolo delle Ombre al servizio di Mundook, che aveva intossicato la moglie di Tonikua, Mara, con la Zillya, la "*forza del guerriero*", l'erba che le aveva fatto perdere il senno e che l'aveva portata alla morte; egli, una volta catturato, si era suicidato, proclamando il desiderio di vittoria del popolo di Mokanzee e delle Ombre. Kitaan poté vedere sulla parete della stanza che la parola "Potere", che Naheni aveva scritto con il suo stesso sangue prima di togliersi la vita, era

ancora lì. Pareva un macabro scherzo degli Spiriti Antichi, pensò Kitaan, che proprio lui, il responsabile della morte di Keelosh, fosse stato rinchiuso nella stessa stanza dove era stato portato l'assassino della madre dell'amico. Chiuse gli occhi, e pregò che i due, madre e figlio, si stessero riabbracciando nelle Terre Celesti.
Sentì un rumore provenire da dietro la porta, e poco dopo Niiza, Anhau, Tysmak e la Grande Saggia vennero spintonati dentro la stanza; dietro i guerrieri che li scortavano, Tonikua osservava silente.
La Grande Saggia cadde debole sulle sue stesse gambe e ruzzolò in terra; Kitaan scattò, andandole in soccorso, e i tre fratelli fecero altrettanto. Girandola per aiutarla ad alzarsi, il giovane Lupo rimase scioccato da ciò che aveva dinnanzi: la vecchia donna era stata malmenata.
Subito, il suo sguardo saettò dall'anziana ai guerrieri che avevano spintonato lei e i ragazzi nella stanza, e scattò furioso nella loro direzione. I suoi occhi, per una frazione di secondo, si posarono su Tonikua, il quale già lo stava osservando: nei suoi occhi era ancora vivido il rancore che egli provava. Prima che potesse raggiungere i guerrieri, però, questi chiusero la porta davanti a loro; a nulla servì per Kitaan cercare di forzarla, poiché essa era stata bloccata.
Lo sconforto avviluppò Kitaan, non appena si voltò e vide negli sguardi dei suoi compagni la stessa dolorosa consapevolezza che egli stesso conosceva: erano stati fatti prigionieri.

La Grande Saggia si mise a sedere, la schiena poggiata contro il muro: ella tremava, per la paura, il dolore e la stanchezza.
«Cosa le hanno fatto? Perché questo?» chiese orripilato Kitaan.
«Ha cercato di fermare tutto questo.» spiegò Anhau. «Ci stavano portando qui, ma lei ha provato a farli ragionare… a far ragionare Tonikua. Voleva che capisse l'errore che stava commettendo. Ma lui non ha voluto sentire ragioni. Quando lei ha insistito, lui l'ha fatta smettere.»
Kitaan posò nuovamente lo sguardo sull'anziana donna: il volto era tumefatto, rigoli di sangue scendevano lungo gli zigomi; respirava stancamente.
Il giovane Lupo strappò un pezzo del suo abito, e posò delicatamente il telo sulla guancia della Saggia.
«Mi dispiace tanto…» le sussurrò.
Ma la donna si limitò a emettere un esile rumore, che pareva più un labile verso di dolore, che non un segno di comprensione, e questo fece ancora più male al ragazzo.
Sentì delle dita poggiarsi delicatamente sulla sua mano, e avvolgerla: voltandosi, vide Niiza farsi più vicina, e accucciarsi al suo fianco di fronte all'anziana sacerdotessa.
«Non è tuo, il fardello di una tale colpa.» La voce della ragazza era calda, eppure malinconica; rassicurante, e al tempo stesso addolorata. «Non è stata tua la causa per il quale la terra crolla sotto i nostri piedi, Kitaan.»
«Lo è, invece.» la contrastò il Lupo. I suoi occhi si posarono da lei ai due fratelli, e nuovamente sulla Grande Saggia. «Se non avessi fatto ciò che ho fatto… ora sarebbe tutto diverso. Non saremmo qui… e Keelosh…» Ma non

riuscì a continuare la frase, poiché il dolore gli avviluppò la gola, strozzando ogni desiderio di parlare.
«Come è successo?» chiese Niiza.
Kitaan passò i successivi minuti a raccontare gli avvenimenti che lo avevano coinvolto da quando si erano separati sull'isola Weenas, all'arrivo di Mundook e dei suoi uomini. Non tralasciò un singolo dettaglio, rivivendo ogni istante attraverso le parole. Raccontò dell'arrivo di Kurut a Odum, della tortura a Keelosh... e poi parlò di Akima.
«Ma... allora... non era stata uccisa dagli uomini di Kurut.» disse sconcertato Anhau, udendo le parole del Lupo.
«No... ciò che aveva immaginato Mayka era vero: la volevano viva. Volevano estorcerle informazioni su di noi, o usarla come merce per obbligarci a uscire allo scoperto... ma noi non sapevamo nulla, a causa delle bugie di Mayka. Così è rimasta da sola, abbandonata alle mani di quell'essere. Non voglio immaginare cosa le abbiano fatto... ma il dolore per ciò che ha dovuto subire le ha fatto perdere il senno. Se solo l'aveste potuta vedere con i vostri occhi...»
«Quindi era lì con voi, a Odum... cosa è successo poi?» chiese Tysmak.
«Kurut e Mundook vollero sapere degli Sciamani. Di ciò che avevamo scoperto nel tempio. Ma non potevo dir loro la verità su Yanni, e sul wendigo. Non potevo dire cosa fosse successo realmente... così dissi loro che li avevamo trovato già tutti morti, e che non fu nulla più che un tentativo vano. Lo convinsi che il Viaggio Astrale di

Mogan non era servito a nulla, e che la caccia agli Sciamani era giunta al termine per entrambi: nessun essere antico ci avrebbe più potuto aiutare. Fu a quel punto che Kurut mi disse del *suo* Viaggio Astrale: di Kahot, di come lo spirito del suo antenato si fosse legato al suo corpo… e tutto acquisì finalmente un senso. Kurut fu sopraffatto dalla rabbia per ciò che era successo agli Sciamani, e in un impeto d'ira levò l'ascia di guerra contro Keelosh, proclamando la sua morte come simbolo della potenza degli Orsi, e della vendetta che avrebbero portato a termine. Ecco come è successo…»
Vi fu un momento, lungo un'eternità, di silenzio, volto a metabolizzare le parole appena pronunciate.
Fu Niiza la prima a parlare. «E tua madre? Cosa le è successo?» chiese infine.
Kitaan sentì le parole stringerglisi in gola; alzò lo sguardo: gli occhi di Niiza, rossi e gonfi per le lacrime versate, lo stavano guardando con malinconia, e condividevano il dolore ch'egli provava, ma in essi v'era una luce nel quale riuscì a trovare conforto, quel tanto che bastava per sentirsi al sicuro, come se il mondo fosse una gelida tormenta, e quegli occhi un caldo fuoco ove trovare riparo.
«È stato lui.» disse, con la voce d'un tratto tremante di rabbia. «È stato Mogan.»
Gli occhi dei ragazzi si spalancarono inorriditi all'udire di tale nome.
«Quando è venuto a salvarci, ha ucciso Mundook, con una ferocia bestiale, che ho visto solo nel wendigo che ci ha attaccati nella grotta…» continuò Kitaan. «Ma nella grande sala c'erano anche il corpo di Keelosh… e mia madre. Era

legata a una colonna, nuda e impaurita. Non ci riconosceva… aveva perso ogni ricordo di noi, e ogni bagliore di consapevolezza si era spento nella sua mente. Ma questo non la rendeva di meno nostra madre. Ma non fu così per Mogan…»
I ricordi di ciò che accadde esplosero, ancora una volta, dinnanzi i suoi occhi.
«Ho cercato di farlo ragionare… ho cercato di fargli capire che dovevamo portarla indietro, insieme a noi. Potevamo curarla… potevamo aiutarla… ma lui non ha voluto ascoltarmi. Avreste dovuto vedere i suoi occhi, in quel momento: mi guardavano con un odio indescrivibile… credo sia stato in quel momento, che il suo animo si sia perso completamente. Il dolore, la rabbia, e la corruzione di Yanni che covava dentro di lui… lo hanno trasformato. Ha appiccato il fuoco nella sala, di fronte a nostra madre: le ha voltato le spalle e se n'è andato. Io sono stato trascinato via… l'ultima cosa che ho visto è stata mia madre venire circondata dalle fiamme. Sola, e abbandonata, senza neppure più la consapevolezza di ciò che le stava accadendo intorno.»
Seguì il silenzio, che perdurò per diversi istanti: il peso di quel racconto era tale che non fu facile commentare quanto accaduto, così tutti si limitarono ad assorbire le informazioni e a viverne il dolore silenziosamente.
Niiza prese la mano del Lupo e la chiuse tra le sue: esse erano calde, ma tremanti.
Il ragazzo levò nuovamente gli occhi, e incontrarono quelli della giovane sacerdotessa: non servì parola alcuna per

descrivere il dolore che ella condivideva nei suoi confronti, più di quanto non fecero quegli occhi profondi e addolorati. La ragazza portò la mano del Lupo vicino alle labbra, e la baciò: fu un bacio di cordoglio, un bacio di apprensione; un gesto dolce, che per un istante illuminò l'oscurità che si era nuovamente avvinghiata all'animo del Lupo.
«Io devo fermarlo.» disse infine Kitaan.
Non fu facile rispondere a tale affermazione; fu Tysmak a rompere il silenzio. «Kitaan… posso solo immaginare il dolore che stai provando. Ma guardati intorno: nessuno è più dalla nostra parte.»
«È vero.» convenne Anhau. «Siamo bloccati qui. Tuo fratello si è imposto al di sopra di tutti i clan, e minaccia di uccidere chiunque gli si metta contro. Mayka è stata obbligata a servirlo, Tonikua è così accecato dal dolore da non volere sentire ragione…»
«Deve esserci qualcosa che possiamo fare!» insistette Kitaan, noncurante delle parole dei due fratelli. «Yanni lo ha corrotto!»
«Yanni ha fatto solo una parte del lavoro, giovane Lupo.»
Tutti si voltarono: era stata la Grande Saggia a parlare, con un filo di voce appena udibile.
L'anziana donna aprì gli occhi e inspirò a fatica la soffocante aria della stanza; tossì, ed emise un lamento di dolore.
«Grande Saggia, dovete riposare.» fece subito Niiza.
«Non credo ci sia riposo che possa portarmi conforto, mia dolce Niiza…»
La ragazza tastò l'anziana donna, delicatamente ma con grande consapevolezza; il suo volto, ben presto, si corrugò.

«Le costole sono fuori posto... temo che le abbiano perforato un polmone.»
Tutti furono sconvolti dall'analisi della ragazza.
«Dobbiamo fare qualcosa.» disse subito Kitaan. «Dobbiamo aiutarla.»
«Non c'è nulla che tu possa fare, ragazzo mio...» fece l'anziana, poggiando a fatica la mano sul braccio del Lupo, che già stava approntandosi ad alzarsi nella speranza di trovare una qualche soluzione. «Il mio spirito è forte, ma il mio corpo non è più quello di un tempo.» Tossì nuovamente, e il suo volto si corrugò a causa del dolore.
«Mi dispiace che ti abbiano fatto questo...» disse Kitaan in poco più che un sussurro.
«Non dispiacerti per me, ragazzo. Ho fatto ciò che ritenevo giusto, e non me ne pento. Proteggere questi ragazzi, cercare di portare la luce nell'oscuro animo d'un uomo che ho sempre rispettato, era mio dovere. Ma sembra che non ci sia parola alcuna che possa diramare la nebbia che offusca la mente di Tonikua, ormai: egli ha perso così tanto, in così poco tempo, che l'unica cosa che sembra importargli ora è vedere distrutti tutti quelli che lo hanno privato di coloro che amava. Sono addolorata per ciò che ti è successo a Odum, giovane Lupo...»
«Keelosh è morto a causa mia...»
«Keelosh è morto inseguendo l'ideale in cui credeva.» lo corresse l'anziana donna. «È morto perché ha creduto in *te*, e nelle tue buone intenzioni. Nessuno poteva immaginare cosa sarebbe successo. Hai agito secondo ciò che ritenevi più giusto, e chiunque ti abbia seguito lo ha fatto solo ed esclusivamente perché condivideva con te il desiderio di

porre rimedio a ciò che è successo a Mogan. Non addossarti il peso della morte di Keelosh… egli è stato padrone del suo destino fino alla fine, e sono sicura che sia giunto nelle Terre Celesti camminando fiero.» Tossì nuovamente, e questa volta il dolore si fece più intenso: il volto si corrugò come mai prima d'ora, e inspirare fu ancora più doloroso.
«Grande Saggia, io devo fare qualcosa.» disse Kitaan.
«Comprendo il tuo desiderio, giovane Lupo.» disse l'anziana. «Ma se ciò che avete visto è vero, se Yanni si è davvero legata a tuo fratello, e ha infuso in lui il potere di quella creatura così terrificante, allora un male ben più temibile di Kurut sta per scatenarsi sulla Valle. E temo che ci sia ben poco che tu possa fare.»
«Ma ci deve essere un modo!» insistette Kitaan, senza nascondere la frustrazione per quanto udito. «Voi siete la Grande Saggia, la sacerdotessa che conserva in sé la conoscenza degli antichi rituali… deve pur esserci qualcosa che conoscete, che possiamo usare a nostro vantaggio!»
«La mia conoscenza è limitata, giovane Lupo… io ripeto ciò che mi è stato insegnato… il potere delle Grandi Sagge, la capacità di effettuare i rituali che hai potuto osservare con i tuoi stessi occhi, è qualcosa che ci è stato lasciato in eredità dalle Sagge che ci hanno preceduto, e la cui origine è da ricercarsi in tempi lontani… ma non è nulla di comparabile a ciò che conoscevano gli Sciamani. Ciò che hanno creato, quel… wendigo, è qualcosa che va ben al di là di ciò che posso comprendere.»

Kitaan sentì lo sconforto avvilupparglisi nel petto: avrebbe voluto arrabbiarsi, avrebbe voluto gridare che non poteva credere che non ci fosse una soluzione… ma represse ogni sentimento che lo stava soffocando, poiché dinnanzi a lui v'era una povera donna, sofferente e priva di qualsiasi colpa.
Ella tossì nuovamente, e quasi perse i sensi: chiuse gli occhi, e privata d'ogni forza lasciò che una lacrima le bagnasse il viso.
«Grande Saggia… cerca di riposare…» disse Niiza, mettendosi a sua volta appoggiata al muro e lasciando che la nuca della donna si posasse stancamente sulla sua spalla. Le strinse le mani, come una figlia fa con la madre, cercando di infonderle sicurezza e serenità, nonostante la consapevolezza di quanto stesse per accadere, e il dolore che ne derivava.
«Il mio tempo sta giungendo…» disse la Saggia, aprendo appena gli occhi, fissi in un punto indefinito; le sue dita accarezzavano la pelle delicata della ragazza, come a volerla confortare a sua volta. «Ma in te, mia cara Niiza, vive ancora ciò che ti ho insegnato. Dopo di me, sarai tu l'unica rimasta delle Sagge. Il mondo ci vede come sacerdotesse, come racconta storie, come guaritrici… come quanto di più simile agli Sciamani di cui abbiamo raccontato la storia per così tanto tempo… ma con il tempo, la storia è divenuta leggenda, e la leggenda ha insegnato alle nuove generazioni a non commettere gli errori del passato. Le Sagge, e i loro rituali, non servivano più, e ora rimaniamo solo noi due… Ma sai cosa penso? Penso che il mondo non abbia bisogno di nulla più che questo. Non

servono potenti rituali, non servono poteri ancestrali, non servono Legami o Figli… servono leggende, che siano di ispirazione per chi verrà dopo di noi. Il potere che conserviamo, che i Figli conservano, e che gli Sciamani ci donarono, non hanno portato che dolore in questa meravigliosa terra… ma la leggenda di questi uomini e di queste donne, hanno portato la pace per così tanto tempo… e noi ne siamo state divulgatrici a lungo. Forse è questo ciò che serve ora… leggende… e nulla più di questo… forse… ciò che dobbiamo fare ora… è dimenticare per sempre il potere che ci è stato donato dagli Sciamani… e vivere seguendo il nostro posto nel mondo, semplicemente per ciò che siamo… semplicemente… ciò che… siamo…»
La voce della donna si fece sempre più labile, le dita che accarezzavano la mano di Niiza si mossero sempre più lentamente; gli occhi dell'anziana donna, ora fissavano un punto nel vuoto, e d'un tratto non si udì più il suo lento respiro.
Il silenzio cadde nella stanza.
Nessuno disse nulla.
Il rumore del temporale, fuori dalla Grande Casa, fu l'unica cosa che rappresentò un attaccamento alla realtà, laddove le menti di quattro ragazzi si erano distaccate da essa, lasciandosi avvolgere dal dolore del lutto.
Kitaan si alzò lentamente: dentro di sé, le parole della Grande Saggia echeggiavano e si ripetevano senza sosta.
Ella aveva detto il vero: il potere degli Sciamani, e la loro eredità, non aveva portato altro che dolore.
Il potere degli Sciamani…
D'un tratto, un ricordo esplose nella sua mente.

L'immagine dello Sciamano nel tempio, il portale… il bambino rapito, Akii, della tribù del Bisonte, che veniva spinto all'interno del fascio di luce.
"Il bambino è ciò che ci salverà!"
Erano state queste le parole dell'ultimo Sciamano.
Gli occhi di Kitaan si spalancarono, ed egli si voltò verso Niiza, Anhau e Tysmak.
«Forse c'è qualcosa che possiamo fare.» disse.
I ragazzi lo guardarono, come risvegliatisi dal torpore d'un lungo sonno; sui loro volti era disegnata la stanchezza e il dolore del lutto.
«Forse abbiamo ancora una possibilità.» disse il giovane Lupo.

IV

IL NOSTRO NEMICO

La pioggia batté incessante per tutta la notte, e le tenebre oscurarono Yokintuh. L'unico rumore che giungeva alle orecchie di chi, silente, ascoltava rifugiato nelle proprie abitazioni, era quello proveniente dalla zona del villaggio che una volta era adibita a mercato, quando ancora la pace permeava quelle strade. Ora, essa era ricolma di uomini al lavoro: vecchi e giovani intenti a costruire nuove armi per la battaglia, ormai prossima, sotto lo sguardo vigile e torvo dei guerrieri di Mogan e di Nassor. Poco distante, altri si trascinavano stancamente dal molo alle navi: loro era, infatti, il compito di rifornire le imbarcazioni delle provviste e degli armamenti necessari al viaggio che i clan avrebbero dovuto intraprendere. Il rumore dei carichi trasportati, delle pietre levigate per le lance e le frecce, e le grida dei guerrieri di Hotomak e di Taeysa che incitavano gli abitanti a lavorare più velocemente, furono gli unici suoni che riecheggiarono a Yokintuh, in quella fredda notte.

Lentamente, la pioggia smise di bagnare i tetti delle abitazioni e le strade; il fiume che passava in mezzo al villaggio, in piena a causa dell'acqua che lo aveva portato quasi a straripare, ricominciò a scorrere lento e incessante, finendo la sua corsa nel Vento Blu, poco distante dalle mura. Le tenebre iniziarono lentamente a lasciare il posto al giorno, e una coltre di nebbia coprì le Terre del Wapiti. Yokintuh era divenuta un luogo tetro, e sinistro.

Un forte rumore di passi destò Mayka dai pensieri che l'assediavano, allarmandola. Spostò delicatamente il braccio da sotto il collo della guerriera con la quale aveva condiviso la notte, e si sollevò dal letto di fieno su cui aveva cercato riposo, appena in tempo per vedere il telo che chiudeva il tipì, la tenda conica che la ospitava, venire spostato con irruenza.
I guerrieri di Mogan varcarono la soglia, armi alla mano.
«Il Figlio del Lupo ti chiama, Mayka di Haskau. Chiama a raccolta le tue sorelle.»
La Figlia dell'Aquila rimase in silenzio, lo sguardo torvo fisso sugli uomini dinnanzi a lei. Ci vollero pochi secondi prima che questi ultimi capissero che non vi sarebbe stata replica alcuna, così si voltarono e uscirono dal tipì, lasciando la tenda aperta.
Il pungente freddo della mattina si scontrò sul suo corpo nudo, e un brivido le fece accapponare la pelle.
Era nata e cresciuta sulle cime dei monti a nord della Valle, eppure aveva sempre odiato la sensazione di freddo che le penetrava la carne fin dentro le ossa. D'altro canto, però, il

torpore e la stanchezza vennero spazzati via, e di questo fu grata.
Si voltò, e due occhi neri la osservavano.
«Che accade, Niya?»
Mayka sentì il sangue gelarsi nelle vene, ma non per il freddo: se Mogan le stava chiamando a raccolta, poteva voler dire solo una cosa. Fissò la guerriera che giaceva nel letto di fieno, coperta da pellicce e manti d'animale che le avevano riparate dal freddo della notte, e una sensazione di malessere le pesò nel petto: il dolore e la paura erano state sue compagne sin dall'inizio della guerra, e non accennavano a lasciarle respiro; tuttavia, era più volte riuscita ad aggrapparsi a piccoli istanti di pace tra le braccia delle sue sorelle, scordandosi per alcuni momenti del male che avanzava impetuoso e inarrestabile. *Questo* era uno di quei momenti. Il pensiero di uscire dal tipì voleva dire tornare alla realtà, una realtà spaventosa, dal quale era riuscita a fuggire per una notte ancora. Ma il dovere la chiamava, e non poteva sottrarsi ad esso.
Si avvicinò alla guerriera e la baciò, cercando in quelle labbra il coraggio di affrontare ciò che la aspettava.
«Preparati, Halyn. Dobbiamo andare.»

Il cielo sopra Yokintuh era grigio, e tetro. Un freddo insolito giungeva dalle Terre Selvagge, e al di là delle mura del villaggio, una densa coltre di nebbia impediva di vedere l'orizzonte a ovest.
Mayka si guardò intorno, lasciando Halyn sola nella tenda a rivestirsi: intorno a lei, dozzine di tipì erano stati issati per poter accogliere le guerriere di Haskau e gli uomini di

Hotomak. Si trovavano nella parte più vicina alle mura principali del villaggio, nella zona dei campi agricoli e di allevamento che fornivano tutto il necessario alla sopravvivenza del clan del Wapiti. Un tempo verdi e rigogliosi, ora quei campi sembravano pallidi e spenti.
Qualcosa catturò la sua attenzione: un grido, proveniente dal cielo. In un attimo, Anitaka, l'aquila bianca che da sempre era stata la sua più fidata compagna, planò verso di lei; in un gesto veloce e deciso aprì le ali, fermando la sua corsa, e poggiandosi infine sulla punta della tenda dalla quale la Figlia dell'Aquila era appena uscita. L'animale emise un secondo grido, in segno di saluto verso la padrona.
«Yá'át'ééh abíní, Anitaka» salutò a sua volta la donna, alzando la mano. «Chiama le nostre sorelle.»
Anitaka si librò nuovamente in volo, ed emise il suo potente verso iniziando a volare sopra i tipì delle guerriere Aquile. Pochi minuti dopo, le sorelle di Mayka erano tutte fuori dalle tende, le armi ben salde, e pronte a ricevere ordini dalla loro Niya.
Dietro di sé, Mayka sentì un rumore di passi; alle sue spalle, Tonikua giungeva con Meeko e il resto dei suoi guerrieri all'accampamento.
Gli occhi del Figlio del Wapiti non incontrarono subito quelli della donna, ma anzi si soffermarono lentamente a osservare tutte le valorose guerriere che stavano ponendosi alle spalle della loro Niya. Forse, in quello sguardo torvo, v'era repulsione, disdegno, o forse vergogna; in ogni caso, gli occhi color ghiaccio del Wapiti impiegarono diversi secondi per posarsi finalmente in quelli dell'Aquila.

«Mogan ci attende.» disse finalmente Tonikua, con voce tanto distaccata da raggelare l'anima. Era chiaro: provava disgusto.
«Fa' strada, allora.» rispose l'Aquila, cercando di mantenere il tono quanto più freddo possibile.

Il tragitto fu lento, e l'aria che si respirava nel corteo di guerrieri e guerriere pareva soffocante: non era il freddo a mozzare il respiro, quanto più la tensione che legava Mayka e Tonikua. I due capitribù, in testa al gruppo e distante da esso diversi passi, non si rivolsero la parola per diverso tempo, e i sentimenti e i rancori che entrambi sapevano di provare l'uno nei confronti dell'altra era palese al punto che la tensione si diramò attraverso loro in tutti gli uomini e le donne che li circondavano e che camminavano con loro.
Yokintuh stessa sembrava percepire tale atmosfera, e il silenzio tombale, interrotto solo dai rumori dei lavori per l'approvvigionamento per la battaglia, regnava sovrano sul villaggio, circondato da una tetra nebbia.
«Sono addolorata per la tua perdita.» disse infine Mayka, rompendo il soffocante silenzio.
Nessuna risposta fece altrettanto.
La donna attese alcuni istanti, poi decise che non si sarebbe arresa. «Perché Mogan vuole vederci?»
«Intende darci nuove direttive per ciò che succederà d'ora in avanti, immagino.»
«E accetti senza remore che faccia questo?»
«Che faccia *cosa*?» sbottò Tonikua, con largo anticipo rispetto a quanto Mayka si aspettasse; tuttavia, si

ricompose altrettanto velocemente, cercando di mantenere una calma a stento percettibile. «La scelta è fatta: ci guiderà verso la fine di questa guerra.»
«Ho visto abbastanza di te, da capire che non credi neppure tu a ciò che stai dicendo.»
«Io credo nella vendetta, e Mogan ci condurrà ad essa.»
«Il Figlio del Wapiti che ho conosciuto io mi avrebbe detto di credere nella pace, non nella vendetta.»
«Le cose sono cambiate.»
Mayka si fermò, e di riflesso fecero coloro che camminavano alle sue spalle, diversi metri più distanti. «Solo se permettiamo che accada, Tonikua! Capisco ciò che stai provando, ma affidarsi a Mogan… non possiamo fidarci di lui.»
«E di chi dovremmo fidarci? Di *te*?» la schernì Tonikua, con tono disgustato, fermandosi a sua volta.
Mayka non ne fu sorpresa, ma comunque addolorata. «Tu credi davvero che io sia ciò che lui vuole farvi credere? Che io sia una traditrice?»
Tonikua attese alcuni istanti prima di ribattere: era chiaro che il suo animo fosse in tumulto, e stava soppesando con attenzione il giudizio del quale era chiamato a rispondere. «Ciò che credo io non conta, Figlia dell'Aquila.» dichiarò infine.
«Conta, invece. Conta per la nostra gente, conta per ciò che siamo chiamati a fare. Conta per il destino dei nostri popoli. Se decidi di credere a Mogan, e di vedermi con i suoi stessi occhi… come una traditrice, come un mostro che ha lasciato Akima al nemico senza esitazione, come

una manipolatrice… allora questa guerra è già stata vinta dal nostro nemico.»
«Kurut non -»
«Io non parlo di Kurut.» lo interruppe l'Aquila, e sentì lo sguardo misto di sbigottimento e rabbia di Tonikua su di lei. «Apri gli occhi: non è più Kurut, la sola minaccia per queste terre. Mogan sta prendendo il potere con la forza, e ha minacciato di uccidermi se non mi fossi sottomessa alla sua supremazia. Ti sei posto al suo fianco, spinto dal desiderio di vendetta e dalla rabbia, ma credimi: sbagli, se pensi che questo ti ponga come suo pari. Egli è corrotto, e deviato, e il suo giudizio verso di noi è mutato con lui. Non è diverso da Kurut…»
«Io ho perso mia moglie, e poi mi figlio, Mayka. Per colpa di esseri che non meritano neppure di camminare con i nostri padri nelle Terre Celesti, quando cadranno. Non puoi capire cosa significhi perdere tutto ciò che ami, tutto ciò per il quale hai sempre vissuto… il dolore di vederti portare via la tua stessa aria, ed essere impotente… ma io lo capisco bene… non mi importa chi vincerà o chi perderà questa guerra, Mayka. Io non temo la morte più di quanto non la desideri. Voglio riabbracciare mio figlio, e la mia compagna… e so che mi stanno aspettando, nelle Terre Celesti. Ma prima che questo accada, voglio vedere coloro che me li hanno portati via morire. Non mi importa come, o per mano di chi… ma devo lasciare questa terra con la consapevolezza che chi mi ha fatto questo paghi. Solo allora potrò trovare davvero la pace, e sarò pronto a incontrare di nuovo la mia famiglia. Ciò che accadrà dopo, non mi interessa più.»

«E la tua gente? Pensi a te stesso come a un uomo, ma non come ad un capotribù. Hai ancora un dovere verso il tuo popolo, ed è quello di proteggerli e di combattere per loro. Devi batterti perché loro possano vivere, perché i *loro figli* possano vivere, come invece non possiamo vivere noi. Non puoi mostrarti così indifferente a ciò che accadrebbe a queste persone.»
«Cosa credi che mi importi, ormai?» disse Tonikua gridando quelle parole tra i denti, cercando di reprimere lo scoppio d'ira che era divampato in lui. «Questa gente non ha valore per me più di quanto non l'abbia Mara, o Keelosh! Ho fatto tutto ciò che ho fatto, per loro! Per vedere mio figlio crescere e morire tra questi campi, che erano suoi di diritto! E invece cosa rimane, ora? Una terra orfana della sua guida, ancor prima che questa potesse prenderne il comando… una terra destinata a dimenticarsi di lui… senza mio figlio, tutto questo non ha più importanza per me. Per questo seguirò Mogan: lui può mettere fine a questo male. E faresti meglio a fare lo stesso, Figlia dell'Aquila, perché non ci saranno altre occasioni per te di rivedere il tuo popolo, qualora dovessimo vincere la Guerra dei Figli, se non grazie a Mogan.»
Ma Mayka era convinta di ciò in cui credeva: aveva visto negli occhi di Mogan la follia, e il desiderio di sangue. Capì altresì che ogni tentativo di far ragionare Tonikua sarebbe stato vano, dal momento ch'egli si era completamente perduto nel dolore per la sua perdita, e che nulla lo avrebbe ricondotto sulla via della ragione. Ma lei sapeva la verità: Mogan era un pericolo, ben peggiore di Kurut. Se le parole di Kitaan rappresentavano la verità, su Kahot e su Yanni,

allora ciò a cui stavano per andare incontro si sarebbe rivelato ben più spaventoso di quanto si potesse immaginare. E se Tonikua non avesse voluto crederle, avrebbe agito da sola.
Non parlarono per il resto del tragitto, e il rumore dei passi del corteo fu l'unico rumore a rompere il silenzio.

La strada principale che conduceva alla battigia era colma di guerrieri: gli uomini di Hotomak al servizio di Mogan, e di Taeysa al servizio di Nassor, bloccavano il passaggio, distribuiti caoticamente e con il viso rivolto verso le mura che davano sulla spiaggia e sul molo. All'arrivo di Tonikua e di Mayka, seguiti dai loro uomini, finalmente i guerrieri Lupo e Bisonte si scostarono, lasciando libero uno stretto passaggio tra la folla.
Tonikua fece cenno a Mayka di precederlo: la donna si incamminò, rigida, seguendo la strada.
D'un tratto, mettere un piede dinnanzi all'altro si rivelò arduo: tutt'intorno a lei, i guerrieri le lanciavano sguardi di disprezzo, di repulsione; c'era chi spuntò in terra ai suoi piedi, chi la scrutava con crudele malizia, chi ancora la guardava con occhi pieni di furore. Quegli sguardi, quei volti così vicini da poterne percepire il respiro, la soffocarono, e il cuore prese a battere con tumulto nel petto. Sentì la vergogna avvilupparle il cuore e soffocarle il respiro, una vergogna per la quale aveva sofferto per lungo tempo, e le cui conseguenze ora si le si palesavano dinnanzi negli sguardi e nei gesti degli uomini di Mogan, come riflesso di quanto provato dal loro capotribù.

Finalmente, Mayka poté vedere la folla terminare, e le mura che davano sulla spiaggia farsi nuovamente visibili; Tonikua era dietro di lei, ed entrambi si posizionarono in prima fila, quando videro che tutti i guerrieri erano fermi, in attesa.
Davanti a loro, in mezzo alla strada dinnanzi le mura, v'era Mogan: lo sguardo torvo, il volto consunto, e la postura fiera.
Il Figlio del Lupo attese alcuni istanti, prima di proferire parola: voleva essere sicuro che tutti si fossero ben posizionati ai loro posti. Questo diede il tempo a Mayka di guardarsi intorno: al lato della strada, Kitaan, Niiza e i due fratelli erano tenuti prigionieri da alcuni guerrieri di Nassor. I loro volti erano contriti e addolorati, e il motivo fu ben presto chiaro anche agli occhi dell'Aquila.
Alle spalle di Mogan, era stata eretta una pira funeraria: essa era di dimensioni ridotte, e priva di ornamenti di rito; era stata innalzata frettolosamente, e senza troppe attenzioni. Sopra i legni, una figura coperta di teli bianchi giaceva.
Mayka rimase esterrefatta, e inquieta, alla visione d'un tale spettacolo, ma ancor prima che un qualsiasi pensiero potesse attraversarle la mente in cerca di una qualche risposta, finalmente Mogan ruppe il tetro silenzio e parlò.
«Siete stati chiamati qui per ben più di una ragione.» iniziò il Lupo. «Non ho intenzione di perdere ulteriore tempo: è giunto il momento di combattere Kurut.»
Grida di battaglia, e versi animaleschi riempirono l'aria: i guerrieri di Hotomak rivendicavano il desiderio di sangue, e gli uomini di Nassor li seguirono. Mayka scrutò con

disprezzo coloro che la circondavano, ma i suoi occhi si posarono nuovamente su Mogan, il cui sguardo si era illuminato all'udire di quegli echi, rimanendo al tempo stesso serio e posato.
«Mi sono giunte notizie da alcuni uomini che ho mandato in ricognizione nelle Terre Selvagge, questa notte. Sono stati avvistati alcuni gruppi di uomini del popolo delle Ombre nelle terre vicino ad Haskau: uomini armati. I miei guerrieri sono riusciti a catturare due di loro, e questi ultimi hanno confessato che Qalentosh ha voltato le spalle a Kurut, dopo la morte di Mundook. Quel vigliacco ha temuto per la sua incolumità, mettendo in dubbio le capacità di comando del Figlio dell'Orso. Alcune Ombre sono rimaste fedeli a Kurut, ma la maggior parte del popolo di Mokanzee è tornato a nascondersi nelle sue terre. Sono convinto che ci sia dell'altro, ma i miei sospetti rimarranno tali fino a quando non potrò scontrarmi con lui di persona.»
Nella sua mente, Mogan ricordò il suo incontro con Qalentosh: egli era interessato al potere degli Sciamani, e a riavere il potere del Legame del quale il suo clan era stato privato molto tempo addietro. Probabilmente, pensò Mogan, la notizia della morte degli Sciamani e la successiva caduta di Mundook e di Odum erano state ragioni sufficienti ad abbandonare Kurut e la sua guerra. Un mero e viscido approfittatore, questo era Qalentosh; eppure, questo non lo avrebbe di certo risparmiato dalla furia del Lupo.
«Una cosa è certa, però: non c'è momento migliore per noi di attaccare il nostro nemico. Partiamo oggi stesso.»

continuò Mogan, mentre già nuove ed euforiche grida di guerra esplodevano da parte dei suoi uomini.
Facendo alcuni passi, si avvicinò a uno dei suoi guerrieri, il quale teneva ben salda una torcia, il cui fuoco danzava al vento; prese quest'ultima, e si rimise al centro della strada, richiamando a sé l'attenzione e con essa il silenzio.
«Ma prima che io vada avanti, c'è una cosa di cui tutti dovete essere testimoni. Qualche ora fa la Grande Saggia è morta.»
Mayka sentì il fiato spezzarglisi in gola, e trovò ulteriore conferma della terribile frase che aveva appena udito nei volti di Kitaan, di Anhau e di Tysmak, ma in particolar modo in quello di Niiza, che da sempre era stata la sua apprendista e protetta. Fu invece sorpresa, e al tempo stesso spaventata, dall'espressione arcigna e gelida di Tonikua, il quale pareva addolorato solo in parte. Mentre lo osservava guardare la pira funebre con sguardo torvo, domandandosi quali ragioni lo rendessero così indifferente a ciò che era stato annunciato, Mogan riprese a parlare, con voce altisonante e greve, ma decisa.
«Ella ha cercato di sovvertire i miei ordini, cercando di liberare coloro che ci hanno messo in pericolo e ci hanno tradito, e ha opposto resistenza quando le è stato chiesto di farsi da parte. Stava per metterci nuovamente in pericolo, distruggendo il labile filo che ci tiene ancora uniti… e guardate: guardate a cosa ha portato il suo gesto.» fece, indicando con la torcia la pira funebre. La sua era una voce di rimprovero, di minaccia, e così i suoi occhi, i quali si volsero lentamente in direzione di Mayka prima, e di Kitaan poi. «Che sia di esempio, per tutti coloro che ancora

mettono in dubbio ciò che accadrà d'ora in avanti. Ho dovuto comprendere a mie spese che la strada per la vittoria non sarà priva di dolore, come mai lo è stata. Ma non possiamo più permetterci di esitare, o di avere paura di ciò che ci aspetta. Perché è stata l'incertezza, la mancanza di fiducia, a distruggere ciò che eravamo, a portare il male nelle nostre vite, più di quanto non abbiano fatto coloro che combattiamo. Ma io so qual è il mio compito... e non permetterò più che tali sentimenti distruggano il labile filo che lega ancora alla vittoria. Non ci sarà più tolleranza verso chi volterà le spalle a me, o a chi mi segue. Che vediate questo, nel fuoco.» concluse.
Mogan portò la torcia in prossimità della legna che faceva da base alla pira funebre; il vento spostò le fiamme, che si diramarono velocemente tutt'intorno ai teli bianchi entro i quali la Grande Saggia giaceva. Poco dopo, una grande lingua di fuoco si alzava alta sopra i guerrieri e gli abitanti di Yokintuh, illuminando il tetro grigiore che avvolgeva il villaggio, e andando a perdersi in un fumo nero che alto si lasciò trasportare dal vento, accompagnando lo spirito dell'anziana donna in luoghi eterei e distanti dal male che permeava la terra degli uomini.
«Ora... è giunto il momento di partire.» riprese Mogan, dopo alcuni istanti atti a contemplare le fiamme avvolgere la pira funebre.
Le sue parole riportarono i presenti alla realtà; chi pregava per lo spirito della Grande Saggia, chi attendeva in silenzio, chi piangeva per il lutto e chi osservava indifferente: tutti interruppero ciò che stavano facendo, tornando a posare gli occhi sul Lupo.

«Figlia dell'Aquila, vieni avanti.»
Mayka sentì nuovamente gli occhi di tutti coloro che la circondavano su di lei, e la paura le attanagliò nuovamente il cuore. Un passo alla volta, lentamente e con i muscoli tesi, la donna avanzò.
«Te lo chiedo un'ultima volta: combatterai per me?» le chiese Mogan, camminandole incontro lentamente, come un lupo che si appronta a scattare verso la propria preda.
Mayka lo guardò intensamente negli occhi: vedeva in lui qualcosa di cui avere paura, non nel quale riporre la fiducia che tanto ostentava a richiamare a sé, e ne fu intimorita. Ripensò alle parole di Kitaan riguardanti il male che lo aveva corrotto, al potere che Yanni aveva infuso in lui… al wendigo.
Si guardò indietro, posando lo sguardo su Tonikua, il quale osservava silente ciò che stava accadendo: egli era offuscato dal dolore, e rifiutava di vedere ciò che invece era chiaro ai suoi occhi. Era certo che non si sarebbe messo contro Mogan, ora che erano così vicini alla vittoria.
Era sola.
Guardò nuovamente gli occhi color ghiaccio del Lupo, e un brivido di rabbia la scosse da dentro.
«Sì. Combatterò per te.» promise; eppure, dentro di lei, sapeva che ciò che aveva davanti, era ora il suo vero nemico.
Mogan parve percepire i pensieri che assediavano la mente dell'Aquila, ma la piena consapevolezza del potere che esercitava su coloro che lo circondavano fu tale da non preoccuparsene: aveva ciò che voleva, e al momento non serviva altro. Le fece un cenno di approvazione con la testa,

e le porse la mano in segno di alleanza: Mayka, ben consapevole che il gesto non era altro che un mero modo del Lupo di mostrare al popolo di Yokintuh e ai guerrieri che combattevano per lui la sua misericordia e la sua grandezza, decise di assecondarlo. Nello stringersi la mano, i due capitribù penetrarono con lo sguardo l'uno gli occhi dell'altra, ed esso era carico di sentimenti oscuri, ma durò il tempo d'un istante, e tanto bastò per entrambi a comprendere che ciò che li legava era quanto di più distante dalla lealtà che stavano mostrando a tutta Yokintuh.
Mogan finalmente lasciò la presa, e superò la Figlia dell'Aquila, portandosi di nuovo di fronte ai suoi uomini.
«Kurut è debole. Ma è a capo di un grande esercito, il più forte che abbia combattuto in queste terre. Non ci metterà molto a sferrare un nuovo attacco, con o senza le Ombre. Già da solo, potrebbe spazzare via i nostri popoli, come fecero i suoi antenati durante la Guerra degli Antichi. L'unico modo di impedire che questo avvenga, è colpirlo per primi, e in gruppo… perciò marceremo su Machmak, e raderemo al suolo una volta per tutte la Terra degli Orsi!»
Nuove grida di guerra riempirono l'aria, facendo eco alle parole del Lupo.
«Navigheremo verso Odum, e da lì ci introdurremo nelle terre appartenenti a Kurut. Machmak è circondato dai Monti Matseny: essi rappresentano l'unico accesso per la Valle, al di fuori del Vento Blu. Ma non gli lasceremo il tempo di fuggire su quelle impervie vette. Il suo popolo è stato confinato in quelle gelide terre dai nostri antenati, e lì il popolo dell'Orso troverà la sua fine.»

Ancora una volta, i guerrieri di Hotomak esplosero in urla d'eccitazione e canti di battaglia, pronti a prendersi la vendetta così a lungo attesa.
«Mayka: tu sarai con me e i miei uomini. Altri Lupi di Hotomak saranno con le tue sorelle nelle altre navi. Nassor, tu dovrai seguirci: a te il compito di controllare che nulla succeda alle nostre spalle, durante la traversata del Vento Blu.»
«E noi?» lo interruppe Tonikua, esterrefatto nel constatare che il suo nome non era ancora stato nominato, dopo alcuni istanti che avevano seguito gli ordini impartiti dal Figlio del Lupo.
Mogan era pronto a una reazione esplosiva del Wapiti, ma cercò di mantenere il tono fermo e distaccato.
«Per te ho altri piani, Tonikua.»
«"*Altri piani*"? Che cosa significa questo?»
Mogan trasse a sé un lungo respiro. «Ho bisogno che tu rimanga qui.»
Gli occhi di Tonikua si spalancarono. Camminò lento verso il Lupo, i muscoli così tesi che le vene si gonfiarono sotto la pelle, il volto corrugato di rabbia. «Ripetilo...» sussurrò con voce tremante.
Ma Mogan non si lasciò intimidire: il suo era un piano che non avrebbe accettato compromessi. «Ho bisogno che i tuoi uomini combattano un'altra battaglia.»
«Non mi porterai via la mia vendetta! Io devo distruggere Kurut!»
«Quella è la *mia* vendetta!» lo corresse Mogan, sul punto di esplodere di rabbia a sua volta. «Ma non ho intenzione di privarti di ciò che desideri... devi fidarti di me. Se

partissimo tutti, Yokintuh rimarrebbe senza un capo. E Qalentosh è ancora nelle Terre Selvagge, a guidare il suo esercito di Ombre. Senza un protettore, perderemmo la Terra del Wapiti ancora prima di poter mettere piede sulla costa di Odum. E Tayman, l'undicesimo Figlio del Bisonte, sta arrivando con le sue ultime forze dalle Terre Danzanti: guida i suoi animali con il Legame fuori dal loro territorio, accompagnato da un gruppo di guerrieri a proteggerlo. Ma non sarebbero abbastanza contro Qalentosh, se dovesse essere da solo. Ho bisogno che tu protegga queste terre fino all'arrivo di Tayman, e allora entrerete in battaglia... ma attraverso le Terre Selvagge.»
Le parole del Lupo, ben calcolate e pronunciate con gran sicurezza, fecero calare l'ira di Tonikua, che seppur contrario alla decisione dell'alleato, rimase in ascolto.
«Se le Ombre non si stanno spostando a sud mentre parliamo, Tayman non le incontrerà lungo il tragitto fino a qui. Quando sarà giunto a Yokintuh, partirete insieme con tutte le vostre forze verso Haskau, dove sembrano nascondersi Qalentosh e i suoi uomini. Una volta stanato, ovunque si trovi, sarà tutto tuo. Mentre tu prenderai la tua vendetta contro il tuo nemico, io prenderò la mia contro il mio.» Fece una pausa, e poggiò la mano sulla spalla del Wapiti. «Kurut ti ha portato via tuo figlio, ma Qalentosh ti ha strappato dalle mani tua moglie... se li attaccheremo simultaneamente, spazzeremo via il male da queste terre una volta per tutte... insieme. Possiamo farcela, Tonikua, ma devi essere dalla mia parte. Devi fidarti di me.» Poi, avvicinò il suo volto all'orecchio del Wapiti. «E poi... ho preso la mia decisione. Non ti giudicherò, se vorrai fare

pienamente giustizia: Kitaan sarà nelle *tue* mani, quando me ne sarò andato con Mayka. So quello che vuoi… non ci saranno conseguenze. La Valle deve essere liberata dai nostri nemici.» sussurrò.
Un brivido corse lungo la schiena di Tonikua: una sensazione di dolore misto a eccitazione lo pervase. Si sentì combattuto: mai avrebbe ammesso che una parte di lui avrebbe sinceramente voluto vedere Kitaan morire per ciò che aveva fatto a Keelosh, eppure in qualche modo Mogan lo aveva capito… aveva riposto così tanta fiducia nel giovane Lupo… ma ciò che egli aveva fatto andava ben oltre qualsiasi possibilità di redenzione. Si sentì sporco, nel rendersi conto di quanto le parole del Figlio del Lupo lo avessero sollucherato… ma si lasciò pervadere da tale desiderio. Mogan aveva ragione: la Valle andava liberata da ogni nemico. E così avrebbe fatto.
«E sia, Figlio del Lupo.» rispose, guardando soddisfatto Mogan e mettendo da parte l'ira che lo aveva pervaso poco prima. «Faremo a modo tuo.»
«Ti sono grato, Tonikua.» rispose il Lupo, trattenendo a stento l'eccitazione per la riuscita del suo piano.
«Entro quanto arriverà Tayman?»
«Confido che non passeranno più di due lune da oggi. Nel frattempo, secondo i miei calcoli, noi saremo già arrivati a Machmak. Manderemo Anitaka, l'aquila di Mayka, ad avvertirvi quando Kurut sarà caduto. Dopo quel momento, torneremo verso Yokintuh facendo la strada a ritroso tramite il Vento Blu, e se per allora non avremo avuto ancora vostre notizie, vi verremo in aiuto. Ma confido che

non ce ne sarà bisogno, e ci incontreremo qui, liberi e in pace.»
Mogan porse a Tonikua la mano, come in segno di buon auspicio, e il Wapiti fu ben lieto di stringerla con forza.
Poi, volgendosi verso i suoi uomini, circondato da Tonikua, Mayka e Nassor, levò il tomahawk al cielo.
«Lupi! Aquile! Bisonti! Wapiti!» gridò con tutta la sua forza, poggiando lo sguardo su ogni guerriero che aveva di fronte. «Oggi il nostro nemico poggerà lo sguardo verso di noi, e tremerà! Perché i giorni della Guerra dei Figli stanno giungendo al termine! Perché il tempo della tirannia sta per finire! E perché ci prenderemo la nostra vendetta!»
Un boato esplose con tutta la sua forza: i guerrieri delle tribù, incitati dalle parole del Figlio del Lupo, inneggiarono alla battaglia, e al desiderio di combattere un nemico la cui era stava per giungere al termine.
Nel baccano, gli occhi di Mogan si posarono su Kitaan, e non fu sorpreso di constatare che il ragazzo lo stesse già guardando intensamente. A tale visione, Kitaan sentì una verità farsi sempre più nitida: il vero nemico, ora, lo stava guardando dritto negli occhi.

V

MACHMAK

Mayka sentì la l'erba scricchiolare sotto i suoi piedi, a causa della brina che si era formata su di essa durante la notte. Intorno a lei, un immenso prato cristallizzato dal freddo e tinto di bianco ghiaccio si estendeva a perdita d'occhio; l'orizzonte era celato da una densa coltre di nebbia, che lentamente stava colorandosi d'un grigio tenue, colpita dalle prime, tiepide luci di un'alba pronta a sorgere oltre le nubi dalle tenebre della gelida notte.
Dapprima udì il suo verso esplodere potente, poi finalmente la vide: Anitaka planò spostando la densa nebbia, e si fermò su di un ramo rinsecchito, appartenente a un albero spoglio. Parlò nella lingua delle aquile, e Mayka capì dai suoi versi ciò che il fidato animale voleva comunicarle.
La Figlia dell'Aquila si voltò, posando lo sguardo sul raccapricciante panorama che si era lasciata alle spalle: davanti a sé, la costa che cadeva a strapiombo nel Vento Blu lasciava spazio a una lingua di terra e roccia che scendeva bruscamente verso il basso, finendo nelle oscure e fredde acque che si frastornavano sugli scogli all'estremità della terraferma; lì, le navi con le quali erano giunti da Yokintuh, si muovevano lente, come danzando al

volere delle onde. Sopra la grigia lingua di terra v'era Odum, o ciò che ne rimaneva: neri edifici bruciati dalle fiamme, abitazioni e tende bruciate, strade ricolme di cadaveri carbonizzati, dense colonne di fumo nero nate da incendi non ancora estinti, e un tanfo di carne bruciata che permeava l'aria erano tutto ciò che restava del Villaggio degli Squali, caduto sotto il potere del Lupo.
Mayka posò lo sguardo sul punto più alto del villaggio: circondata da bassi edifici ormai distrutti, v'era la Grande Casa. Una sensazione di soffocante malessere la pervase alla visione di tale costruzione, come se un male del quale non conosceva l'origine si sprigionasse da quelle pareti carbonizzate, dalle quali un fumo nero si librava nel cielo.
Fu solo a causa della visione di Mogan, il quale stava dirigendosi nella sua direzione, lasciandosi alle spalle il villaggio, seguito da Nassor e dalla loro armata, che Mayka riuscì a distaccare gli occhi dalla Grande Casa, che quasi l'attirava a sé, per un motivo a lei sconosciuto.
«Due uomini vanno verso nord, e si muovono in gran fretta. Ci staccano di quasi mezza giornata. Ma nessun'altro oltre a loro, qui intorno.» disse fredda l'Aquila.
Mogan fece una smorfia, come a risultare deluso dalla notizia.
«Mi aspettavo resistenza, una volta giunti in prossimità del villaggio… o un qualche agguato, mentre risalivamo l'altura…» constatò Nassor.
«No. Kurut non è stupido.» lo corresse Mogan, guardandosi intorno circospetto. «Un agguato sarebbe

stato solo uno spreco di uomini. Due uomini, d'altro canto, bastano per ciò che andava fatto.»
«Avvisarlo del nostro arrivo?» suggerì il Bisonte.
Mogan confermò con un cenno del capo. «Devono essersi preparati a un nostro contrattacco in così breve tempo. Due uomini sulla costa: quanto basta per osservare il Vento Blu. Non c'è altro modo per giungere alla Valle, da qui, se non attraverso i Monti Matseny, che sono troppo difficili per chiunque non li conosca. Sapeva che saremmo arrivati da qui, e sono certo che sia ben conscio del fatto che ora siamo molti più di quanto non fossimo l'ultima volta che ci ha affrontato, ad Haskau. Lasciare qui degli uomini ad affrontarci avrebbe significato solo condannarli a morte certa.»
«Vuoi che li uccida prima che possano arrivare a Machmak?» chiese Mayka. «Posso usare il Legame e raggiungerli in forma d'aquila…»
«No.» ordinò gelido Mogan, quasi stizzito nell'udire la ragazza parlare. «Facciamoli tornare da loro capotribù… che parlino pure di ciò che hanno visto. Voglio che Kurut sappia quale tempesta sta per abbattersi sulla sua terra… voglio che ogni suo prossimo respiro sia carico di paura, alla consapevolezza che la sua fine si sta avvicinando.»
Si decise che non si sarebbe più fatta parola circa quanto decretato dal Figlio del Lupo: Nassor gli era alleato solo per il volere di Tayman, e tra i due non v'era alcuna fiducia, ma egli lo seguiva senza esitazione, e tanto bastava a Mogan; Mayka, d'altro canto, desiderava solo mettere fine alla guerra contro Kurut, e quale che fosse il piano

dell'Orso per contrastare le tribù alleate, era certa tanto quanto Mogan che nulla li avrebbe fermati.
«Quanto dista Machmak da qui?» chiese il Lupo.
«Non più di tre giorni di cammino al massimo, se ci muoviamo in fretta. Ma queste sono terre ben diverse da quelle che conosci, Figlio del Lupo.» lo avvertì Mayka, voltandosi verso nord. «Presto le distese pianeggiati lasceranno il passo a tortuosi colli, e ardui valichi... e più saliremo, maggiore sarà la probabilità che il freddo ci spezzi. Arrivare a Machmak non sarà facile.»
Come a consolidare le parole dell'Aquila, una fredda brezza li investì.
«Faremo meglio a sbrigarci, allora.» suggerì Mogan, sprezzante riguardo ciò che lo attendeva. «Avanti!» gridò infine, mettendo in marcia quel vasto esercito di guerrieri e di guerriere che, riluttanti o fiduciosi, gli avevano giurato fedeltà. Superò Mayka quasi spintonandola di lato, ed ella rimase a osservare il Lupo muovere un passo dinnanzi all'altro e scomparire nella nebbia. Poi si voltò, e le si strinse il cuore nel vedere che le sue sorelle camminavano silenziose e scoraggiate tra i guerrieri di Mogan e quelli di Nassor, come prigioniere in mezzo a carcerieri che le stavano conducendo a una battaglia che non sentivano loro. Promise silenziosamente a sé stessa che le avrebbe liberate presto dal giogo di quell'essere che ora marciava verso nord; poi sospirò, e la condensa li librò dalla sua bocca nell'aria.
Guardò un'ultima volta la Grande Casa, e le macerie di Odum, poi si voltò, pronta a seguire il corteo di guerrieri.

L'esercito si incamminò verso le alture che confinavano con la Terra degli Squali, e si lasciarono alle spalle la costa e i Totem dei Padri appartenenti al popolo di Odum; ben presto, come predetto da Mayka, il terreno iniziò a inclinarsi e farsi più faticoso. Avanzarono, e incamminandosi verso l'alto, uscirono dai banchi di nebbia, e quando il sole, ancora celato dietro grige nubi, si intravide alto nel cielo, Odum era divenuto null'altro che un puntino all'orizzonte, e il rumore del Vento Blu già non era altro che un ricordo, sostituito dal feroce ruggire del gelido vento che giungeva dai valichi a nord.

Il gruppo proseguì incessantemente fino a quando la luce lo consentì, e quando quest'ultima venne meno, l'esercito era finalmente giunto ai confini di una vallata: essa era grigia, e spenta; l'erba era più scura e sporcata qua e là di ghiaccio e di brina, e il terreno più duro, come se il freddo si fosse attanagliato ad esso. In lontananza, a ovest, un'enorme foresta resisteva alle impervie temperature, e immensi pini erano macchiati di candida neve; al di là di essi, i possenti Monti Matseny creavano una barriera tra le fredde terre degli Orsi e degli Squali, e il resto della Valle. Dinnanzi al gruppo, invece, non v'era che desolazione: non un suono rompeva il silenzio, eccezion fatta per il vento, e la sola visione di quella vallata così tetra e oscura, insinuò una sincera paura nel cuore di tutti coloro che si approntavano ad attraversarla.
Il fuoco che venne acceso quella notte non aiutò: il vento sembrava incessante, e portava via il calore che le fiamme dei falò tentavano di sprigionare; il freddo era tale che

neppure il più pesante degli indumenti riuscì a reprimere il torpore che si insinuava sin dentro le ossa. La notte parve durare un'intera vita, e mise a dura prova i corpi e le menti degli uomini e delle donne che cercarono, inutilmente, di riposare.

Finalmente, l'alba giunse: il sole non comparve, ma le tenebre lasciarono comunque il posto a grigi nubi nella volta celeste.
Mayka uscì dal tipì nel quale aveva cercato disperatamente riposo, condividendo lo spazio con alcune sorelle per tenere l'ambiente il più caldo possibile, e posando gli occhi verso la vallata che li aspettava, si soprese di notare un immenso branco, composto di almeno cento lupi, con gli occhi azzurri e brillanti, giungere verso l'accampamento; ad attenderli, v'era Mogan.
«Sei riuscito a condurli fin qui?» chiese Mayka, giungendo alle spalle del capotribù di Hotomak, cercando di reprimere il tremore della voce causato dal freddo e di parlare quanto più chiaramente possibile.
Mogan parve sorpreso nell'udire colei che una volta era sua alleata, ma non si voltò, continuando a osservare l'immenso branco. «Quando siamo tornati da Odum, dopo aver sconfitto Mundook e i suoi uomini, ho usato il potere del Legame per Richiamare quanti più lupi in queste zone. Sapevo cosa avremmo dovuto fare, ma ero consapevole di quanto difficile sarebbe stato per questi lupi giungere fin qui attraverso i Monti Matseny… così li ho Richiamati quanto prima, in modo che potessero essere qui, al nostro arrivo. Non mi hanno deluso… anche se sono convinto che

molti di loro siano morti lungo la via. Queste terre non sono fatte per l'uomo, o per qualsiasi altro essere vivente.» concluse guardando i Monti Matseny in lontananza.
«Oltre quelle vette c'è Hotomak…» constatò l'Aquila, guardando nella stessa direzione del Lupo.
Egli non rispose, ma neppure distolse lo sguardo.
«Pensi che il tuo popolo ti seguirebbe, se vedesse ciò che sei diventato?»
Il Lupo si voltò lentamente verso la sua interlocutrice, gli occhi già pieni di rabbia.
Ma Mayka non si fece intimorire. «Guardati, Figlio del Lupo, guarda cosa sei diventato. A stento riconosco in te l'uomo che salvai dagli uomini di Kurut. Cosa ti è successo *davvero*?»
«Tu non sai cosa ho dovuto passare…»
«No. Ma posso vederne le conseguenze. E ti chiedo di lasciare questo male che ti affligge, prima che ti consumi più di quanto non abbia già fatto.»
«Quello che sono ora è ciò che mi permetterà di vincere questa guerra!»
«L'avresti vinta comunque, anche senza… anche senza *lei*.»
Mogan spalancò gli occhi, e in essi si intravide un barlume di folle rabbia essere sul punto di sprigionarsi.
«Non hai bisogno di Yanni, per combattere Kurut. Hai sempre avuto tutti noi dalla tua parte, ed eravamo pronti a batterci al tuo fianco, credendo in te. Ora guardati: sei il mostro che vuoi distruggere.»
Mogan fece per scattare, furioso, ma Mayka alzò il braccio, come a fermarlo. «Hai bisogno di me per sconfiggere

Kurut. Non puoi più farmi nulla, al punto in cui siamo: se vuoi vincere questa battaglia, io devo vivere.»
Mogan rimase sul posto, tremante di rabbia.
«Te lo ripeto un'ultima volta, Mogan: decidi chi essere. Non per noi, ma per il tuo popolo. Cerca di ricordare per chi stai combattendo questa guerra.»
«Io la sto combattendo per vendetta verso mio padre.»
«Questo è quello che dici... ma è davvero ciò in cui credi? O forse c'è qualcos'altro, sotto? Cosa vuole Yanni da te?»
Mogan attese a rispondere, poiché ciò avrebbe significato confermare le parole di Kitaan; rimase in attesa per alcuni istanti; poi decise che, per come stavano le cose, non aveva più importanza celare la realtà dei fatti. «Cerca vendetta verso suo padre, Kahot. Lei è la figlia del Bianco Guerriero, e della sorella di Kaleth. Nata dalla violenza contro quella donna, nata dall'odio verso il popolo di Kaleth, verso il *mio* popolo. C'è molto più di quanto non ti serva comprendere... ma entrambi vogliamo vendetta contro gli Orsi. Grazie a lei, ora ho il potere di distruggere Kurut, e Kahot, una volta per tutte.»
Mayka non fu stupita dall'ammissione del Lupo: mai, neppure per un istante, aveva creduto che le parole pronunciate da Kitaan nella Grande Casa durante il processo a Yokintuh fossero qualcosa di diverso dalla realtà, e questo la convinse ancor di più di quanto non ci si potesse più fidare di Mogan.
«Una volta che avrete distrutto gli Orsi, ti sei chiesto cosa farà di te?» lo provocò l'Aquila.
Mogan non seppe risponderle: cercò una risposta pronta, ma solo una sensazione di smarrimento lo avviluppò, e

dalla sua bocca non uscì che condensa che si volatilizzò nell'aria gelida del mattino.
«Cerca di ritrovare il Lupo che è in te, Mogan.»
Egli avrebbe voluto risponderle, ma qualcosa divampò dalle parti più recondite del suo spirito: un bruciore lo pervase, e un brivido gli strozzò le parole in gola; era come se una coscienza esterna alla sua lo stesse trattenendo, e una rabbia non sua lo avviluppò. Era chiaro che Yanni non aveva intenzione di lasciare che la ragione si insinuasse nella mente di colui che la ospitava, e anzi era intenzionata a rimarcare la forza che aveva su di lui.
Ciò che Mayka vide, fu un uomo tremare a causa di convulsioni a stento represse, e fu allora che notò che l'arto superiore di Mogan, coperto con un parabraccio di cuoio e pelliccia di lupo, era bianco e consunto, come infettato da un male di cui non conosceva l'origine: ne fu orripilata, e quasi prese a tremare a sua volta.
Mogan, notando che la donna aveva posato gli occhi sul suo braccio corrotto dal potere del wendigo, cercò di calmare le convulsioni date dalla rabbia di Yanni; chiuse gli occhi, consapevole che non si sarebbe più potuto nascondere, e dopo un lungo sospiro alzò lo sguardo, poggiando gli occhi color ghiaccio di nuovo sull'Aquila.
«Il Lupo che c'era in me, appartiene al passato.» disse, la voce ancora tremante di rabbia, e una nota di follia si insinuò in tali parole, senza la volontà di essere celata.
«Lo vedo…» concluse Mayka in un sussurro portato via dal vento, consapevole che anche l'ultimo tentativo di far rinsavire l'uomo che conosceva dal mostro che aveva dinnanzi, era andata in fumo. Si voltò, senza temere un

attacco del Lupo: lui aveva bisogno di lei, e lei ne era consapevole.
Fu mentre si incamminava nuovamente verso l'accampamento, ove già tutto l'esercito stava uscendo dalle tende e si stava approntando a ripartire, che decise che avrebbe fatto ciò che andava fatto, una volta che Kurut fosse caduto.

Il cielo rimase grigio e tetro per tutto il resto del giorno: il vento continuò a soffiare violento, e il freddo si fece sempre più intenso via via che l'armata avanzava verso nord. Quest'ultima giunse finalmente in prossimità di un fiume, che roboante scrociava dalle cime fino alla costa, ormai lontana. Quello fu il loro segnale.
«Seguiremo il fiume a ritroso.» ordinò Mogan, gridando sopra il rumore delle acque che scorrevano ruggendo impetuose. «Ci porterà a nord!»

L'esercito si lasciò alle spalle gli ultimi ciuffi d'erba verde, che vennero inghiottiti dalla neve, e iniziò un'ancor più faticosa traversata incamminandosi verso nuove alture sempre più ripide; in lontananza, il valico veniva abbracciato dalle foreste innevate e dalle alte cime dei Monti Matseny a ovest, e da oscuri monti rocciosi a est, che cadevano a strapiombo nel mare, ben al di là di dove potevano poggiarsi gli sguardi di quei disperati guerrieri che, ormai stremati dalla traversata, tenevano gli sguardi bassi e seguivano senza fiatare il Figlio del Lupo.

Venne la notte, e con essa un nuovo incubo: un vento impetuoso soffiò più violento che mai, e squarciò i volti degli uomini e delle donne che osarono cercare di resistergli, accucciandosi intorno a un fuoco che parve più che mai inutile. Persino i lupi, che per loro natura erano abituati a resistere alle basse temperature, dovettero accucciarsi l'uno di fianco all'altro, il più riparati possibile, nella speranza di non morire congelati. Le tende, i tipì, e i ripari costruiti per la notte, vennero avvolti da uno strato di ghiaccio.
Al mattino ci fu chi, tra le fila dei guerrieri Lupi, Bisonti, o Aquile, non si svegliò: vennero contati dodici morti, trapassati per il gelo, e abbandonati laddove i loro spiriti avevano lasciato i corpi.
Il resto dell'armata si rimise in viaggio, sotto l'impetuoso grido di Mogan, il quale pareva più che mai desideroso di arrivare a Machmak, per poter andare via da quel luogo maledetto il prima possibile.

Le tenebre avevano abbandonato il cielo da alcune ore, quando Mogan, ormai stravolto dalla traversata, finalmente si fermò, facendo segno a Nassor, a Mayka, e all'armata dietro di loro, di fare altrettanto.
I suoi occhi si posarono su un paesaggio familiare: una piana, coperta di ghiaccio, si estendeva fin dove lo sguardo poteva poggiare; intorno ad essa, foreste di pini innevati e vette rocciose la circondavano. Al centro della landa ghiacciata, appena visibile attraverso la tempesta di neve che imperversava, v'era il villaggio di Machmak, illuminato dal fuoco delle torce che brillavano attraverso la

coltre bianca. Davanti all'esercito di Mogan, a confine di quella landa ghiacciata, si ergevano i Totem dei Padri: grossi tronchi di pino, intagliati con le storie dei Figli dell'Orso, si levavano alti.
Là, in mezzo alla tempesta di ghiaccio e neve, una figura attendeva immobile, affiancata da due orsi bianchi, dai cui occhi brillava una luce azzurra e argentea.
«Siamo arrivati.» disse Mogan, posando lo sguardo sulla figura di fronte a lui. «Questa è la fine.»

VI

L'ULTIMO SGUARDO

Una raffica di vento levò alta la neve posatasi sulla piana ghiacciata, e il soffio dell'aria gelida ululò nel tetro silenzio.
Mogan attese che la neve e il ghiaccio sollevatisi si adagiassero nuovamente in terra, senza distogliere lo sguardo dal punto in cui aveva posato gli occhi sin dal primo istante, e quando la coltre bianca si diramò, la figura era ancora lì, immobile, distante e nuovamente visibile.
«Voi rimanete qui. E preparatevi.» sussurrò Mogan a Nassor e Mayka; quest'ultima annuì, e in un istante la sclera dei suoi occhi brillò: stava Richiamando a sé le aquile della Valle tramite il Legame.
Mogan poggiò il primo piede davanti a sé, poi un altro.
E un altro.
Alzò appena lo sguardo: i Totem dei Padri di Machmak lo sovrastavano, imponenti. Le teste d'orso intagliate nel legno in cima alle colonne sembravano guardarlo, e pareva che il ruggito del vento provenisse dalle fauci aperte di

quegli enormi animali così ben raffigurati da sembrare reali.
Mogan sentì una stretta al cuore: i Totem dei Padri erano ciò che rimaneva dei discendenti di Kahot, delle immense tombe sotto le quali giacevano i resti dei Figli di Machmak. Si diceva che nel Totem fosse conservato parte dello spirito dell'uomo che veniva sepolto, e che il Totem fosse un collegamento tra il mondo dei vivi e le Terre Celesti, tramite il quale il Figlio poteva osservare e proteggere i suoi discendenti e il suo popolo nelle ere a venire.
Mogan, forse per suggestione, o forse perché accadde davvero, ma fu sicuro di percepire intorno a sé gli spiriti di quei capitribù che erano appartenuti alle generazioni precedenti, osservarlo: sentì l'odio nei suoi confronti nell'aria che di colpo si era fatta più pesante, nel vento più gelido e tagliente; sentì il peso di un'ostilità che perdurava sin da molto prima della Guerra degli Antichi concentrarsi su di lui.
Sentì di essere giunto nella terra dei suoi nemici; suoi, e dei suoi padri.
insieme a questa sensazione, percepì il desiderio di mettere fine a quella guerra perdurata per così tanto tempo, percepì il destino per il quale era nato stare per compiersi, insieme all'eccitazione che tale pensiero sprigionava in tutto il suo corpo, sin dentro le ossa, e questo lo spinse a poggiare con ancora più fermezza il piede dinnanzi a lui.
Si lasciò alle spalle i Totem dei Padri, si lasciò alle spalle i gelidi valichi che aveva attraversato con tanta fatica; si lasciò alle spalle Nassor, e Mayka, e i guerrieri e le guerriere delle loro tribù.

Sapeva cosa doveva fare, e non aveva bisogno d'altri che di Yanni.
Fece un nuovo passo, e sentì uno scricchiolio sotto i suoi piedi: non era il rumore dei cristalli di ghiaccio nella neve che andavano in frantumi, ma qualcosa di molto più profondo e angusto, proveniente da ciò sul quale stava camminando.
Allora capì: si trovava su un'immensa lastra di ghiaccio.
Lentamente, riprese a camminare, facendo attenzione a udire il rumore che ruggiva sotto i suoi piedi.

Una nuova folata di vento giunse violenta, alzando un turbine di neve che si frappose tra Mogan e la figura, come ad anticipare la visione di colui che stava attendendo immobile l'arrivo del Lupo; quando il vento si fece più tenue, e la tromba d'aria si affievolì, finalmente Mogan riuscì a vederlo chiaramente.
Kurut era lì, fermo, come se il gelo che li circondava non avesse alcun effetto su di lui. La sua possanza era rimasta invariata dall'ultima volta che si erano scontrati, eppure v'era in lui qualcosa di diverso: egli era infatti alto e massiccio, ben più di quanto non lo fosse qualsiasi altro uomo che Mogan avesse mai visto, ma non era fiero nel portamento, o dritto sulla schiena come un guerriero orgoglioso. I suoi lunghi capelli neri, una volta raccolti in una coda, ora cadevano sudici sulle spalle; il suo volto, rude e colmo di rughe e cicatrici, pareva avvolto da un velo di rabbia e insieme di stanchezza, di dolore. I suoi occhi, dalla sclera color ghiaccio, un tempo inquietanti, ora non erano altro che l'ombra del terrore che furono.

Mogan poté notare le ecchimosi nere intorno alle palpebre dell'Orso, uguali a quelle che si erano formate intorno ai suoi occhi dopo il primo Viaggio Astrale. Era chiaro che anche Kurut avesse realmente incontrato i suoi antenati tramite il potente rituale, e ciò confermava ulteriormente la verità proclamata da Kitaan: insieme a Kurut, v'era Kahot, il "*Bianco Guerriero*", il quale osservava, attraverso gli occhi del suo discendente, il pronipote del suo acerrimo nemico.
Mogan si fermò, e calò un silenzio quasi soffocante, rotto solo dalla tempesta di neve che li circondava, e che pareva, seppur sempre presente, debolmente calata. I suoi occhi erano fissi sull'uomo davanti a lui, ora distante appena pochi passi.
Kurut alzò lentamente il braccio, e muovendo con singolare leggiadria la mano, la fece come danzare, accarezzando la gelida brezza, e lasciando che i fiocchi di neve gli si posassero sul palmo.
«Quanto piccolo può essere un cristallo di ghiaccio, in confronto a una mano? Quanto freddo può recare a un uomo, un singolo fiocco di neve? Così piccolo, così fragile, da sciogliersi appena incontra il calore del nostro corpo?»
Mogan rimase in silenzio, a guardarlo.
«Eppure...» riprese l'Orso «Quanto potere può esserci, al suo interno? Ci hai mai riflettuto? Una cosa così piccola, così innocua... e, ciò nonostante, temiamo la sua presenza al punto da cercarne riparo. Perché non è il singolo cristallo, ciò che va temuto... ma il gelo del quale è principio. Il potere del singolo cristallo non è nella sua forma, ma in ciò che alimenta, in ciò che consegue la sua

presenza… non è tanto diverso dall'uomo, non credi? Un singolo uomo, cos'è dinnanzi al mondo che lo circonda, alla vita del quale si inebria? Eppure, di quanto male può essere la fonte? E ancor più piccole dell'uomo, sono le sue azioni: un gesto, una decisione… una parola, persino, di quali conseguenze può farsi pretesto? E così, il potere dell'uomo non sta forse nelle azioni delle quali si fa principio, più che della mera esistenza? Azioni che rimangono anche quando il corpo non c'è più, azioni che evolvono e divengono conseguenze, conseguenze che portano a nuove azioni di nuovi uomini, le cui ripercussioni verranno ereditate da coloro che verranno ancora dopo… Non è forse di questo che siamo portatori, Figlio del Lupo? Non siamo forse che mere conseguenze di coloro che ci precedettero, la cui forza ci spinge ancora a lottare per loro? Non siamo forse il gelo, e il freddo, giunto come effetto di quei singoli cristalli di ghiaccio che furono i nostri antenati?»
«Il freddo e il gelo vengono spazzati via dalla forza del fuoco. Non c'è cristallo di ghiaccio che possa resistere al potere di una fiamma. Non c'è inverno che possa resistere alla primavera. Non c'è cosa che possa sopravvivere a ciò che sorge da essa, e che nasce per distruggerla.» rispose freddo Mogan.
«E, ciò nonostante, anche il fuoco viene spento dall'acqua, da cui nasce il ghiaccio. E ad ogni primavera segue un autunno, premonitore dell'inverno. È un ciclo infinito, eterno: ogni azione avrà sempre una conseguenza, che verrà distrutta dalla nascita del suo opposto, le cui azioni avranno delle conseguenze, che cadranno a loro volta.

Guarda tu stesso, guarda *noi*: i nostri antenati hanno combattuto una guerra. Sono morti, ma le loro azioni no: si sono tramandate in forma di rancore, di storie e di leggende, Figlio dopo Figlio, discendente dopo discendente... fino a giungere a noi. Ma noi non siamo nati dai nostri antenati, no... ma dalle loro azioni. Guarda i nostri occhi. Guarda ciò di cui siamo capaci. Il Legame: q*uesto* è il nostro retaggio. Siamo ciò che nasce dalle conseguenze di chi ci ha preceduto. E ripetiamo il loro errore, combattendo una guerra non nostra. E cosa pensi che accadrà, ora? Uno di noi due morirà per mano dell'altro. E questo gesto avrà delle conseguenze... forse non oggi, forse tra altre dodici generazioni... ma accadrà. E il ciclo ricomincerà... perché non siamo stati capaci di fermare la ruota. Perché non abbiamo spezzato il vero Legame del quale siamo maledetti: il legame con il passato. Ma riflettici: che cos'è che ha fermato la Guerra degli Antichi? Non furono Kahot, o Kaleth... furono-»
«Gli Sciamani.» completò per lui Mogan.
Kurut fece cenno con la testa, a confermare l'affermazione del Lupo. «Loro sono l'opposto che ha distrutto ciò che esisteva. Erano *loro* il fuoco che ha distrutto il ghiaccio; erano *loro* il calore che ha dissipato il gelo. L'opposto, Mogan... *l'opposto*. L'opposto che distrugge il circolo di violenza, che ferma l'inarrestabile. E che permette di ricominciare.»
Mogan era confuso, eppure le parole dell'Orso stavano lentamente prendendo forma, in un discorso il cui senso stava assemblandosi, frase dopo frase.

«Ecco cosa voleva Kahot. Per questo cercava gli Sciamani. Ha perso la Guerra degli Antichi contro il tuo antenato, Kaleth... ma anche quando il suo spirito ha abbandonato il corpo, egli non ha mai smesso di combattere. Mi è parso in sogno, parlandomi: voleva che conoscessi la verità... *tutta* la verità. Così ho compiuto il Viaggio Astrale, grazie alla Grande Saggia del villaggio, e lui mi ha mostrato ciò che è successo, molto tempo fa. Ho appreso ciò che dovevo, e ho vissuto il rancore per ciò che il tuo antenato ci aveva portato via: la grandezza, e la pace che Kahot desiderava portare nella Valle.»
«Attraverso la violenza, attraverso i massacri, attraverso gli stupri! Kahot ti ha mostrato ciò che ha fatto a Laheli, la sorella di Kaleth? È forse così che Kahot voleva portare la pace?»
«Non ci può essere pace senza distruzione! Non può esserci arcobaleno senza tempesta, non può esserci calma senza caos! Le guerre tra le tribù dei nostri popoli risalgono a molto prima di Kahot e Kaleth: egli ha cercato di mettere fine a tutte le guerre tramite un'ultima grande guerra, per poter ricominciare da capo! Non gli si è dato ascolto, e così ha fatto ciò che andava fatto, nel modo in cui doveva farlo! Ma Kaleth... il *tuo* antenato, gli ha strappato questa possibilità. E a lungo, il mio popolo ha incolpato il tuo per ciò che ci è stato riservato dopo la Guerra degli Antichi; a lungo, i Figli dell'Orso, miei padri, si sono rintanati in queste lande ghiacciate e desolate, per terrore di ciò che sarebbe successo se avessimo provato a riportare in vita il sogno di Kahot. Ma poi, egli ha capito ciò che andava fatto realmente: non può esserci pace, senza distruzione. Ma non

può esserci distruzione, senza l'opposto di ciò che distrugge. Noi eravamo i distruttori... gli Sciamani, il nostro opposto: i creatori, i protettori. Coloro che avevano fermato la guerra... erano *loro* che andavano cercati, per poter distruggere, e quindi ricominciare. Kahot ha capito la verità su di noi, sui nostri popoli... e ha scelto me per compiere il suo volere, e terminare ciò che egli aveva iniziato. Così sono tornato indietro dal Viaggio Astrale... consapevole del peso della mia conoscenza, della verità così a lungo celata... e ho deciso di iniziare a compiere il volere di Kahot distruggendo le menzogne e le leggende che erano state perpetrate per intere generazioni: ho ucciso la Grande Saggia del mio villaggio. Poi ho raccontato tutto a Mundook, abbiamo radunato i nostri uomini, e ho ricominciato la guerra interrotta così tanto tempo fa.»
Ora, tutto aveva senso: ogni azione, ogni gesto, ogni parola, trovavano posto nel grande mosaico che si era andato a formare sin dal primo momento in cui Hotomak era stata attaccata. Mogan rimase sconvolto nell'udire ciò che Kurut aveva pronunciato, e tale stupore si intravide, inevitabilmente, attraverso i suoi occhi.
Così, ora conosceva la verità che si celava dietro le azioni di Kurut: conosceva il motivo per il quale il suo villaggio era stato distrutto la notte della Prima Luna, conosceva il motivo per il quale il segreto degli Sciamani era stato così ossessivamente cercato; conosceva il motivo per il quale Kayr era morto.
«Quindi è per questo che hai ucciso mio padre... per scoprire dove fossero gli Sciamani, in modo da poter prendere il loro potere e mettere fine al male che da sempre

affligge la Valle. Eppure, parli di guerre, di sofferenze… parli di opposti in grado di distruggere ciò che esiste, per poter ricominciare… parli di caos e di calma, di gelo e di fuoco… senza renderti conto che la risposta a ciò che dici, è sempre stata davanti a te.»
Kurut aggrottò la fronte, confuso.
«Hai ragione: per spezzare il legame con il passato, deve esserci qualcosa che nasce dal male, e che vive per distruggerlo. Ma ci sono due elementi, in questa storia, che divengono il fuoco pronto a bruciare il gelo di cui siamo portatori: gli Sciamani… e Yanni.»
Nell'udire tale nome, Kurut sbarrò gli occhi, esterrefatto; una proiezione di ciò che provava, dentro di lui, Kahot.
Ma Mogan continuò, con voce ferma e determinata. «Yanni è nata dal male provocato da Kahot. È stata forgiata dal dolore che egli le ha provocato, a lei e a sua madre Laheli… poi è stata presa dagli Sciamani, su volere di Kaleth… e loro l'hanno torturata, e massacrata, e spezzata, per creare da lei qualcosa di abominevole, che potesse distruggere ciò che i nostri padri stavano facendo. L'hanno usata come cavia per creare il mostro che avrebbe spazzato via l'uomo da questa terra: il wendigo. Poi hanno fatto un patto con Kaleth, un patto di pace… Yanni è stata nascosta, e tenuta prigioniera fino a quando una nuova minaccia non avesse messo ancora a repentaglio la Valle. Ora pensa: chi è stato colui che ha riportato il caos in queste terre prospere?»
Kurut non parlò: le parole parevano esserglisi strette come un nodo in gola, e persino la condensa dei suoi respiri era

labile e appena visibile, come se il fiato stesso gli si fosse mozzato tutto d'un colpo.
«Esatto.» confermò Mogan. «*Voi*. Kahot ha creato, con il male, il suo opposto, che ha vissuto per distruggerlo. E proprio come lui vive in te, per portare avanti la vostra guerra, lei vive in me, per portare avanti la nostra. Non sbagli: c'è sempre nel male qualcosa che nasce da esso per distruggerlo. E il wendigo è la fusione di ciò che è nato dai peccati dei nostri padri.»
Come a consolidare le parole del Lupo, Yanni si palesò di fianco all'uomo, camminando leggiadra attraverso un'altra dimensione, come proiezione astrale: invisibile agli occhi del nemico, ma solo a quelli del suo discendente.
«Posso vederlo, Mogan.» disse la bambina con voce carica di rancore e priva di paura, senza distogliere lo sguardo da davanti a sé. «Lui è qui. Mio padre è dinnanzi a me.»
Il Figlio del Lupo non poté vedere Kahot, ma ne riuscì a percepire la presenza.
E così rimasero, per un tempo che parve infinito: Yanni dinnanzi a Kahot, e Mogan dinnanzi a Kurut.
«Forse hai ragione.» riprese il Figlio dell'Orso, rompendo il silenzio. «Forse non c'è nulla che possa evitare al fuoco di sciogliere il ghiaccio, o al nuovo di spazzare via il vecchio. Ma rammenta una cosa, Lupo: c'è onore nel decidere di agire, ma è bene ricordarsi, prima di farlo, che non sempre le conseguenze sono come ce le aspettiamo.»
Dicendo questo, prese qualcosa da sotto il manto d'orso che lo avvolgeva, e lo lanciò davanti a sé: la testa di Kayr, ormai consunta e pallida, rotolò ai piedi del Figlio del Lupo.

Mogan sentì il fiato venirgli meno, e un brivido lo pervase sin nelle profondità dello spirito. Tale era il male che provava, che sentì gli occhi bruciare per lacrime che mai avrebbe versato; e tale era la rabbia che divampò dal cuore, che percepì la pelle del braccio bruciare, e contorcersi, sotto la corruzione, e insieme il potere, del wendigo, che lo stava rinvigorendo di una nuova linfa d'ira, che chiamava a sé sangue.
Sangue di Orso.
Tremante, Mogan posò i suoi occhi color ghiaccio su Kurut. «Tieni stretta a te la testa di mio padre, ultimo Figlio dell'Orso: voglio che ti possa guardare, quando oggi strapperò la tua, allo stesso modo in cui tu l'hai strappata dal suo corpo.»
Si voltò, e si incamminò verso il confine della Terra di Machmak: verso i Totem dei Padri, verso i suoi alleati.
Yanni fece lo stesso, e seguì il suo discendente; si dissipò nel vento, e scomparì alla vista.

Mogan giunse davanti a Mayka, e a Nassor; davanti ai guerrieri, e alle guerriere del popolo di Hotomak, di Haskau e di Taeysa. Sopra di loro, lontane nell'orizzonte a sud, centinaia di luci azzurre brillavano in cielo: le aquile di Mayka stavano giungendo, pronte a unirsi a loro.
Ora, predisposti a seguire il loro Figlio, i lupi Richiamati con il Legame si posero ai fianchi dell'armata, ringhiando al nemico di fronte a loro.
Mogan fece cenno ai suoi uomini, ed essi obbedirono all'ordine di cui era stato precedentemente deciso il significato: delle torce vennero accese, e legate intorno ai

Totem dei Padri di Machmak. Le fiamme li avvolsero: i simboli della dinastia dell'Orso erano stati distrutti per sempre.
Un canto di guerra, lo stesso che era stato udito sotto il cielo di Hotomak la notte in cui Kayr cadde, venne cantato dal popolo del Lupo. Un verso gutturale e profondo, ripetuto come un inno alla battaglia; un inno di vendetta.
Seguendoli, presero a intonare il canto anche le Aquile di Haskau, e poi i guerrieri di Taeysa. Il coro riecheggiò potente in tutta la piana ghiacciata, in tutta la Terra dell'Orso; fin sulle cime dei Monti Matseny, e l'energia che sprigionava sembrava giungere dall'intera Valle, e dagli spiriti di tutti coloro che erano morti per essa.
Mogan guardò Nassor, ed egli rispose con un sorriso beffardo, di chi è pronto a battersi; poi guardò Mayka, e negli occhi dell'Aquila v'era la sicurezza e la grinta che da sempre l'avevano resa la grande guerriera che Mogan aveva conosciuto tempo addietro.
Yanni si palesò al fianco del Figlio del Lupo, e i due si scambiarono un impercettibile cenno di approvazione.
Stavano per prendersi la loro vendetta.
Mogan alzò lo sguardo, e Yanni con lui: di fronte a loro, v'erano i nemici per i quali avevano sofferto così a lungo.
I loro occhi si incontrarono, prima della battaglia, per un'ultima volta: la figlia contro il padre, e il Lupo contro l'Orso.

VII

LA BATTAGLIA DEL LUPO E DELL'ORSO

Mogan gridò, con quanta più forza riuscì a trovare in corpo; scattò in avanti, lasciando che la tensione così a lungo repressa di tutti i muscoli del suo corpo esplodesse.
Mayka gridò a sua volta, seguendo il Lupo, e così fece Nassor; dietro di loro, l'armata di Lupi, Aquile e Bisonti iniziò l'avanzata verso Machmak, e gli animali guida dei clan con loro: l'immenso branco di lupi ululò feroce e unito, e dall'alto le aquile, comandate da Anitaka, si librarono in cielo, volteggiando incombenti sul cielo sopra il villaggio degli Orsi.
La terra tremò sotto il funesto avanzare dell'esercito del Figlio del Lupo, e quando i guerrieri iniziarono la loro corsa, il ghiaccio sotto i loro piedi scricchiolò profondamente, come un mostro celato alla vista in procinto di destarsi da un lungo sonno. Ma coloro che lo attraversavano erano troppo intenti a inneggiare allo

scontro con grida di guerra, e versi di rabbia ed eccitazione, per porvi caso.
La tempesta di neve li inghiottì, uno dopo l'altro: il gelo tagliava la pelle, e il vento mozzava il fiato e penetrava sin dentro le ossa con tale velocità che Mogan dovette faticare per costringersi a continuare la sua corsa.
Kurut si voltò, dando le spalle ai suoi nemici, e venne inghiottito nella tempesta, scomparendo alla vista.
L'esercito avanzò senza perdere vigore, avvolto nella bufera che rendeva sempre più difficile tenere lo sguardo fisso sull'orizzonte; Machmak, che brillava come un faro nella notte grazie ai fuochi delle torce, era tutto ciò che gli uomini di Mogan poterono inseguire, e che impedì loro di perdersi nella tempesta.
Ma d'un tratto, quei fuochi vennero estinti: una ad una, le luci che contornavano il villaggio dell'Orso svanirono.
Machmak scomparve alla vista.
L'esercito continuò la sua corsa, ma ben presto si rese conto che laddove avrebbe dovuto incontrare Kurut, non v'era nulla.
Lentamente, Mogan rallentò, e con lui i suoi guerrieri e le sue guerriere, e si guardò intorno.
Kurut era scomparso; Machmak era scomparsa.
E loro erano nel bel mezzo di una terribile bufera.

La paura serpeggiò nel cuore di Mogan, e per un istante si sentì debole: era nel territorio del suo nemico, in mezzo a una tempesta di neve, soffocato dal gelo e dal vento che pareva avvinghiarglisi al collo, cieco alla vista a causa della forza della bufera e senza idea di dove andare.

Vide negli occhi di Mayka, di Nassor, e nei pochi guerrieri che riusciva a scrutare intorno a lui, la stessa sensazione che stava provando sulla sua stessa pelle.
D'un tratto, erano tutti intimoriti, e spaventati.

Trasportato dal vento, un ruglio ruppe il silenzio.
Poi un secondo fece eco al primo, e un terzo seguì.
E chiunque di coloro che erano in ascolto riconobbe l'origine di tale verso.
Mogan si guardò intorno, saettando lo sguardo in cerca di qualcosa…
Poi, le vide: luci azzurre presero a brillare attraverso la nebbia della coltre bianca.
Decine, e decine di luci.
Accompagnate da ruggiti sempre più vicini.
Di fronte all'esercito di Mogan, orsi bianchi comparvero dalla bufera: gli occhi Legati dal Richiamo di Kurut, il volto contorto dalla fame e dalla ferocia.
Poi si udì un canto: lo stesso intonato dall'esercito di Mogan, lo stesso udito a Hotomak la sera della Prima Luna, e poco dopo, attraverso la coltre bianca, centinaia di guerrieri di Machmak si affiancarono agli orsi Richiamati.
Essi erano coperti di manti albini, e dipinti in volto con tinte bianche e azzurre: parevano spettri nella bufera, un tutt'uno con l'ambiente che li circondava, e per questo estremamente difficili da vedere.
Eppure, erano lì, con le armi pronte tra le mani, in attesa di colpire.
Kurut si fece largo tra le fila dei suoi uomini, accompagnato dal canto di guerra dei guerrieri e dal vento

che pareva ora soffiare con ancora più ferocia, come se fosse anch'esso parte dello scontro che stava per avere luogo.
Quando fu a capo della sua armata, il canto si interruppe.
Il soffiare della bufera fu l'unico suono a rompere il silenzio.
Gli occhi di Mogan e di Kurut si incontrarono, ancora una volta.
Per un tempo che parve eterno.
Kurut gridò, alzando l'ascia di guerra verso il cielo.
I suoi uomini scattarono in avanti, gridando a loro volta.
Mogan fece lo stesso: gridò di rabbia, lasciando che la paura venisse distrutta dal desiderio di vendetta per il quale aveva combattuto così a lungo, e scattò in avanti sollevando il suo tomahawk. Il suo esercito si mosse con lui.
La battaglia del Lupo e dell'Orso ebbe inizio.

I due eserciti si scontrarono, con una ferocia tale che l'impatto parve far tremare la terra sotto i loro piedi.
Mogan sferrò violentemente colpi con il tomahawk contro coloro che gli si ponevano davanti, con una rapidità al limite dell'umano: che fosse per l'adrenalina che scorreva nel suo corpo, o il potere del wendigo che stava esplodendo, ravvivato dalla furia e dalla sete di sangue, il Figlio del Lupo sembrava un inarrestabile portatore di morte.
Si pulì velocemente il volto dal sangue dei nemici che aveva abbattuto, e finalmente posò lo sguardo su ciò che lo circondava.

Tutt'intorno a lui, la battaglia proseguiva cruenta: colpi sferrati con ferocia venivano abbattuti sui corpi dei nemici, e grida di dolore e di rabbia riempivano l'aria, che si fece colma d'un odore malsano di sangue e di morte. Ben presto, muoversi tra le carcasse dei caduti divenne un ulteriore impedimento; il sangue si congelò al contatto con la lastra ghiacciata sul quale lo scontro stava avendo luogo, e scivolare sopra di esso fu per molti uomini causa di morte, poiché si dava agli avversari la possibilità di sferrare colpi fatali con più facilità. Gli animali Richiamati dal Legame si scagliavano sugli uomini e sulle altre bestie con una spietatezza spaventosa, specchio di ciò che il Figlio che li guidava stava provando. Gli orsi Richiamati, enormi e possenti, si gettavano contro gli umani, scaraventandoli e divorandoli; i lupi, più esili e veloci, scattavano in piccoli branchi contro gli orsi, cercando di infilzare gli artigli e i denti attraverso la spessa pelle dell'animale, o si gettavano sui guerrieri di Kurut, i quali poco potevano fare contro un predatore tanto abile; infine, le aquile di Mayka piombavano dall'alto, creando scompiglio, avvinghiando le letali e potenti zampe nelle carni degli avversari, distruggendo la difesa con il caos.
Era uno spettacolo atroce, e Mogan constatò con rammarico che per quanto il numero dei suoi uomini fosse più alto, la forza bruta dell'armata di Kurut stava resistendo.
Eppure, una parte di sé era poco interessata a ciò che stava accadendogli intorno: con lo sguardo scrutò attraverso la folla, attraverso gli uomini che si davano battaglia… Kurut non si vedeva.

Il suono di un corno si udì attraverso la bufera.
Gli orsi Richiamati dal Legame parvero rinvigorirsi, poiché la luce nei loro occhi prese a brillare ancor più intensamente, segno che il Figlio che li guidava stava ora prendendo il pieno controllo dei suoi animali guida.
Essi, infatti, ruppero la difesa nemica, e iniziarono a correre in branco lungo tutto il perimetro entro il quale si stava combattendo la battaglia, in modo inquietantemente organizzato: sembravano un corteo, che si muoveva scaraventando i guerrieri di Mogan a terra, senza più preoccuparsi di strappar loro la vita, ma solo di creare un vortice entro il quale l'esercito della Valle si sarebbe dovuto trovare.
Contemporaneamente, gli uomini di Kurut iniziarono la ritirata, divincolandosi dagli scontri nei quali erano coinvolti, e lasciarono che il corteo di orsi si frapponesse come scudo tra loro e i guerrieri di Mogan.
In pochi istanti, i guerrieri di Machmak erano nuovamente celati alla vista, mimetizzati nella bufera grazie alle vesti candide; gli orsi Richiamati interruppero la corsa vorticosa e si districarono, scomparendo a loro volta nel muro di coltre bianca.
Mogan e tutti i suoi uomini rimasero fermi, esterrefatti.
I suoi nemici erano scomparsi.
Il vento era tornato ad essere l'unico suono udibile nella bufera.
Il Figlio del Lupo guardò Mayka, e Nassor: entrambi erano sporchi di sangue, e affaticati, ma nei loro volti la rabbia aveva nuovamente lasciato il posto al dubbio, e al timore.

Si arrampicò sulla carcassa di un orso caduto, e guardando dinnanzi a sé vide il suo immenso esercito riunito e compatto: centinaia di guerrieri e di guerriere, caoticamente coesi.
Le aquile Richiamate da Mayka presero nuovamente il volo, combattendo contro la terribile bufera, in cerca di un qualche segno dei nemici.
Un rumore profondo rimbombò nel vento, lontano.
Poco dopo, si udì un suono gorgogliare dalla terra.
Silenzio.
Un secondo rumore, come di impatto, e poco dopo la terra si lamentò nuovamente.
Mogan scese dalla carcassa dell'orso bianco, e timoroso che ciò che aveva udito fosse ciò che sospettava, si chinò, portando l'orecchio vicino a terra.
Un nuovo impatto giunse da lontano, e allora riuscì a udirlo chiaramente: uno scricchiolio, profondo e ovattato, si sprigionò dal ghiaccio sul quale era poggiato.
Si rialzò, tremante, e guardò i suoi uomini: essi avevano dipinto in volto lo stesso timore disegnato sul viso del loro capotribù Lupo.
Poi, finalmente, riuscì a intravedere attraverso la coltre bianca delle figure farsi più vicine: gli orsi Richiamati dal Legame si mossero lentamente verso di loro, accompagnati dai guerrieri di Machmak. Ma stavolta, le luci azzurre che brillavano dagli occhi di quegli immensi animali non erano solo di fronte all'esercito, bensì tutt'intorno.
Allora Mogan capì: erano stati circondati.
Gli animali di Kurut si sollevarono su due zampe all'unisono, dimostrazione che erano guidati dal loro

Figlio; attesero un istante, poi batterono con tutto il loro peso le zampe anteriori sul terreno di fronte a loro.
Esso prese a scricchiolare, mentre alcune crepe spezzarono il ghiaccio e si espansero velocemente sempre più verso il centro del cerchio: il cerchio all'interno del quale v'era l'armata di Mogan.
Quando agli occhi del Figlio del Lupo fu chiaro ciò che gli avversari stavano facendo, ecco che finalmente ricomparve dalla tempesta di neve Kurut, ben protetto dai suoi guerrieri e dai suoi animali, gli occhi fissi sull'acerrimo nemico, e brillanti d'un azzurro glaciale e tetro.
Gli orsi di Kurut colpirono nuovamente la landa ghiacciata, e nuove crepe si diramarono, stavolta più larghe e profonde.
Sotto i suoi piedi, Mogan udì il rumore del ghiaccio essere in procinto di rompersi.
Volevano distruggere la landa sul quale si trovavano per farli sprofondare; cosa vi fosse al di sotto di quella spessa lastra che stava andando in frantumi, Mogan non osò immaginarlo.
Guardò Mayka, ed ella si tramutò in aquila, spiccando il volo, pronta a raggiungere Anitaka per guidare un attacco dall'alto.
Il caos esplose: l'intero esercito si diramò quanto più possibile, in ogni direzione consentita, cercando di aprirsi un varco nel muro di uomini e di animali di Machmak che li stavano bloccando al centro della terribile trappola.
Urla di rabbia e di paura riempirono l'aria, e altre di morte seguirono: i guerrieri di Kurut si erano posizionati a falange, e qualsiasi tentativo di rompere la difesa, fu per gli

uomini di Mogan pressoché inutile; in più, la potenza degli orsi Richiamati dal Legame coinvolgeva ora anche i guerrieri che si trovavano in prossimità dei colpi sferrati dai possenti animali, che schiacciavano con il loro peso gli sventurati che osavano cercare di abbatterli.
Mogan sentì dentro di sé una primordiale paura avvolgerlo: era stato così vicino a vincere la guerra, e ora si trovava in trappola; sotto di lui, la landa ghiacciata stava per cedere. Avrebbe dovuto liberarsi, e al più presto.
«Uomini!» gridò con tutta la forza «Seguitemi!» I suoi occhi presero a brillare, e Richiamò i lupi al suo comando. Poi si voltò verso Nassor, in cerca d'aiuto. «Dobbiamo sfondare la loro difesa!»
L'uomo si fece voce del Figlio del Lupo, e richiamò a sé i Bisonti di Taeysa, intimandoli a seguire gli ordini di Mogan; i guerrieri di Hotomak e le guerriere di Haskau si ritirarono dagli scontri che stavano avendo luogo per aprirsi un varco e si ritrovarono tutti nuovamente al centro del cerchio.
«Dobbiamo spezzare il loro muro!» gridò Mogan «O moriremo!»
Come a confermare tali parole, la landa sotto i suoi piedi scricchiolò nuovamente e tremò, e pezzi di ghiaccio esplosero a causa della forza dell'impatto di un nuovo colpo degli orsi.
I lupi Richiamati da Mogan si frapposero tutt'intorno all'esercito della Valle, come a creare una barriera difensiva.

«Mayka!» gridò Mogan alzando lo sguardo; le centinaia di luci azzurre che vorticavano nella bufera si fecero più vicine. «Adesso!»
L'intero esercito scattò in avanti, all'unisono: compatti e asserragliati a falange, avanzarono con tutta la loro forza e la loro velocità; intorno a loro, i lupi Richiamati formavano un'ulteriore schiera, che faceva della ferocia la sua forza.
Mayka, seguita da Anitaka e dalle aquile, piombarono dal cielo, volando a bassa quota, appena al di sopra delle teste dei guerrieri.
Mogan vide Kurut di fronte a lui farsi sempre più vicino; lui, e tutti i suoi uomini, che stavano approntandosi all'impatto. Gridò, e sentì il potere del wendigo esplodere come mai prima: sentì i muscoli contrarsi quasi al punto di strapparsi, sentì un bruciore lancinante esplodere su tutta la pelle. Il suo volto si corrugò, e tutto il corpo con esso; il suo grido perse ogni umanità, divenendo quello della creatura demoniaca.
L'esercito unito della Valle, con tutti i guerrieri e le guerriere, e gli animali Richiamati insieme a loro, impattò con tutta la sua forza contro l'armata di Kurut, proprio mentre il cerchio entro il quale erano stati intrappolati si rompeva dietro di loro a causa del peso del corteo: sotto la lastra di ghiaccio, le profonde acque gelide di un lago vennero alla luce.
La forza dell'impatto distrusse la difesa di Machmak: Mayka, Anitaka e le aquile avevano creato il caos per prime, piombando sugli uomini e sugli animali verso il quale l'armata era diretta, creando disordine e trambusto; i lupi Richiamati si erano gettati con tutta la loro agilità sui

guerrieri e sugli orsi, andando a spezzare la prima linea di difesa. Questo aveva permesso ai guerrieri della Valle di penetrare nella piccola breccia formatasi e di riemergere come un fiume in piena alle spalle degli uomini di Machmak, finalmente salvi dalla trappola.
Nuovamente rinvigoriti, i guerrieri e le guerriere a difesa della Valle esplosero in un nuovo grido di battaglia, e si scagliarono contro i loro avversari, finalmente in campo aperto, attaccando in più direzioni e cercando di ampliare la linea d'attacco verso l'esterno, in modo da creare a loro volta un cerchio entro il quale chiudere gli uomini di Kurut, nella speranza di spingerli verso il lago da loro stessi creato, e utilizzarlo a loro vantaggio.
Ma la tattica era provvisoria, e gli uomini di Machmak si dispersero velocemente, ritirandosi nella bufera.
Ma questa volta, Mogan era pronto. «Non lasciateli fuggire!»
Mayka vide dall'alto ciò che stava accadendo, e intuì ciò Kurut e i suoi avrebbero fatto; piombò davanti a Mogan, nuovamente in forma umana.
«Vogliono celarsi di nuovo alla nostra vista, e tentare un nuovo attacco.» disse l'Aquila.
Mogan estrasse il tomahawk dal torace di un guerriero avversario, e si voltò: il suo viso era impercettibilmente più scavato, biancastro e corrugato.
«Non possiamo permetterci di perderli di nuovo, Mayka. Siamo ciechi in questa bufera!»
«C'è un solo posto dove possono cercare di ritirarsi: Machmak.»

«Dobbiamo sapere in che direzione si trova, per poterli inseguire. Non devono arrivare al villaggio, o si barricheranno al suo interno e per noi sarà la fine!»
Mayka fece un cenno con la testa, si trasformò nuovamente in aquila e si librò in cielo, in mezzo ai vortici di neve.
Lo scontro proseguì violento, senza sosta: l'esercito di Kurut cercava di ritirarsi, aiutato dagli orsi Richiamati che con la loro forza spezzavano i gruppi di guerrieri che combattevano tenacemente per guadagnare terreno; di contro, l'esercito della Valle non lasciava tregua, ampliando il terreno di scontro per impedire al ghiaccio di rompersi a causa del peso di chi combatteva sopra di esso.
Il sangue prese a scorrere nuovamente, e la battaglia durò a lungo: Mogan combatteva senza pietà, dando sfogo a tutta la sua ira contro chiunque gli si parasse davanti, ora in forma umana, ora in forma di lupo, contro uomini e orsi.
La forza del wendigo era tale che neppure gli immensi animali a comando di Kurut potevano reggere il confronto con i colpi così furiosamente assestati del Figlio del Lupo, il quale si muoveva in una danza letale e temibile, fatta di movimenti veloci e di un'agilità non umana, ma appartenente alla creatura che stava sempre più prendendo il sopravvento.
Dopo un tempo indefinibile, le prime luci d'un bagliore lontano presero a brillare.
Mogan alzò lo sguardo, e un sorriso si disegnò sul suo volto contrito e sporco di sangue: Machmak era in fiamme.
Un'immensa lingua di fuoco prese a brillare nella bufera, e così il villaggio di Kurut fu ben visibile attraverso la tempesta di neve: ora l'armata avversaria non poteva più

rintanarsi tra le sue mura. Avrebbero combattuto in campo aperto, e lì sarebbero morti.
Mayka fece presto ritorno, seguita da Anitaka, che continuò a guidare le aquile in battaglia.
La donna riprese forma umana, piombando contro un guerriero orso di fronte a Mogan, uccidendolo.
E il Figlio dell'Orso poté leggere negli occhi della ragazza un senso di giustizia: Kurut aveva bruciato Haskau, impedendo alla sua gente di tornare a casa. Lei, ora, aveva fatto lo stesso con lui.
Ma proprio mentre i due si stavano guardando negli occhi, in quello che per un breve istante parve essere un labile ricongiungimento, ecco che Mogan lo vide, alle spalle di Mayka, lontano, in mezzo alla battaglia: Kurut stava correndogli incontro.
Mogan scattò in avanti a sua volta, spintonando Mayka di lato e correndo con quanta più forza gli consentirono le gambe.
La vendetta era sua, e nessun altro si sarebbe frapposto tra lui e il suo avversario.
Mogan poté vedere il volto corrugato dalla furia cieca di Kurut, appena prima che quest'ultimo gli si gettasse addosso, ma era pronto.
L'impatto fu devastante: la forza bruta di Kurut investì Mogan in pieno, e per un istante il Lupo credette di sentire tutte le ossa spezzarsi ed esplodere.
Kurut lo teneva stretto a sé, schiacciandolo con le immense braccia; poi lo lanciò a terra, e Mogan ruzzolò sul ghiaccio, lontano dal suo avversario.

Il Figlio del Lupo si rialzò, sorpreso di non provare già più alcun dolore; anzi, sentì i muscoli bruciare e tendersi ancor più di prima, pronti a far esplodere tutta la forza del Lupo, enfatizzata dall'implacabile potere del wendigo.
Mogan strinse il tomahawk, e si scagliò contro il suo nemico: Kurut sollevò l'ascia di guerra e la librò con ferocia.
Lo scontro fu furioso: colpi fatali tagliavano l'aria o si infrangevano contro l'arma dell'avversario, in parate di incredibile agilità. La forza bruta di Kurut spezzava la guardia di Mogan, ma egli era più minuto e agile, e questo gli dava un gran vantaggio. Entrambi bruciavano d'ira, e questo portava i loro colpi e contraccolpi a essere sferrati con furia cieca, in una lotta animalesca e priva d'onore.
D'un tratto, Kurut sferrò un ennesimo colpo con la sua ascia di guerra; Mogan schivò il colpo, e la lama dell'ascia impattò con il ghiaccio sul quale i due stavano combattendo. Questo si spezzò, e un'immensa crepa si diramò dal punto d'impatto dell'arma.
Mogan scattò in direzione del suo avversario, pronto a colpirlo ora ch'egli era disarmato, ma questo lo riuscì a bloccare e con la sola forza delle mani lo scaraventò contro la sua ascia, che si staccò dal ghiaccio; gli fu addosso e lo raccolse da terra, alzandolo sopra la sua testa e rigettandolo con tutta la sua forza sul punto dove le crepe di ghiaccio stavano ancora diramandosi.
Mogan sentì il corpo spezzarsi, e rinvigorirsi in un istante: era come se i colpi del nemico avessero un effetto solo momentaneo, su di lui.

Kurut si tramutò in un immenso orso albino, e sollevandosi su due zampe colpì Mogan sul petto con le zampe, schiacciandolo.
Poi lo fece ancora, e ancora, e ancora.
La lastra di ghiaccio cedette ed esplose in mille pezzi, e Mogan fu inghiottito dalle acque gelide del lago ghiacciato.

Il buio lo avvolse.
Più sprofondava, più la luce proveniente dalla rottura del ghiaccio si faceva tenue, e lontana.
L'acqua era così gelida da mozzare il fiato, e sentì i polmoni contorcerglisi nel petto in assenza di ossigeno.
Il dolore per i colpi ricevuti si diramava in tutto il corpo come il sangue fa ad ogni pulsazione del cuore, impedendogli di muovere anche solo impercettibilmente un qualsiasi muscolo.
Stava lentamente discendendo nelle profondità del lago ghiacciato: un blu intenso aveva inghiottito l'azzurro più vicino al ghiaccio in superficie, e le tenebre, nere come la pece, avrebbero fatto lo stesso da lì a poco.
E così rimase: impossibilitato a morire, ma troppo debole per vivere.
Poiché era vero: i colpi ricevuti avrebbero ucciso una persona normale, ma per qualche motivo in lui v'era ancora un barlume di spirito ancora aggrappato a quel corpo sempre più freddo.
Fu quello stesso barlume a destarlo.
Ora, di fronte a lui, v'era Yanni, che camminava leggiadra nel buio delle profondità del lago, insofferente alle terribili temperature che stavano congelato il corpo di Mogan.

«Abbandona questo corpo, Mogan.» sussurrò dolcemente. «Abbandonalo, e torna a vivere, come nuovo. Abbandonalo, e lascia che la forza che ho instillato in te ti protegga da ciò che può distruggerti. Abbandonalo, e divieni ciò che devi essere, per fare ciò per cui sei nato.»
Detto questo, porse la piccola mano di fronte al petto dell'uomo, proprio dinnanzi alla zampa di lupo ch'egli aveva pitturata indelebilmente sul petto.
Mogan sentì una forza nascere dentro di lui: lieve, appena percettibile, sufficiente per un singolo movimento appena accennato.
La scelta era sua: morire, inghiottito dalle tenebre ai piedi del suo nemico, o vivere, a qualsiasi costo, e terminare ciò che per il quale era nato.
Scelse.
Con un debole movimento della schiena si spinse in avanti, facendo in modo che la mano di Yanni incontrasse il suo petto.
La bimba sorrise. E un bruciore insopportabile divampò nelle sue carni, nelle sue ossa.
Aprì gli occhi: Yanni non c'era più. Riuscì a muovere gli occhi e guardarsi intorno, poi la testa; mosse le mani, e percepì che la vita era tornata a lui.
Così, nel silenzio più intenso del lago ghiacciato di Machmak, egli rinacque.
Alzò lo sguardo: la fessura dalla quale era sprofondato era lì, davanti ai suoi occhi.
Un urlo esplose dalle viscere del suo essere: un verso bestiale, non umano. Egli era pronto a prendersi la sua vendetta.

Delle dita consunte e bianche tastarono la sottile neve che si era posata sul ghiaccio al limitare della spaccatura, e un getto d'acqua sciolse il ghiaccio intorno ad essa, divenendone presto parte a causa delle temperature che soffiavano all'esterno.
Mogan riemerse dalle acque del lago: la sua carne era albina e grigiastra, il volto corrugato e scavato; i suoi occhi, dalla sclera azzurra come il ghiaccio, scrutarono l'orizzonte davanti a sé.
Kurut era lì, a pochi passi dalla spaccatura nel ghiaccio, intento a togliere la vita a un guerriero di Hotomak che aveva osato sfidarlo in duello.
Lasciando cadere il cadavere del suo avversario in terra, il Figlio dell'Orso si voltò, posando gli occhi sulla figura che inspiegabilmente era riemersa dalle gelide acque del lago.
Di fronte a lui ora v'era Mogan, nella sua forma più inquietante e spaventosa: carico di rabbia, quasi totalmente corrotto dal potere del wendigo, e da esso tenuto in vita.
Il Figlio del Lupo prese il suo tomahawk, e Kurut brandì la sua ascia di guerra, pronto a un nuovo scontro; in tutta risposta, Mogan lasciò cadere ai suoi piedi l'arma, e scattò in avanti verso il suo avversario, a mani nude.
La sua velocità era impressionante: in un attimo, fu addosso all'Orso; egli provò a colpire di lato con tutta la sua forza, nella speranza di spezzare il nemico all'altezza delle costole, ma Mogan afferrò l'ascia, parando il colpo, e la strattonò via dalle mani dell'avversario, spezzandola e lasciandola lontano.

Kurut era disarmato: cercando di combattere la paura con la rabbia, iniziò a sferrare pugni diretti e ganci all'avversario. La sua forza era indomabile, ma Mogan percepiva i colpi ricevuti come qualcosa che non poteva piegarlo in alcun modo.
D'un tratto, Kurut placcò il Lupo, spintonandolo a terra e gettandosi nuovamente su di lui, nella speranza di usare ancora una volta la sua possanza come arma di distruzione.
Ma questa volta, Mogan era pronto: si liberò della presa del nemico, e roteò su sé stesso tenendo ben saldo il braccio di Kurut; diede un colpo, e le ossa dell'articolazione si spezzarono.
Il Figlio dell'Orso gridò di dolore, ma la sua forza e la sua rabbia lo inibirono per alcuni secondi, durante i quali cercò inutilmente di liberarsi dalla presa del Lupo sferrando una gomitata con il braccio rimanente.
Mogan lo prese per i lunghi capelli, e rinvigorito della ineguagliabile forza del wendigo, lo trascinò fino alla spaccatura di ghiaccio nel quale era stato gettato, e spinse la testa dell'Orso dentro la gelida acqua.
Egli si divincolò, cercando di liberarsi, senza però riuscirci.
Dopo alcuni secondi, Mogan lo tirò nuovamente in superficie, e lo gettò in terra.
Poi li fu addosso, e lo colpì con tutta la forza che aveva in corpo.
Ad ogni colpo sferrato sul volto dell'Orso, i volti di coloro che erano morti a causa sua esplosero davanti agli occhi di Mogan. Quando le sue mani furono completamente distrutte, e sporche del sangue del nemico, finalmente si fermò.

Kurut era lì, debole, che annaspava in cerca di ossigeno e di tregua.
Sembrava una preda sofferente, dinnanzi a un predatore in procinto di finirla.
Mogan rimase a osservare quell'essere così patetico, così debole, crogiolandosi alla visione di un tale spettacolo, per diversi secondi.
Poi Richiamò a sé un branco di lupi, ed essi lo raggiunsero correndo dalla battaglia, ponendosi tutt'intorno a Kurut.
«Ricordi cosa ho detto?» chiese gelido Mogan. «Ho giurato a mio padre che lo avrei vendicato, strappandoti la vita così come tu lo hai fatto a lui.»
Il volto di Kurut era colmo di terrore, ed egli non riuscì neppure a chiedere pietà, poiché le zanne dei lupi Richiamati si avvinghiarono alla carne delle sue gambe e delle sue braccia, tenendolo fermo. Davanti a lui, Mogan era più mostruoso che mai: non più un uomo, ma una bestia.
«Ed è quello che farò.» concluse Mogan.
Si tramutò in lupo tramite il Legame, e camminò sul corpo possente del suo avversario tenuto fermo dai lupi.
Lo osservò, e ringhiò come sfogo di tutto il male al quale stava per mettere fine.
Aprì le fauci, e si gettò sul collo di Kurut.
Poi morse. E morse ancora.
E ancora.
E ancora.
E ancora.
E ancora.

Sotto le sue zampe, ogni muscolo di Kurut si era lasciato andare, e quelli che prima erano movimenti di contorsione, lasciarono il posto a un corpo fermo e immobile.
Mogan tornò umano: sentì in bocca il sapore del sangue, e dal volto e dal collo sentì il liquido rosso colare sul petto. Afferrò per i capelli la testa di Kurut, e la sollevò verso il cielo: gridò, in un grido di liberazione.
In quel grido, chiamò a sé gli occhi di Kayr, di Akima, del popolo di Hotomak e dei guerrieri caduti per esso; chiamò a sé gli occhi di Kaleth, di Yanni, di tutti i Figli del Lupo. Che tutti loro, dalle Terre Celesti, fossero testimoni che il nemico era stato definitivamente sconfitto, e che la guerra era finalmente giunta al termine.

Si guardò intorno: l'esercito unito dei popoli della Valle stava portando a termine il combattimento contro gli uomini rimasti di Machmak: i guerrieri di Kurut cadevano, e con loro anche gli orsi che, una volta rotto il Legame, si erano trovati nel bel mezzo della battaglia senza una vera ragione; eppure, questo non aveva fermato gli uomini di Mogan dallo sbarazzarsene.

Ben presto, l'ululato del vento tornò a rompere il macabro silenzio che permeava le terre dell'Orso: i clan si riunirono, lasciandosi alle spalle il villaggio di Machmak, in fiamme.

Mogan si fece scortare da Nassor e dai loro uomini, e giunse di fronte a Mayka, la quale stava controllando alcune guerriere di Haskau ferite insieme ad altre sorelle.

«Che ne è delle persone all'interno del villaggio?» chiese Mogan.
Mayka si voltò, e rimase inorridita dalla figura che si trovò davanti; ma, nonostante questo, cercò di mantenere la voce calma e decisa. «Ho sbarrato la porta del villaggio dall'esterno, con l'aiuto delle mie aquile. Poi ho dato fuoco al villaggio… non ci sono sopravvissuti. Il popolo di Machmak è estinto.»
«Bene.» convenne Mogan.
Silenzio.
«Kurut?» chiese la donna.
In tutta risposta, Mogan sollevò la testa dell'uomo, e per Mayka fu una risposta più che esaustiva.
«Radunerò le mie sorelle, e potremo partire.» riprese l'Aquila.
«Certo…» disse il Lupo, guardandola negli occhi.
Il silenzio divenne d'un tratto soffocante.
In quel silenzio, gli occhi di Mogan rimasero fissi su Mayka.
E in quello sguardo, che durò un tempo indefinibile, Mayka d'improvviso capì tutto.
Alle sue spalle, sentì il rumore d'un colpo sferrato, e un grido ruppe il silenzio.
Si voltò, e il cuore le si frantumò in mille pezzi.
«Niya…» pronunciò con un filo di voce Halyn, la giovane guerriera con la quale era giaciuta appena poche notti prima: il coltello che le era stato piantato nel petto dal guerriero di Hotomak venne estratto con la stessa velocità con la quale aveva penetrato la carne, e la ragazza cadde a terra, privata della vita.

«No!» gridò Mayka, voltandosi nuovamente appena in tempo per vedere Mogan gettarsi in avanti, pronto a colpirla con il tomahawk.
Schivò il colpo, cadendo in terra, inorridita e tremante di paura.
Intorno a lei, un nuovo massacro stava esplodendo: gli uomini di Mogan e di Nassor avevano circondato le guerriere di Haskau, le sue sorelle, e le stavano uccidendo una ad una.
Il Figlio del Lupo si incamminò verso di lei, indifferente alle lacrime che già solcavano il volto dell'Aquila. «Te lo avevo detto: avrei spazzato via ogni mio nemico.»
Scattò in avanti, ma questa volta Mayka riuscì a schivarlo e ad afferrare il pugnale che teneva legato alla cinta. Raccolse da terra un tomahawk e vide Nassor frapporsi tra lei e il suo avversario.
Intorno a loro, le grida disperate delle Aquile di Haskau riempirono l'aria, mentre l'orribile massacro perpetrava.
Nassor impugnò saldamente la sua lancia, ma non appena cercò di colpire Mayka, quest'ultima danzò con le sue lame e tagliò di netto la gola al guerriero del popolo dei Bisonti, lasciando che questo soffocasse rantolando ed espirasse il suo ultimo respiro.
Guardò un'ultima volta Mogan, il quale stava approntandosi al combattimento.
Non c'era speranza di salvare il suo spirito.
Sapeva cosa doveva fare… nulla sarebbe cambiato, ora.
Gridò: per rabbia, per paura, per il dolore per la morte delle sue guerriere, innocenti per le colpe di cui solo lei era causa; gridò per Akima, per non averla potuta salvare, e per

il male che aveva destinato a lei e alle sue sorelle lasciando che la prendessero. Gridò per la frustrazione di aver creduto a Mogan, e di essere stata in parte la causa di ciò che era divenuto.
Si scagliò su di lui, con tutta la sua forza.
Un colpo seguì l'altro, in una danza di lame che Mogan riuscì a stento a contrattaccare, a causa della grande agilità e capacità nel combattimento che avevano sempre contraddistinto la donna.
Mayka avanzava, e Mogan veniva spinto sempre più indietro.
La furia dell'Aquila era indomabile.
Roteò su sé stessa, mettendo quanta più distanza possibile tra lei e Mogan: Richiamò a sé le aquile, e le scagliò contro il Figlio del Lupo.
In quel vortice di ali e di artigli, Mogan non riuscì a districarsi.
D'un tratto, una lama attraversò il suo petto.
Le aquile si librarono in volo, e Mayka era lì, davanti a lui, la mano ben salda al pugnale con il quale lo aveva infilzato mortalmente.
Mogan indietreggiò, sconvolto: era stato colpito. I suoi occhi si posarono dapprima sulla lama, poi sull'Aquila.
Ma lo sguardo soddisfatto di Mayka si corrugò ben presto di terrore, quando vide che Mogan riuscì a estrarre la lama, senza cadere in terra morente.
Anzi, al contrario, egli stava ricomponendosi, come se il taglio dal quale non cadde neppure una goccia di sangue, non fosse mai stato aperto.

Gli occhi di Mayka incontrarono nuovamente quelli di Mogan. «Tu… il wendigo…»
Il Lupo annuì: era divenuto qualcosa al di sopra dell'essere umano, un tutt'uno con la creatura demoniaca creata come arma definitiva contro gli uomini. Era divenuto lui stesso il wendigo.
Mogan avanzò di un passo, poi di un altro, ora consapevole del potere inarrestabile di cui era portatore.
Vide negli occhi di Mayka un terrore così primordiale, che mai aveva potuto vedere negli occhi di qualsiasi altro essere vivente.
Scattò in avanti, ma Mayka fu pronta: si tramutò in aquila tramite il Legame, e si librò in cielo, mettendo distanza tra sé e il suo assalitore.
Non poteva sconfiggerlo, non poteva ucciderlo. Non poteva fare nulla, se non fuggire.
Così, chiamò a sé Anitaka e le aquile unite a lei dal Legame, e si portò sempre più lontana dalla battaglia.
Si voltò un'ultima volta: sotto di lei, le sue sorelle gridavano il nome della loro capotribù, mentre venivano massacrate da coloro con i quali aveva combattuto.
Il cuore le si spezzò, senza più alcuna speranza di tornare indietro. Stava abbandonando dietro di sé l'unica sua ragione di vita.
Così, prese a volare in direzione di Odum, in direzione della Valle; di Yokintuh, di Tonikua, in direzione di Kitaan.
Alle sue spalle, il nome "*Niya*" venne gridato per un'ultima volta dalle disperate voci delle guerriere di Haskau, di cui

non rimase alcuna superstite, e si perse per sempre nei gelidi venti di Machmak.

VIII

IL VOLO DELL'AQUILA

Il vento soffiava funesto da nord: vortici di neve si sollevavano da terra, librandosi in cielo; gli alberi danzavano, e il fiume proveniente dai monti della Terra dell'Orso scorreva con una tale forza che pareva ruggire.
Mayka sentì tutto lontano, distante, come ovattato, mentre si faceva trasportare dalle correnti d'aria, e le combatteva per volare più veloce: doveva mettere più distanza possibile tra lei e l'esercito di Mogan.
Anitaka, al suo fianco, volteggiava silente, e dietro di loro un centinaio di aquile Richiamate con il Legame seguivano la loro Figlia.
Questo era tutto ciò che era sopravvissuto di Haskau: una donna, e la sua aquila.
Il popolo del villaggio, o ciò che ne rimaneva, era disperso nelle Terre Selvagge insieme agli sventurati abitanti di Hotomak… e le guerriere… le *sue* sorelle, le valorose guerriere amazzoni con le quali aveva vissuto un'intera, seppur giovane, vita…
Mayka perse quota.

Non per sfavore del vento, che riusciva a domare; non per il freddo, che riusciva a combattere. Ma per qualcosa di molto più raggelante, molto più intenso, e molto più struggente: il cuore che nel petto stava disgregandosi.
Il petto le dolse a tal punto che la forza di volare venne meno, e precipitando in caduta libera si schiantò con forza sul terreno innevato, riacquisendo forma umana.
Anitaka la seguì, ma il potere del Legame sfumò, e le aquile Richiamate e abbandonate dalla Figlia che le guidava continuarono il loro volo, sparendo nei cieli grigi d'un orizzonte lontano.
Il fidato animale planò con eleganza, e si poggiò su di alcuni rami rinsecchiti e freddi, proprio vicino a dove Mayka era caduta; gridò, chiamando nella lingua delle aquile la padrona: era chiaro che rimanere in quelle zone era troppo pericoloso, e fermarsi voleva dire restringere la distanza così faticosamente guadagnata. Anitaka lo sapeva, e non smise di stridere, fino a che la Figlia non diede segni di vita.
Mayka tastò la soffice neve con le dita, che tremavano irrefrenabilmente. Fiacca nei movimenti, si mise in ginocchio.
Anitaka rimase a guardarla, in silenzio, mentre la donna portava le mani al petto, scoppiando in un pianto disperato. Mayka neppure provò a reprimere la voce che esplose dal profondo della sua anima nel grido che emise, e che riecheggiò in tutta la Terra dell'Orso, fino a Odum e al Vento Blu; se Mogan l'avesse sentita, non le sarebbe importato.

Era un grido di dolore: un dolore così intenso da divampare nel petto, così soffocante da mozzare il fiato, così struggente da bruciare negli occhi, che null'altro potevano fare, se non sprigionare lacrime che le bagnarono il volto ancora sporco di sangue, mischiandosi ad esso e scivolando infine in terra, nella fredda e soffice neve.
I singhiozzi e gli spasmi del pianto le tolsero l'aria dai polmoni, e questi, come contorcendosi in cerca d'ossigeno, presero a bruciare; ma a lei non importava.
Non le importava più di niente.
Aveva perso il suo popolo, dimenticando il suo posto come guida del suo clan e iniziando una guerra di cui era stata in parte scintilla, e perdendo di vista il suo unico dovere: proteggere la sua gente.
Con quale coraggio si sarebbe fatta chiamare "*capotribù*", se aveva così vergognosamente disonorato i suoi avi, lasciando il popolo per la quale era nata a vagare solo, nella disperazione e nel dolore, nell'enorme campo di battaglia che la Valle era divenuto?
Era un fallimento, una disgraziata reietta, vergogna degli Spiriti Antichi, delle Figlie e dei Figli che l'avevano preceduta.
Nella sua mente esplose ancora una volta il ricordo di Akima, e tale ricordo portò nuove lacrime a solcare il suo volto, e a nuovi singhiozzi a togliere il fiato.
In quelle lacrime, le chiese perdono: per averle promesso sicurezza e conforto, e averla poi messa in pericolo; per non essere stata abbastanza forte da proteggerla, per non averla portata via dalle Ombre che l'avevano mutilata e non aver saputo combattere per lei. Per essersi voltata, ed

essere fuggita. Per aver mentito circa la sua incolumità, per aver condotto Mogan alla pazzia a causa delle sue menzogne; le chiese perdono per il dolore che aveva arrecato a Kitaan, a quel giovane uomo che aveva visto in una mentitrice una guida, un faro di cui fidarsi e dal quale trarre ispirazione; le chiese perdono per aver tradito Kayr, venendo meno alla promessa di proteggere la sua famiglia. In quelle lacrime, le chiese perdono, e pregò con tutto ciò che restava del cuore, che lo spirito della dolce Akima avesse trovato la pace nelle Terre Celesti, tra le braccia confortevoli dell'uomo che aveva amato e con il quale si era potuta finalmente ricongiungere.
Così, al ricordo di Akima, seguì quello di Halyn, e con il suo anche quello delle guerriere: nella sua mente, tra gli spasmi del pianto, esplosero frammenti di memorie passate. La giovane Halyn, poco più che una fanciulla, che entrava a far parte dell'esercito di guerriere della Figlia dell'Aquila; i banchetti tenuti al chiaro di luna con le sorelle, in notti in cui la guerra non era null'altro che una parola usata per raccontare storie e leggende di tempi passati; gli allenamenti in gruppo… e il primo bacio, donato a una sorella amazzone durante una battuta di caccia, gelosamente celato agli occhi delle altre guerriere, e creduto un semplice gesto d'affetto e d'intesa, quando era ancora nell'età dell'infanzia. Ricordò il fremito provato nel donare le proprie labbra una seconda volta, nell'età del cambiamento, ad un'altra sorella più grande di lei; ricordò la sensazione che il desiderare qualcuno portava, ricordò l'accettazione dell'origine di tali pulsioni, e ricordò l'emozione che derivò da tale consapevolezza; ricordò il

sorriso scambiato con la prima ragazza alla quale donò tutto il suo corpo, ricordò le lacrime di gioia che le bagnarono il viso nell'estasi. Ricordò i corpi delle sorelle con le quali aveva condiviso il suo essere donna, e la complicità che era nata tra tutte quelle ragazze, giovani o adulte, che l'avevano accettata, e amata. Le ricordò ridere, le ricordò ballare intorno al fuoco; le ricordò combattere con lei, le ricordò spogliarsi per lei. Ricordò l'amore, l'infatuazione: non per una donna, ma per tutte le sue sorelle, in modo eguale e indefesso. Un amore non solo carnale, ma che trovava radici laddove solo il cuore può giungere: un amore fraterno, complice, gioioso e doloroso, un amore comprensivo e accogliente, che fosse al tempo stesso culla e cura. Un amore di difficile comprensione semplicemente perché unico, ma non per questo meno reale. Ed era reale, per lei. L'unico amore della sua vita: quello per le sue sorelle guerriere.
Così le rivide, intorno a sé, mentre venivano sterminate dagli uomini per i quali avevano lasciato la loro casa, e per i quali avevano lottato.
Gli echi delle loro grida la assordarono, e dovette portarsi le mani a protezione delle orecchie, nella vana speranza di sentirli smettere.
Ma quel grido, quel "*Niya*" così disperatamente gridato, e l'immagine dei corpi che cadevano sotto i colpi degli uomini di Mogan e di Nassor, non la abbandonarono.
Tante altre lacrime vennero versate, tante da perderne il conto; tante, da perderne il cuore.
D'un tratto, quando finalmente anche l'ultima lacrima aveva bagnato la neve sotto le sue ginocchia, e l'aria gelida

era tornata a penetrare nei polmoni quel tanto che bastava a restare viva, una nuova immagine esplose davanti ai suoi occhi: Mogan.
Ricordava quanto accaduto: il combattimento, il colpo mortale inferto al Figlio del Lupo… non v'erano dubbi che la lama del suo pugnale lo avesse trafitto.
Ciò nonostante, egli non era caduto. Anzi, era riuscito a sfilarsi dal petto la lama, senza provare dolore, e poi si era incamminato verso di lei, pronto a ucciderla.
Tutto acquisì senso, nuovamente: il wendigo, era l'unica spiegazione possibile. Ciò che aveva detto Kitaan, era dunque vero: egli era stato soggiogato da un potere terrificante, un potere che andava ben al di là della comprensione dell'uomo. Yanni gli aveva infuso il potere di quella creatura… un predatore creato per spazzare via l'uomo. Se neppure gli Sciamani erano stati in grado di contenere un simile male, che possibilità aveva lei? Che possibilità avevano gli uomini e le donne delle tribù di combattere? Che possibilità aveva, la Valle, di sopravvivere a un essere deciso a distruggerla?
Cosa avrebbe potuto fare lei, ora?
Ancora una volta, ricordò le sue sorelle: non era riuscita a proteggerle.
Mentre il petto le bruciava a causa di tale pensiero, qualcosa si accese in lei, come un barlume di luce in un mondo nero come la pece.
Non era riuscita a proteggere le sue sorelle. Ma c'era ancora il suo popolo, e l'intera Valle, che dovevano essere protetti.

Guardò Anitaka, con occhi gonfi di dolore, e il volto stremato e logoro; l'aquila gridò, desiderosa di prendere il volo e allontanarsi da quelle lande ghiacciate.
Tremando, si rimise in piedi, e voltò lo sguardo a nord: lontano da lei, a Machmak, Mogan aveva probabilmente iniziato a muovere il suo esercito in direzione di Odum.
Ora sapeva cosa fare.
Si tramutò in aquila tramite il potere del Legame e si alzò in volo, rinvigorita dall'odio, dalla paura, e dal dolore.
Anitaka la seguì in gran fretta, ed entrambe volteggiarono sopra la gelida terra, dirette il più velocemente possibile verso ciò che rimaneva di Odum.

Mogan schiacciò i fili d'erba colmi di brina con il peso del suo passo deciso, e si fermò: non per riprendere fiato, poiché la stanchezza sembrava aver abbandonato il suo corpo in favore di un'energia e una forza che andava sempre più sprigionandosi dal profondo delle viscere, ma per guardare ciò che si trovava alle sue spalle.
I guerrieri di Hotomak e gli uomini di Taeysa erano stremati: erano passate due notti da quando avevano abbandonato ciò che rimaneva di Machmak, e Mogan aveva insistito perché l'armata non si fermasse più di quanto non risultasse estremamente necessario.
Avevano combattuto nuovamente le gelide temperature e i venti funesti di quelle terre desolate, e venti valorosi

uomini erano infine spirati, a causa del freddo e delle ferite riportate in battaglia.
Ma per Mogan, venti, trenta, o cento uomini caduti avevano poca importanza: nella sua mente v'era solo l'immagine di Mayka, terrorizzata davanti a lui alla visione del potere che Yanni, e quindi il wendigo, gli aveva fornito. Si guardò le mani, poi le braccia, e così il petto: la sua pelle aveva assunto un colore bianco e tetro e si era come raggrinzita; le vene erano più visibili e bluastre. Immaginò che il volto avesse subito lo stesso fato, ma questo non gli importava: il potere del wendigo lo aveva reso potente, più di qualsiasi altro essere umano in tutta la Valle. L'essenza della creatura aveva consumato Yanni, ma per lui era diverso: egli era un uomo forte, vigoroso e in salute. Ed era un Figlio, nelle cui vene scorreva un sangue potente, già conoscitore di antichi poteri. Così, il wendigo poteva prosperare dentro e fuori di lui, donandogli la forza necessaria per non soccombere per mano dei suoi nemici. Quale che fosse il prezzo da pagare, non gli importava: giacché la sua mente, almeno nella sua visione delle cose, era intatta, e la sua volontà restava ferrea, per il resto non era altro che carne; carne che sarebbe mutata per sempre, ma per una giusta causa.
Ora che aveva provato, per mano della stessa Mayka, di non poter morire per mano dell'uomo, la sua vendetta si sarebbe consumata senza più alcun ostacolo.
Così, voltandosi, vide ciò che rimaneva del suo esercito: quattrocento, forse cinquecento uomini che ancora si battevano per lui: che fosse per fedeltà verso il capotribù di Hotomak, o che fosse per vendicare la morte di Nassor –

nel caso degli uomini di Taeysa – ciò che importava era che tutti quei guerrieri erano dalla sua parte, e sarebbero morti per lui, se glielo avesse chiesto.
Mayka era una nemica per ognuno di loro, e l'aver disintegrato per sempre ogni rimasuglio della potenza di Haskau era stato un colpo più che sufficiente per dimostrare che il suo destino era ormai segnato. Poteva rintanarsi ovunque desiderasse: lui l'avrebbe raggiunta, e uccisa.
Voltò nuovamente lo sguardo, osservando il valico che conduceva alla fine della vallata che si erano finalmente lasciati alle spalle: ancora poco, e sarebbero giunti sulla costa.
«Muoviamoci!» gridò ai suoi uomini, riprendendo la marcia, muovendosi instancabile verso sud.

Sentì il rumore del Vento Blu giungere accompagnato dal vento ancor prima di poter mettere piede in cima al colle che lo separava dalla discesa che conduceva vertiginosamente alla costa.
Alzò lo sguardo, e notò che nel cielo grigio al di là del colle, qualcosa danzava: una nube scura si disperdeva.
Una nube di fumo.
Fumo nero.
Nella sua mente un'immagine, che era la rappresentazione d'un timore sempre più soffocante, lo fece scattare in avanti, coprendo quel poco di terreno che lo separava dalla cima del colle in un batter d'occhio.
Alla visione di ciò che gli si parò davanti, imprecò gli Spiriti Antichi.

Le navi con le quali era giunto con il suo esercito e i suoi alleati erano state date alle fiamme.
Mogan non poté fare a meno di sentirsi sconvolto e scioccato da una tale visione: l'unico modo che aveva di tornare alla Valle era stato distrutto.
Distrutto da Mayka.
Di lei, non v'era traccia: aveva volato velocemente verso la costa, staccando di moltissimo tempo lui e i suoi uomini; aveva avuto tutto il tempo di appiccare gli incendi, e infine era fuggita, probabilmente a Yokintuh.
Sentì l'odio consumarlo: odio per non essere riuscito a ucciderla, odio verso di lei… odio verso gli uomini e le donne dalle quali era volata, e che le avrebbero creduto, una volta raccontata la verità riguardo ciò che era accaduto.
Ma a tale pensiero, una nuova consapevolezza lo pervase: Mayka, Kitaan, Tonikua, Qalentosh e persino Tayman, il Figlio del Bisonte, non erano che uomini: semplici esseri umani, che nulla avrebbero potuto fare per contrastarlo.
Egli era il Figlio del Lupo, e il wendigo.
Non sarebbero state delle navi distrutte a impedirgli di compiere la sua vendetta.
Si voltò, lasciandosi traportare dal freddo vento che giungeva da nord, e dalla brezza marina che saliva dal Vento Blu: dinnanzi ai suoi occhi, lontani e impervi, maestosi e temibili, i Monti Matseny parvero irradiarsi d'una luce solo apparente.
Era chiaro: essi erano l'unica strada possibile per tornare alla Valle, proprio come aveva fatto Kurut quando attaccò Hotomak.

Poco importava che quelle vette fossero leggendarie per il loro essere ardue e impraticabili da coloro che non le conoscevano; poco importava il tempo che avrebbe impiegato per attraversarle, e poco importava di quanti dei suoi uomini sarebbero morti provandoci. Nessuno di questi pensieri lo spaventò, poiché era certo che sarebbe giunto dall'altra parte, tornando a Hotomak... fosse stato anche l'unico a farlo.

Il wendigo lo rendeva forte, gli impediva di percepire il freddo e la stanchezza.

Lo spirito lo rendeva sicuro.

La vendetta lo rendeva assetato, assetato del sangue dei suoi nemici.

E l'avrebbe avuta, a qualsiasi costo.

IX

LA FUGA

Una goccia rossa colò dal labbro di Kitaan, precipitando verso il pavimento; l'impatto sul terreno la fece esplodere, diramandosi sulla macchia formatasi a causa delle gocce che, prima di questa, avevano già sporcato la terra sul quale il giovane Lupo era inginocchiato.
Espirò stancamente l'aria dai polmoni, e guardò la stanza intorno a sé: essa era piccola e umida, fredda e logora, con un poco di luce lunare che giungeva timidamente dall'esterno.
Era stato condotto in un wigwam da Tonikua stesso, lontano dallo sguardo di Meeko e degli altri guerrieri-wapiti, il giorno stesso in cui Mogan, Mayka e Nassor erano partiti per Machmak, e da lì non era più uscito. La capanna in legno, rudimentale e costruita alla buona, si trovava nella zona del mercato, vicina alle altre capanne e case che costituivano la parte abitativa del villaggio per il popolo di Yokintuh, ma era facile intuire che il wigwam nel quale era prigioniero dovesse trovarsi nella parte più estrema di quella zona del villaggio, se non addirittura abbandonata: nessuno avrebbe dovuto sentire i suoi lamenti, e Tonikua non era intenzionato a farsi scoprire dal

suo popolo mentre sfogava la sua ira e il suo dolore sul ragazzo.
Così Kitaan si trovò solo, lontano da tutto e da tutti: Tonikua gli aveva fatto visita sporadicamente durante i primi due giorni, lasciando che la fame e la sete torturassero il corpo del ragazzo ben più di quanto non lo facessero le percosse, ma quando l'attesa per l'arrivo di Tayman e del suo clan dei Bisonti di Taeysa si era dilungata oltremodo, la frustrazione per l'attesa aveva avuto la meglio sull'animo già distrutto del Wapiti, e aveva dato nuova forza ai colpi ch'egli aveva riservato al giovane Lupo.
Così, cinque volte il sole era sorto e tramontato senza che egli potesse riassaggiarne il calore, e ora il freddo della notte lo avvolgeva e torturava, andandosi a insinuare sotto la pelle lacerata, fin dentro le ossa.
D'un tratto, un rumore proveniente dalla porta attirò la sua attenzione: lentamente, i suoi occhi si posarono dinnanzi a sé, e le labbra secche e distrutte presero a tremare. Non per il freddo, ma per il terrore di vedere Tonikua varcare la soglia con una lama tra le mani, pronta a mettere fine alla sua esistenza.
Esausto, non provò neppure a reprimere tale sentimento, e si lasciò avvolgere da esso.
Ma la porta non si aprì.
Anzi, il rumore si fece più distinto: qualcosa stava battendo contro il legno del wigwam.
Da quel poco che si poteva intravedere attraverso le assi della porta, due piccole zampe si poggiarono in terra, venendo irradiate dalla luce della luna.

Il verso di un'aquila seguì il silenzio: un verso appena accennato, come a volersi rendere appena udibile.
«Anitaka!» esplose Kitaan, cercando di reprimere l'emozione. «Anitaka, sono qui!» continuò, in poco più che un sussurro.
L'aquila albina rispose a sua volta, debolmente; poco dopo, Kitaan la sentì alzarsi in volo, e percepì il battito delle sue ali farsi sempre più distante.
Rimase lì, ad osservare la porta del wigwam per un tempo indefinito, debole e a malapena vivo.
Eppure, la sua mente si riaccese, come destatasi da un torbido sonno, e migliaia di pensieri la invasero.
Come era possibile che Anitaka fosse già tornata?
E perché solo lei?
Era un messaggio di Mogan?
Kurut era infine caduto, e lui e Mayka avevano inviato il fido animale ad avvertire Tonikua di quanto stesse accadendo, come precedentemente deciso dallo stesso Figlio del Lupo?
Oppure erano stati sconfitti, e Anitaka era lì come una superstite di un terribile fato?
E dov'era Tayman?
Perché non si era ancora presentato a Yokintuh con i bisonti Richiamati e il suo gruppo di guerrieri al seguito?
Erano stati attaccati dalle Ombre di Qalentosh?
Avevano cambiato idea circa la fedeltà promessa a Mogan?
Cosa stava accadendo fuori da quel lugubre luogo entro il quale era stato imprigionato e torturato?

Tante domande che martellarono nella sua testa, fin quasi a stravolgerlo, ben più di quanto già non avevano fatto il freddo, la fame, la sete, e le percosse del Figlio del Wapiti. Sospirò nuovamente, e ormai privo di forze, lasciò che le palpebre coprissero la visione ch'egli aveva sul mondo, e la testa gli cadde di lato, stancamente.

Il cigolio della porta fece rinsavire Kitaan, che con nel cuore un labile barlume di speranza alzò gli occhi: una figura femminile stava insinuandosi nel wigwam, di soppiatto.

Kitaan sentì il cuore esplodergli nel petto.

«May-» cercò di dire, ma la mano della donna avvolse la sua bocca, impedendogli di pronunciarsi.

La Figlia dell'Aquila si portò il dito davanti alle labbra, ordinando al giovane Lupo di fare silenzio; si voltò verso la porta, dalla quale la debole luce della luna giungeva dall'esterno, e una volta constatato che nessuno sarebbe comparso, scattò alle spalle del ragazzo, estrasse la lama che teneva in cinta, e tagliò con forza i lacci che lo tenevano legato.

Kitaan cadde in terra, stremato e allo stesso tempo rinvigorito dal turbinio di adrenalina e timore che gli avviluppava il cuore; i suoi occhi seguivano la guerriera che lo stava liberando.

«Seguimi.» disse lei, «ti porto via da qui.»

«Aspetta!» fece Kitaan, afferrandole il braccio e costringendola a voltarsi nella sua direzione. «Cosa è successo? Perché sei qui?»

«Non abbiamo tempo!» digrignò tra i denti lei. «Devi fidarti di me.»
Egli non poté fare a meno di sentire una stretta al cuore al pronunciare di tali parole: *"Devi fidarti di me."* detto dalla stessa donna che aveva mentito così a lungo riguardo Akima… ma che alternative aveva? E poi, lo addolorò ancor di più il pensiero che proprio tali parole potessero accendere in lui quella cosa tanto terribile quanto indefinibile che provava nei confronti della guerriera Aquila, una cosa che si contrapponeva all'affetto che tanto aveva provato nei suoi confronti, e che ora non riusciva né ad abbandonare, né a perseverare.
Ma ancor prima che potesse pensare altro, o pronunciare anche solo una sillaba, Mayka lo aveva già trascinato fuori dal wigwam.

Yokintuh era avvolta nelle tenebre.
Sporadicamente, si potevano intravedere dei guerrieri Wapiti pattugliare la zona, camminando tra le tende, le capanne, i wigwam e le altre dimore, con fiaccole alla mano, intenti a scrutare attraverso il buio. Come un eco lontano, il Vento Blu si frantumava feroce sulla battigia, accompagnato da un freddo vento che muoveva violentemente i tendaggi delle abitazioni, e che rompeva il silenzio con il suo ululato.
Mayka si chinò, e trascinò Kitaan con sé; alzò lo sguardo, e nel buio della notte riuscì a vedere Anitaka librarsi nelle tenebre, ben celata alla vista di chi non era a conoscenza della sua presenza, sopra di loro: quando vi fu il contatto visivo, l'animale volteggiò verso ovest.

Mayka scattò in avanti, e Kitaan dovette poggiare le mani a terra per non ruzzolare e tenere il passo, dato che la donna non era intenzionata a lasciare la forte presa sul suo braccio.
Superarono alcune capanne cercando di non fare rumore, ben celati nell'oscurità, al riparo dalla luce della luna.
Anitaka, dall'alto, li scrutava, indicava loro il percorso da seguire, e si fermava ogni qualvolta una pattuglia gli si avvicinava, volteggiando su sé stessa a indicare di nascondersi, per poi riprendere il volo una volta che il pericolo si fosse allontanato.
Finalmente, giunsero al confine della zona del mercato: si accucciarono contro la parete di una capanna e si guardarono intorno.
Alle loro spalle v'era ora lo stradone principale che conduceva alle mura e alla spiaggia, mentre dinnanzi ai loro occhi il ponte che conduceva all'isola al centro del fiume, in gran parte ricostruito dopo la battaglia contro Mundook, era ora irradiato dalla tenue luce proveniente dalla volta celeste, ora oscurato dalle nubi che dense viaggiavano tra essa e la terra.
Non sembravano esserci guardie, così Mayka alzò lo sguardo in attesa di un qualche segnale di Anitaka, che dopo aver volteggiato sopra il ponte e tutt'intorno all'isola, diede segno di potersi muovere.
La Figlia dell'Aquila scattò, trascinandosi dietro Kitaan: il fiume sotto di loro scosciava funesto, e tale rumore inglobò quello delle assi di legno che scricchiolavano sotto il peso dei due fuggitivi, che corsero veloci e circospetti fino ad arrivare dall'altra parte.

Misero finalmente piede sulla zona centrale del villaggio, la lingua di terra sulla quale era stata eretta la Grande Casa del capotribù, e si celarono nell'oscurità ai piedi di una costruzione vicino alla dimora di Tonikua, che fungeva da piccolo magazzino per la legna da ardere.
Mayka scrutò ciò che li circondava, facendo saettare lo sguardo in ogni direzione dalla quale sarebbero potuti giungere guerrieri wapiti da un momento all'altro; Kitaan, di contro, si lasciò andare a un sospiro, poggiando la testa sul legno alle sue spalle. Era esso un sospiro d'affanno, ma ancor di più di libertà: aveva davvero lasciato il wigwam dove era stato rinchiuso, e la rabbia di Tonikua nei suoi confronti lo aveva fatto seriamente dubitare circa la propria incolumità.
Ancora faticava a credere che l'uomo che aveva così profondamente rispettato lo desiderasse morto, ma una parte di lui comprendeva quanto egli potesse essere accecato dal dolore per la perdita del proprio figlio, e quanto lo ritenesse responsabile per quest'ultima. Ciò nonostante, era altresì consapevole che qualsiasi tentativo di fargli capire come erano andate le cose non sarebbe servito, e anzi forse avrebbe solo incentivato l'odio che stava consumando il vecchio Wapiti.
Ora era solo grato di essere sfuggito alle sue grinfie, e l'unica cosa che desiderava era potersi allontanare il più possibile da lui, e dal suo villaggio.
Riprese fiato, cercando di mettere da parte il dolore per le percosse ricevute e la debolezza data dalla fame e dalla sete, e si costrinse a concentrarsi: posò lo sguardo oltre il riparo che li celava, e constatò che non c'era anima viva

nelle vicinanze. Ma là, oltre la Grande Casa, riuscì a intravedere nell'oscurità una sagoma: la Casa degli Antichi era buia, e il fuoco al suo interno spento.
Un pensiero esplose nella sua mente.
Chiamò Mayka strattonandola per il braccio.
«Dov'è Niiza?» sussurrò.
«Devi. Fidarti. Di me.» digrignò tra i denti ancora una volta la Figlia dell'Aquila.
Dai suoi occhi era palese che aveva un piano ben congegnato, e che lo stava portando avanti combattendo una paura ben più reale di quanto non le si fosse dipinta in viso prima d'allora; questo bastò, e Kitaan non parlò ulteriormente.
Sgattaiolarono oltre l'edificio, rimanendo illuminati dalla luce della notte per diversi metri, e celandosi dietro il prossimo riparo misero ancora più distanza tra loro e Tonikua. Superarono i giardini che circondavano la Grande Casa, e si accucciarono all'ombra d'un albero.
Davanti a loro, a soli pochi passi, v'era il ponte che conduceva alla zona agricola del villaggio, superata la quale si sarebbero trovati davanti alle mura principali del villaggio, e quindi alle Terre Selvagge.
Anitaka, sopra di loro, iniziò a volteggiare: segno di guerrieri in arrivo.
I due si acquattarono, sentendo il rumore di passi farsi sempre più vicino: due uomini di Tonikua tenevano le fiaccole ben alte, illuminando il buio davanti a loro; si fermarono a guardia del ponte, dando le spalle ai fuggitivi.
Mayka fece segno a Kitaan di prepararsi: avrebbero dovuto agire velocemente.

Il ragazzo sentì il cuore martellargli il petto: era troppo stanco e troppo debole per combattere, ma non poteva sottrarsi a ciò che era necessario fare per fuggire; strinse i denti e diede cenno d'essere pronto.
Mayka fu la prima a muoversi, scattando in avanti in direzione del guerriero che le dava le spalle; Kitaan la seguì, facendo suo l'altro soldato.
La Figlia dell'Aquila avvolse le forti braccia intorno al collo del suo bersaglio, tappandogli la bocca e togliendogli l'aria, con l'intento di farlo svenire; Kitaan provò a fare lo stesso, ma il guerriero aveva avuto i riflessi pronti intravedendo con la coda dell'occhio la donna gettarsi sul commilitone e si divincolò facilmente dalla presa del ragazzo, afferrandolo a sua volta e gettandolo a terra.
In un attimo, Kitaan sentì il peso dell'uomo sopra di lui, le sue mani avvinghiarglisi intorno al collo; gli occhi del giovane Lupo cercarono Mayka, la quale stava liberandosi del corpo inerme del guerriero che aveva stordito, e con un rantolo invocò il suo aiuto.
La debolezza lo pervase: cercò di colpire il guerriero a pugni, ma egli pareva non sorbire alcun effetto, tanto erano deboli i colpi; provò a divincolarsi, ma la stazza dell'uomo imponeva una forza molto maggiore per sbilanciarlo, una forza di cui era stato privato.
Il mondo si fece sfocato; i suoni, i grugniti di rabbia del guerriero che lo stava strangolando si fecero ovattati, e Kitaan sentì l'ultimo barlume di energia scomparire…
Poi, d'un tratto, la presa sul collo venne meno, e l'istinto di sopravvivenza raccolse per lui l'aria gelida della notte, che attraversò la sua gola e riempì nuovamente i polmoni; tossì,

cercando altra aria. La vista si rifece nitida, e riuscì a percepire ciò che stava accadendo, dal baccano che proveniva vicino a lui: Mayka stava lottando contro il guerriero Wapiti, dopo essere intervenuta prontamente per salvarlo.
Kitaan non ragionò neppure sul da farsi, tanta era l'adrenalina che aveva in corpo: prese quel poco di aria volta a dargli l'energia necessaria per scattare in direzione dello scontro, e si gettò goffamente addosso all'avversario, con la sola intenzione di distrarlo dai colpi di Mayka.
Fu abbastanza: il guerriero si trovò spintonato di lato, sorpreso dal ragazzo, e perse l'equilibrio e la concentrazione; Mayka gli si avvinghiò con tutto il corpo e lo gettò a terra. Il Wapiti cercò inutilmente di liberarsi dalla presa della donna, ma poco dopo rantolò, e svenne.
Tutto lo scontro era durato non più di una manciata di secondi, eppure Kitaan era talmente indebolito e stordito, che faticò a mettere a fuoco ciò che era appena accaduto; fu Mayka a riportarlo alla realtà, strattonandolo nuovamente.
«Dammi una mano con questi!» disse la Figlia dell'Aquila, afferrando uno dei due guerrieri per le braccia. «Abbiamo fatto rumore, non dobbiamo fare in modo che li trovin-» ma non finì la frase che dalla Grande Casa giunsero voci; voci che davano ordini.
Kitaan vide il terrore dipingersi sul volto di Mayka.
«Ce la fai a correre ancora?» chiese lei.
Il Lupo fece cenno con la testa che sì, era pronto, anche se ogni fibra del suo essere sapeva che stava mentendo, e forse anche Mayka.

L'Aquila lo afferrò nuovamente per il polso e lo trascinò al suo seguito, scattando attraverso il ponte fin dentro la zona agricola.
Davanti a loro, in lontananza, una pattuglia stava arrivando dalle mura del villaggio, allarmata dai rumori provenienti dall'isola, fiaccole alla mano; alle loro spalle, il suono di passi veloci si stava facendo sempre più forte.
I due fuggitivi si gettarono in mezzo ai campi, e si celarono tra le alte piante di mais, inghiottiti nel buio, senza mai fermare la loro corsa.
Avanzarono, e sentirono i guerrieri ormai alle loro spalle dare l'allarme: avevano trovato i corpi dei due Wapiti svenuti.
«Svelto!» lo incitò Mayka, prendendo a correre ancora più velocemente; dalla sua voce era percettibile una sincera paura, la stessa che d'altro canto mozzava il respiro del giovane ragazzo. «Ecco!» continuò dopo aver corso per un tempo indefinito, indicando con il dito qualcosa al di sopra delle piante che li circondavano «Le mura! Vieni!»
Mayka si alzò quel tanto che bastava per osservare l'orizzonte: alle loro spalle, i guerrieri si erano separati in due grosse legioni, di almeno due dozzine di uomini ciascuna, e una stava ripercorrendo la strada principale nella loro direzione, mentre la seconda si andava disperdendo verso la zona del mercato; davanti, sotto le mura, due soldati in groppa a due possenti wapiti restavano di guardia, allarmati a loro volta e in attesa del ritorno dei commilitoni, le lance pronte.

Gli occhi della Figlia dell'Aquila saettarono da una parte all'altra: la sua mente stava lavorando in gran fretta, e l'adrenalina la faceva tremare.
Poi agì, ancor prima di dare un qualsiasi ordine a Kitaan, il quale rimase paralizzato: si tramutò in aquila tramite il potere del Legame e si librò in cielo, destando l'attenzione dei due guerrieri di guardia alle mura; seguita da Anitaka, la quale planò dalle tenebre del cielo notturno in suo soccorso, le due aquile si gettarono sui soldati, mandando in agitazione i due wapiti che, presi alla sprovvista, iniziarono a scalpitare e alzarsi sulle due zampe, cercando invano di colpire con le maestose corna i volatili; i guerrieri, di contro, sventolarono le lance con rabbia, ma prima che qualsiasi loro colpo potesse andare a segno, Mayka si tramutò nuovamente in umana e li disarcionò dai wapiti, facendoli ruzzolare violentemente a terra.
Anitaka graffiò le due cavalcature sulla schiena e sulle zampe posteriori, e queste galopparono lontano, lungo la strada principale dalla quale stavano giungendo i guerrieri di Yokintuh; Mayka si gettò nuovamente sui suoi avversari, e in una danza di colpi li lasciò a terra, inermi ma vivi. Kitaan rimase colpito: era chiaro che le intenzioni della Figlia dell'Aquila erano ben lontane dall'uccidere i guerrieri di Yokintuh, per quanto questi volessero la sua testa; ma prima che potesse dire qualsiasi cosa, venne chiamato proprio dalla donna con un fischio, la quale stava già aprendo i portoni che li separavano dalla libertà. Ma appena mise piede fuori dai campi, il cuore gli esplose nel petto: di fronte a lui, dalla piantagione adiacente a quella da cui erano giunti lui e Mayka, comparvero Tysmak,

Anhau, e Niiza. Armati e con provviste avvolte nelle sacche, i tre erano sbucati dall'oscurità, proprio quando Mayka aveva dato il segnale di uscire allo scoperto.
Era chiaro che le due cose erano collegate, eppure Kitaan non riuscì a proferire parola che il rumore cigolante del legno di fronte a lui annunciò la riuscita apertura dei portoni da parte di Mayka, attirando la sua attenzione.
In lontananza, urla e ordini vennero impartiti con ferocia dal gruppo di guerrieri che stava avvicinandoglisi.
«Presto, muovetevi!» li spronò l'Aquila, guardando ora i ragazzi, ora gli uomini di Yokintuh.
Anhau fu il primo a uscire, seguito da Niiza, Tysmak e Kitaan; Mayka fu l'ultima a varcare la soglia del villaggio del Wapiti, e finalmente insieme scattarono in direzione delle Terre Selvagge, nella speranza di mettere più distanza possibile tra loro e Tonikua.
Ma non fecero che pochi metri: all'orizzonte, luci argentee brillarono nella notte.
«Continuate a correre, non fermatevi!» gridò Mayka, con il terrore nella voce. Da essa era chiaro che la donna aveva assaporato per un solo istante la sensazione d'essere riuscita nella sua impresa, ma che quest'ultima non era durata più che un battito d'ali.
In pochi secondi, gli imponenti animali Richiamati dal Legame li avevano raggiunti, e abbassando la testa avevano mostrato le immense corna, pronti a colpire: erano stati circondati.
I fuggitivi si misero in cerchio, ognuno dava le spalle agli altri; il terrore li pietrificava, e le armi sguainate dai tre fratelli non erano che un timido tentativo di mostrare un

coraggio che nulla poteva dinnanzi alle maestose bestie che li stavano tenendo serrati.
«Abbassatele.» suggerì Mayka. «Non possiamo fare nulla.»
La legione di guerrieri li raggiunse, brillando attraverso le fiaccole nel tetro buio e nella coltre di nebbia che aveva pervaso le Terre del Wapiti.
Calò il silenzio.
I wapiti Richiamati fecero un varco nel cerchio creato, e dal gruppo di uomini guidati da Meeko comparve Tonikua in persona, dai cui occhi si poteva percepire il barlume del Legame attivo.
Egli era armato, ma la punta della sua lancia era diretta verso il basso: egli non era intenzionato a colpire, almeno per ora.
Non vi fu nel suo sguardo truce alcuna sorpresa, nel constatare che a guidare i fuggitivi era proprio Mayka, e il suo tono di voce freddo e colmo di rammarico denotava un animo stanco e consunto.
«Perché stai facendo questo?» chiese stancamente.
«Perché coloro che chiami "nemici" sono innocenti, Tonikua, ed è giunto il momento che tutto questo finisca.»
«Mi ha portato via mio figlio!» gridò il Figlio del Wapiti, indicando con la lancia Kitaan.
«Tuo figlio è morto per mano di questa guerra!» replicò con altrettanta rabbia Mayka. «Non c'è alcun nemico davanti a te, ora! Sei accecato dalla rabbia e non capisci! Guardami: sono qui, e sono viva! Sai cosa significa?»
Tonikua non rispose, ma dai suoi occhi fu chiaro che conosceva la risposta.

«Kurut è morto.» riprese Mayka. «È morto, e se ciò in cui tanto credi fosse la verità, tu staresti ballando sul corpo di Qalentosh, e la Guerra dei Figli sarebbe giunta al termine! Ma dov'è il popolo dei Bisonti, Tonikua? Dove sono i nostri alleati? I *tuoi* alleati, ora che hai davanti a te solo una traditrice? Non c'è nessuno che verrà ad aiutarti. E sai perché? Perché era tutta una menzogna! Mogan ti ha tradito!»
Tonikua non sapeva cosa rispondere, e sul suo volto si dipinse una confusione che nascondeva una consapevolezza a cui lui stesso aveva cercato di resistere sino a quel momento, poiché era conscio che le ultime parole della donna trovavano verità nella vana attesa degli ultimi giorni.
«Ha cercato di uccidermi!» gridò Mayka con tutta la rabbia e la paura che a lungo aveva represso, con cotanta forza da rendersi udibile a ogni uomo presente, ed esplodendo in un pianto disperato e rabbioso. «Mogan ha ucciso tutte le mie sorelle! Lui, e i suoi uomini! Le hanno massacrate, davanti a me! Ho cercato di fermarlo… ma non è più possibile…»
Kitaan sentì il cuore sprofondargli nel petto, alla vista di colei che una volta chiamava amica, così devastata dal dolore di cui era stata vittima. Ma furono le sue ultime parole a raggelarlo.
«Non è più umano…» riprese Mayka, il cui terrore era sempre più concreto nelle sue parole tremanti, pronunciate con quanta più forza riuscì a trovare. «Non è più umano! Quella cosa… quel… wendigo! Ha preso il sopravvento… ha preso il sopravvento…» ripeté guardando negli occhi Kitaan, il quale si sentì sprofondare la terra sotto i piedi

all'udire di quelle parole, pronunciate con tanto orrore tra le lacrime.
«Non si può uccidere. Non si può *più* uccidere. Ho provato... ma non è servito... Sono scappata, mentre uccideva le mie sorelle. Ho distrutto tutte le navi che lo avrebbero ricondotto qui... ma tornerà: può ancora passare dai Monti Matseny. Ci darà la caccia... non si fermerà davanti a niente e nessuno. Ho visto i suoi occhi... non c'è nulla che possiamo fare.»
Tonikua era esterrefatto dalle parole della giovane guerriera, e il suo sguardo terrorizzato aveva perso quella rabbia che tanto a lungo aveva oscurato quegli occhi argentei. Balbettando, qualcosa uscì dalla sua bocca. «Io sono suo alleato...»
«Non perderò altro tempo con te, Tonikua.» replicò Mayka, soffocando il pianto dietro una rinnovata freddezza. «Il dolore ti ha reso folle. Se vuoi aspettare che la morte giunga alla tua porta nella speranza di avere la sua clemenza, fa' pure. Io troppo a lungo ho voltato le spalle al mio dovere di capotribù: se questi devono essere i miei ultimi respiri su questa terra, che sia; ma ho intenzione di viverli facendo ciò che ritengo giusto, senza più nascondermi dietro menzogne, o al seguito di uomini di cui ho timore. Troverò il mio popolo, e li condurrò al sicuro, lontano dalla furia di Mogan. E forse, se gli Antichi Spiriti avranno pietà di me, troveremo la pace lontano dalla Valle. Ti consiglio di fare lo stesso, Figlio del Wapiti, perché sei un folle se pensi che il wendigo risparmierà te e la tua gente: egli vuole la nostra morte, e non c'è nulla che possa fermarlo.»

«Forse qualcosa c'è.» li interruppe Kitaan, staccandosi dai fratelli e avvicinandosi a Mayka, ponendo l'attenzione di Tonikua su di sé; gli occhi della Figlia dell'Aquila, colmi di disperazione e disillusi, saettarono su di lui. «Forse posso fare in modo di fermarlo.»
«Tu devi venire via *con me*!» replicò Mayka, prendendolo e girandolo davanti a sé, a pochi centimetri dal suo volto. «Non ho potuto proteggere tua madre, ma posso proteggere te! Devi venire via con me, Kitaan… dobbiamo andarcene tutti, finché siamo in tempo!» disse, con una nota di disperata preghiera nella voce.
Kitaan rimase a guardarla: i suoi occhi lo stavano implorando. Voleva essere perdonata, voleva redimersi da ciò che aveva fatto con Akima. Voleva proteggerlo.
Ma egli sapeva, nel profondo, quale era il suo compito.
L'immagine di quel bambino, nel tempio degli Antichi, lo tormentava.
«Se davvero è giunto il nostro tempo, lo affronterò.» rispose il giovane Lupo. «Ma ho bisogno di sapere se posso sistemare le cose. C'è ancora una possibilità, forse…»
«Tu non vai da nessuna parte!» esplose Tonikua, alzando nuovamente la lancia nella sua direzione.
Kitaan lo guardò, e vide che era più l'orgoglio e il rancore a parlare, che non una lucida follia.
«Invece mi lascerai andare. Perché se quello che dice Mayka è vero, siamo tutti condannati: il wendigo arriverà e ci distruggerà tutti. Credimi, Tonikua, vorrà me più di ogni altra cosa. Ma se ho ragione, posso salvarci tutti. Allora, forse, potrò sperare di trovare il tuo perdono, quando tornerò qui.»

Tonikua non rispose: troppa verità era stata detta sotto quel cielo tetro, e la rassegnazione e il dolore, misti alla paura di ciò che li aspettava, lo fece rimanere senza nessun'altra minaccia da perpetrare.
«Kitaan… ti prego.» lo implorò nuovamente Mayka.
Il Lupo si distaccò da lei: non era convinto di essere ancora furioso nei suoi confronti, poiché aveva capito sin da subito le ragioni delle sue decisioni, e il fatto che stava provando a porvi rimedio gli davano ragione di credere che non vi fosse più nulla di cui accusarla; a farlo desistere non era altro che una sincera convinzione riguardo ciò di cui parlava, e non poteva rinunciarvi.
«Il mio dovere è qui, Mayka. Mi dispiace. Salva la tua gente, portala lontano, e salvati. Salvati, e vivi la vita serena che ti abbiamo portato via, quando siamo comparsi nelle tue terre. Io devo fermare Yanni. Devo provarci.»
Mayka lo fissò, trattenendo il dolore che l'assediava, e che trovava sfogo in un'ultima lacrima che le solcò il viso: si tirò indietro, e respirò l'aria fredda della notte.
Aveva capito, e aveva accettato.
Kitaan posò poi lo sguardo su Tonikua: egli era confuso, arrabbiato e ferito nell'orgoglio, ma non parlò; il giovane Lupo poté intravedere una smorfia in quel volto scavato e consunto dal dolore, una smorfia volta a trattenere un pianto colmo di rancore e frustrazione. E a quest'ultima, seguì un semplice gesto del capotribù di Yokintuh: egli voltò le spalle a lui, ai fratelli e a Mayka, interruppe il Legame con i wapiti, i quali tornarono nelle praterie delle Terre di Primavera che circondavano il villaggio, e si portò dietro i suoi uomini.

Solo Meeko rimase per un attimo ancora, e i suoi occhi incontrarono quelli di Kitaan: non vi fu parola alcuna a legarli ma, dallo sguardo del guerriero di Yokintuh, Kitaan poté leggere il disappunto verso ciò che gli era stato fatto, verso il male di cui era stato vittima a causa del suo capotribù; v'era del dispiacere in quegli occhi, forse anche per non essere riuscito a fare nulla per aiutarlo; e al tempo stesso Kitaan credette di intravedere anche altro: era forse la richiesta di sistemare le cose, di porre fine al male che stava per travolgere con tutta la sua violenza la Valle, o forse era la preghiera di salvarli, di non abbandonarli… o forse, ancora, era solo lo sguardo di chi spera, e prega gli Spiriti Antichi per il meglio, in silenzio.
Ma quale che fosse la ragione dietro quegli occhi pieni di rispetto, Kitaan era certo di una cosa soltanto: non li avrebbe abbandonati.
Meeko guardò ancora una volta il Lupo di Hotomak, poi Anhau, Tysmak e Niiza, e li salutò con un cenno della testa, in forma di rispetto; questi ultimi fecero lo stesso. Infine, dopo aver posato gli occhi su Mayka, seppur senza rabbia come qualunque altro guerriero del suo popolo, ma per un solo secondo, si girò su sé stesso e seguì la sua legione e il suo capotribù, facendo ritorno dentro le mura di Yokintuh.
Il silenzio avvolse i quattro fuggitivi.
Erano fuori dal villaggio.
Erano liberi.
E, ciò nonostante, non potevano definirsi tali, né vi fu gioia all'idea di non essere più prigionieri di un popolo ormai avversario.
Kitaan si rivolse verso i fratelli.

«Siete sicuri di volermi seguire? La vostra famiglia…»
«Glielo dobbiamo, Kitaan.» lo interruppe Tysmak. «Per Keelosh…»
«È quello che avrebbe voluto.» continuò Anhau.
«Siamo con te.» concluse Niiza, ferma nel tono e decisa a muoversi.
«Va bene…» disse in poco più che un sussurro Kitaan, prima di voltarsi verso Mayka. «Prenditi cura di te.»
«Che gli Spiriti Antichi ti proteggano, *"Fratello Coraggioso"*. E che veglino sull'impresa che ti attende.»
«Che gli Spiriti Antichi proteggano anche te, e il tuo popolo. Per sempre.»
Vi furono alcuni secondi di silenzio, tra i due: un silenzio che trovava origine nelle parole non dette, parole di cordoglio e di perdono celate dietro il dolore e il risentimento, o ancor peggio dietro alla vergogna e al senso di colpa. Un silenzio pesante, che pregava d'essere spezzato da un sussurro, da un gesto anche solo accennato, che potesse distruggere ogni barriera erettasi tra due cuori ormai così distanti, e al tempo stesso così uniti. Un silenzio che, però, perdurò.
Così la Figlia dell'Aquila fece un passo indietro, mettendo distanza tra sé e Kitaan.
E un altro passo.
E uno ancora.
Si voltò, e trasformatasi in un'aquila tramite il Legame, si librò in aria sbattendo le possenti ali.
Anitaka, vedendo la sua padrona prendere il volo e superarla, posò gli occhi su Kitaan, gridò un verso addolorato che tanto pareva un addio, e seguì la sua Figlia,

perdendosi nel buio della notte, lontano dai cieli che coprivano Yokintuh.
Kitaan si voltò verso i suoi compagni di viaggio: erano pronti, e attendevano che lo fosse a sua volta.
«Quindi? Dove andiamo ora?» chiese Anhau.
Il giovane Lupo ispirò la fredda aria della notte, cercando di mettere da parte il dolore e la stanchezza che lo pervadevano. «A Taeysa. Se Akii è vivo, è là che lo troveremo.»

X

CIO' CHE RIMARRA'

Nuvole grige avvolgevano il cielo, danzando e mutando le loro forme in balìa della corrente. Il Vento Blu si schiantava funesto sugli scogli all'orizzonte e lungo il pendio di roccia che dalla costa scendeva a picco verso le acque che delimitavano i confini a est della Valle, e la fredda brezza che ne accompagnava le onde s'insinuava fin dentro i meandri delle Terre Selvagge; là, dove il sole aveva cessato di brillare.
«È come se la Valle fosse viva, e stesse guardandoci.» constatò Anhau ad alta voce, annunciandosi. Nella sua voce v'era affanno, ma a renderla tenebrosa erano i pensieri che lo tormentavano, più che la stanchezza.
«Lo sembra davvero...» gli fece eco Tysmak, pochi passi dietro il fratello. «Sembra percepire ciò che sta accadendo sul suo suolo, e si esprime di conseguenza. Il sole sembra essere stato inghiottito dalle nuvole... e un tale vento non appartiene a questi luoghi. La Terra di Primavera non è mai stata così.»
«Non lo è mai stata nessuna di queste zone.» confermò Niiza, senza però voltare lo sguardo sui fratelli in arrivo dietro di lei. Finì di pulire la ferita provocata dal tomahawk di Mogan sul volto di Kitaan, il quale era accasciato su di

una roccia a riposare, e una volta constatata la riuscita procedura di medicazione si alzò finalmente in piedi, girandosi verso i due fratelli. «Se è vero che la Valle ci sta guardando, allora sta vivendo il nostro stesso tormento. Ella è ferita, proprio come gli animi di chi la abita… e teme ciò che sta per abbattersi su di noi. Per questo il sole non brilla più; per questo il suo respiro è così in tumulto.»
«Allora speriamo che sia dalla nostra parte e ci protegga, in vista di ciò che stiamo facendo.» rispose Anhau, non senza una velata nota di scetticismo nella voce, originata forse dal timore per l'improbabilità dell'impresa.
«Voi avete visto qualcuno?»
«No… non ci sta seguendo nessuno.» fece Tysmak.
«Bene… forse allora Tonikua ha davvero deciso di lasciarci andare.» sospirò lieta Niiza.
«E lui? Come sta?» chiese Anhau indicando con lo sguardo il giovane Lupo.
«Stanco. Ma il cibo e le erbe che abbiamo portato via dal villaggio lo stanno aiutando. Sto facendo il possibile per rimetterlo in forze.»
«Ancora non ci credo.» intervenne Tysmak, con l'amarezza nella voce. «Un uomo come Tonikua… prima la Grande Saggia, poi questo…»
«I suoi occhi non mentivano, fratello.» lo corresse Anhau. «Egli è sull'orlo del baratro: la guerra che d'improvviso giunge alle nostre porte dopo tanta pace, la morte di Mara a causa di Mundook, poi Keelosh… l'alleanza tra i clan distrutta, e ora Mogan e… quel… wendigo. Temo che Tonikua ormai abbia perso la retta via.»

«Sempre che ne esista una, ormai.» continuò per lui il fratello.
«È proprio per questo che stiamo seguendo Kitaan.» li rimproverò Niiza. «Se mai esiste un modo per salvare Tonikua, la nostra gente e l'intera Valle, è tramite lui che lo scopriremo.»
«Ne sei davvero sicura, sorella?» chiese Anhau, con tono amaro.
«Mi fido di lui, sì. E poi che alternative abbiamo?»
«Possiamo sempre andarcene: prendere quante più barche possibili e veleggiare al di là del Vento Blu, lontano da quello che sta succedendo qui. Forse è davvero finita per queste terre. Possiamo restare vivi, finché ne abbiamo l'opportunità.»
«Se ci fosse stato Keelosh non avresti dubitato un solo secondo di lui.»
«Io seguivo Keelosh, infatti: era mio amico, e il mio capotribù. Ma ora è diverso: persino la Figlia dell'Aquila ha deciso di andarsene. Perché non potremmo seguirla anche noi e allontanarci dalla furia del wendigo?»
«E abbandonare Kitaan? È questo che suggerisci?»
«Questa è la *sua* guerra, Niiza, non la nostra! È qualcosa che mette le radici nella *sua* discendenza: sua, e dei suoi nemici. Se davvero Mogan sta tornando attraverso i Monti Matseny e non c'è nulla che possa fermarlo, che se la vedano tra di loro!»
«Non ti riconosco, Anhau.» disse disprezzata Niiza. «C'è il veleno, nelle tue parole. Forse il dolore per la morte di Keelosh ha spezzato anche te, o forse la tua fiducia è venuta

meno a causa della paura del wendigo che stai provando ora. Cosa ti sta annebbiando il giudizio?»
«Hai visto la paura in Tonikua, e il terrore e la disperazione in Mayka, tanto quanto l'ho visto io. Quando abbiamo accettato di fidarci di lei, e di seguirla per aiutare Kitaan, non pensavo che la situazione fosse così tragica. Pensavo che lo avremmo salvato e saremmo andati a cercare aiuto; pensavo che non ci avrebbe abbandonato, e che l'avremmo seguita per… per fare qualcosa. Qualsiasi cosa. Quando Kitaan ci ha parlato dei suoi pensieri, mentre eravamo prigionieri di Tonikua, pensavo che ci fosse veramente la possibilità di sistemare le cose. C'era ancora speranza. Ma hai visto tu stessa gli occhi della Figlia dell'Aquila: era puro terrore. E sì, ho paura: paura che non ci sia davvero più nulla che si possa fare per rimediare a quanto accaduto. Dici che persino la Valle percepisce il male che proviamo? Perché non sarebbe un errore: il mio cuore è colmo d'angoscia, perché sento la paura contorcersi in ogni mio respiro, al pensiero che un male inarrestabile sta per travolgerci con tutta la sua furia. Penso a te, a noi; a nostra madre e a nostro padre, che abbiamo lasciato indietro, con la promessa di tornare ma senza alcuna garanzia che questo accada. Ci hai pensato? Se Mogan attaccasse Yokintuh prima del nostro ritorno, e quella della notte scorsa fosse stata l'ultima volta in cui li hai visti?»
Niiza non riuscì a rispondere: non negò, tramite il suo sguardo, che tali pensieri avevano solcato le acque anche della *sua* mente, ma prese fiato, cercando di calmare i battiti del cuore che erano andati aumentando a mano a

mano che le parole del fratello vi si erano insinuate fin nel profondo.
«Capisco ciò che dici, Anhau. Ma lui confida in noi.»
«Potrebbe fuggire da tutto questo, se lo volesse. Lo abbiamo accolto nella nostra famiglia quando era ancora un estraneo e aveva bisogno di aiuto, e lo rifaremmo senza indugiare. Sarebbe il benvenuto, tra noi.»
«Non potrei mai, invece.»
Tutti si voltarono, come destati da un sogno: Kitaan si era svegliato. E, solo in quel momento, si resero conto che il tono delle loro voci era divenuto così intenso e così alto da destare il giovane Lupo dal sonno che lo stava curando.
Egli si alzò lentamente, e Niiza gli andò incontro per aiutarlo a reggersi, ma venne fermata da un gesto del ragazzo, intento a rialzarsi con le sue sole forze.
Sul suo volto era dipinta la stanchezza, e i lividi per le percosse perpetrate da Tonikua erano stati ripuliti dalle cure della giovane sacerdotessa; ora, l'unica cosa che catturava l'attenzione più di ogni altra cosa, era il taglio provocato dalla furia di Mogan, che simboleggiava, al pari degli occhi colmi di rancore, la ragione per il quale il Lupo intendeva combattere il malessere che lo affliggeva.
«Non potrei mai tornare tra la vostra gente, Anhau.» riprese, prima ancora che l'amico potesse ribattere in un qualsiasi modo. «Hai ragione: le cose ora sono cambiate. Una volta chiesi il vostro aiuto, e fui accolto nella maniera più calorosa che potessi sperare, ben oltre ciò mi aspettavo. Soffrimmo insieme, perché il nemico che avevamo davanti aveva spezzato vite per noi importanti, ed eravamo impotenti dinnanzi agli eventi che ci stavano investendo.

Ma combattemmo, insieme, perché eravamo uniti nel dolore e nella speranza. Questo arco...» continuò, prendendo dagli oggetti poggiati in terra l'arma «mi è stato donato dal vostro capotribù in forma di rispetto per il coraggio mostrato nel prodigarmi per le tribù della Valle, e per sancire la grande unione tra i nostri clan. Questo arco è simbolo di quel coraggio. Ma agli occhi di Tonikua, e della vostra gente, ho contribuito io stesso a portare un male ben peggiore sulle nostre vite, e su quelle di tutta la Valle. E forse è così: forse Keelosh è morto davvero a causa mia, e se ciò in cui credo è sbagliato, allora porterò con me il fardello di aver fatto morire un amico invano. Ma voglio credere con tutto ciò che mi resta, che la speranza di salvarci ci sia ancora. Avete vissuto con me quello che è successo sull'isola Weenas: Akii è vivo, è stato riportato qui dall'ultimo Sciamano... ricordate le sue parole? *"Il bambino è ciò che ci salverà!"*. Ebbene, io voglio credere che quelle non fossero le parole di un folle in procinto di morire, ma di un disperato che, in qualche modo, ha fornito a noi una possibilità. Se Akii è tornato sulla terraferma, dove potrebbe mai essere andato, se non a casa sua?»
«Sappiamo cosa hai in mente, Kitaan. Ma non abbiamo certezze che sia davvero così.» disse Anhau, con un poco di restrizione nella voce, e forse anche di vergogna per essere stato scoperto dall'amico nel dubitare di lui.
«No, hai ragione: non ne abbiamo. Ma perché Keelosh non sia morto invano, perché ci sia una possibilità per tutti noi di rimediare a quanto successo a Yanni, e a Mogan, è mio dovere tentare. Perché è *mia* la responsabilità di quanto accaduto a Keelosh, ed è *mio* dovere salvare mio fratello

dal male che lo ha consumato, se mai c'è una possibilità di farlo tornare in sé. Non vi chiedo di seguirmi, non l'ho mai fatto: ma io devo fare questa cosa, devo trovare Akii e provare a farmi aiutare da lui. Voi siete ancora in tempo per tornare dalla vostra gente, e se Tonikua dovesse avere ancora un po' di lucidità nel cuore, forse potrebbe ascoltarvi e fuggire insieme a Mayka lontano da mio fratello. Non biasimo la tua paura, la *vostra* paura. Ma se tornerò dal vostro clan, da Tonikua, sarà per guardarlo negli occhi e fargli sapere che suo figlio è morto per una giusta causa, e che ha contribuito alla vittoria sul male che ci tormenta. Altrimenti andrò incontro alla devastazione che ci aspetta, e alla mia morte per mano del wendigo... e spero con tutto me stesso di incontrare Keelosh nelle Terre Celesti, per chiedergli perdono.»
Vi fu un momento di silenzio, all'interno del quale diversi sguardi si incrociarono, tutti con significati unici: Anhau guardò Kitaan, e chiese scusa per essersi fatto intimorire dalla paura, poi guardò Niiza con lo stesso intento e infine Tysmak, il quale lo rimproverò con gli occhi, ma fu al tempo stesso consapevole che tanto la speranza di Kitaan, quanto il timore di Anhau, erano fondati e comprensibili; Kitaan guardò i due fratelli con uno sguardo colmo di quella malinconia di chi vorrebbe un destino più radioso per chi gli sta davanti, ma trovò negli occhi verdi di Niiza la forza di andare avanti, di mettere da parte i timori e di proseguire per la strada che aveva deciso di intraprendere, perché lei era dalla sua parte.
«Quanto manca per Taeysa?» chiese infine il Lupo.

«Abbiamo lasciato le Terre di Primavera all'alba... secondo quanto riportato da nostro padre e dai suoi viaggi, non dovremmo distare più di un giorno di cammino... forse un giorno e mezzo.» constatò Anhau, a dimostrazione del fatto che la sua fede nell'impresa era tornata a brillare.
«Dovremo stare più attenti, però.» si intromise Tysmak. «Potremmo trovare delle Ombre, lungo il cammino: Tayman non è mai arrivato fino a Yokintuh, e questo è strano. Si sarebbe dovuto unire ai Wapiti per andare verso nord, ma non l'ha fatto. Forse è stato attaccato da Qalentosh e dalle sue Ombre.»
«Vero.» confermò Anhau. «E come se non bastasse, il terreno si farà più arido, d'ora in avanti... nascondersi sarà più difficoltoso, e la strada verso i canyon delle Terre Danzanti sarà più ardua nella savana... non è un luogo adatto all'uomo che vi è estraneo. Kitaan, sei sicuro di farcela?»
«Non abbiamo alternative: è l'unica strada che possiamo percorrere. Cacciamo ora che possiamo, riforniamoci di tutto ciò che ci manca, e andiamo: la strada è lunga.»

Il gruppo proseguì verso sud, lasciandosi alle spalle le verdi e rigogliose praterie delle Taghendi, le Terre Di Primavera, e il funesto rumore del Vento Blu, le cui acque si dispersero nell'orizzonte fino a scomparire completamente alla vista, a mano a mano che il gruppo si spingeva verso l'entroterra della Valle.

Il paesaggio mutò, lentamente e inesorabilmente, sempre più in favore di un bioma torrido, la cui vegetazione era conseguentemente rigogliosa: l'erba si fece più chiara e sporadica, gli alberi si fecero più distanti, e sopravvissero solo quelli più resistenti alla siccità tipica di quelle lande. L'umidità rese l'aria più pesante, e il manto erboso secco che ricopriva la terra sembrava, nella linea dell'orizzonte, danzare all'aria, a causa del calore. Niiza spiegò a Kitaan che era proprio da quella percezione che le lande nelle quali stavano lentamente spingendosi erano chiamate Terre Danzanti, e il Lupo non ne fu sorpreso, tanto era affaticato e sconcertato alla visione di un paesaggio tanto ammaliante quanto spaventoso e inospitale.

Giunse la sera, e con essa la necessità di fermare la faticosa traversata e accamparsi per la notte.
Decisero di non accendere alcun fuoco, con il sospetto che quest'ultimo avrebbe potuto attirare l'attenzione di fantomatici inseguitori o nemici, e di affrontare le temperature della notte avvalendosi di tendaggi di fortuna costruiti con i sottili tronchi degli sporadici alberi che avevano intorno e teli che si erano portati da Yokintuh. Ancor prima che le ultime luci si disperdessero nelle tenebre, avevano costruito due piccole tende entro le quali ripararsi.
Avevano mangiato, parlando a bassa voce di vecchie storie e leggende di ere passate, nella speranza di scacciare i pensieri più tenebrosi ed esorcizzare la paura con quella che per alcuni attimi parve una timida imitazione di normalità.
Niiza curò nuovamente le ferite di Kitaan, e concluse le medicazioni discussero dei turni di guardia: nonostante

l'insistenza dei ragazzi, il Lupo si era offerto volontario come secondo dopo Anhau, così quest'ultimo aveva lasciato la sua tenda al ragazzo, mentre Tysmak e Niiza si rintanarono nella loro.
Kitaan strisciò dentro il suo riparo, ben coperto dalla tiepida brezza che soffiava all'esterno. Il buio era totale, eccezion fatta per la fioca luce che giungeva da fuori, la quale rendeva appena visibile la sagoma di Anhau, seduto fuori dai tendaggi e in allerta, pronto ad affrontare il suo turno di guardia.
Poggiò la testa su di una sacca arrotolata che rendeva il suolo meno duro, e pregò gli Antichi Spiriti di lasciargli trovare la pace nel sonno, lontano dai ricordi e dalle visioni che lo torturavano già nella veglia.

«No, madre!»
Il fuoco avvolgeva la figura di Akima. Il suo sguardo si poggiò sul figlio.
«Madre! No! Madre!»
Le sue grida erano vane.
Il fuoco avvolse Akima, e il suo corpo iniziò a carbonizzarsi.
Kitaan si voltò, cercando di liberarsi dalla presa dei guerrieri… ma a trascinarlo non erano uomini.
Il wendigo lo stava tirando a sé: gli arti sottili e consunti, la pelle emaciata, le vesti strappate e le dita affusolate che gli stringevano le braccia con tanta forza da farle sanguinare.
«Lasciami! Lasciami!» gridò terrorizzato Kitaan.

«Mi hai abbandonato. È morta a causa tua. Sono *tutti* morti a causa tua!» Era il wendigo a parlare, ma la voce era di Mogan.
Il wendigo lo lanciò con una forza sovrumana, e Kitaan sprofondò nel buio: sopra di lui, la Grande Casa di Odum bruciava, sempre più lontana, sempre più piccola.
Si rialzò: era come in piedi nell'aria, e sotto i suoi piedi tutta la Valle bruciava.
Di fronte a lui, il wendigo era nuovamente pronto all'attacco, e si muoveva goffamente e in preda alle convulsioni, ma feroce.
Cosa poteva fare? Come poteva fuggire?
Di fronte, gli comparve una figura.
«Keelosh!» gridò il ragazzo, speranzoso di farsi aiutare.
Ma il wendigo lo afferrò e fece come per strapparlo, e il corpo del dodicesimo Figlio del Wapiti si dissolse nell'etere sotto forma di cenere.
Un'altra figura comparve, a richiamare l'attenzione del Lupo.
«Mayka… ti prego…» implorò piangendo.
Ma la donna si librò in cielo sotto forma d'aquila, e lo abbandonò.
Tutt'intorno al wendigo si materializzarono dei lupi Richiamati dal Legame di Mogan, e seguendo il Figlio mostruosamente mutato, scattarono tutti in direzione di Kitaan.
Egli sentì il mostro lacerargli la carne, e i lupi Richiamati morsicargli gli arti.

Impossibilitato a resistere e abbandonatosi al dolore, Kitaan vide il wendigo alzare un tomahawk e sferrarglielo sul volto, esattamente nel punto dove già era stato lacerato.
La forza dell'impatto lo proiettò sull'isola Weenas.
Si trovò nella stanza dove lui e i suoi compagni avevano conosciuto lo Sciamano.
Infatti egli era lì, tenendo stretto tra le mani Akii, il cui volto era ancora coperto.
«Lascialo!» gridò disperato Kitaan. «Lascialo! Deve salvarci… lui deve salvarci!»
Lo Sciamano sorrise, e levò il sacco dalla testa dell'ostaggio.
Ma al posto di Akii, v'era una bambina, nel cui volto era dipinto l'odio.
Yanni e Kitaan si persero l'uno negli occhi dell'altra, ma per un secondo appena; quel tanto che bastò al terrore per insinuarsi nel cuore del giovane Lupo.
Poi Yanni scattò verso di lui, tramutandosi nuovamente nel wendigo.

Kitaan si destò di soprassalto.
Il fiato gli mancava, e tastandosi il petto sentì il cuore battere all'impazzata.
Grondava di sudore, e tremava.
No: gli Spiriti Antichi non lo avevano ascoltato.
Uscì dalla tenda, respirando quanta più aria possibile e tastando il terreno secco: era realmente sveglio, e l'incubo era finito.
Alzò finalmente lo sguardo, posandolo su ciò che circondava l'accampamento: la savana era tetra,

completamente avvolta nell'oscurità, e non v'era rumore alcuno a farla vivere.
Erano completamente soli.
Davanti a lui, Anhau scrutava il paesaggio con fare attento, ma il modo in cui sedeva in terra mostrava chiaramente che la stanchezza stava prendendo il sopravvento sulla sua tenacia.
Kitaan si trascinò di fianco all'amico, cercando di muoversi il più silenziosamente possibile, per non svegliare gli altri due compagni.
«Kitaan!» sussurrò sorpreso il ragazzo. «Sei già sveglio! Non hai dormito così tanto… la luna è appena al centro del cielo.»
«Lo so… io…» ma non voleva ricordare l'incubo che lo aveva assalito. «Non riesco a dormire.»
«Dovresti riposare… non ti sei ancora ripreso del tutto. Torna a dormire: posso chiamarti non appena la luna avrà iniziato la sua calata all'orizzonte.»
«Lo so, hai ragione… ma a dire il vero per ora preferisco stare sveglio.» Kitaan fu grato al buio, che impediva all'amico di notare il sudore che gli bagnava la fronte. Avrebbe preferito evitare di raccontargli i suoi timori, dopo la discussione avvenuta nelle ore precedenti. «Tu, piuttosto, sembri stravolto. Lascia che ti dia il cambio ora: puoi riposare un poco, e se avrò bisogno chiederò a Tysmak di sostituirmi.»
Tali parole ebbero l'effetto desiderato, e Anhau non ribatté ulteriormente; ringraziò l'amico, e si trascinò a sua volta nella tenda. Crollò quasi immediatamente.
E Kitaan rimase nuovamente solo.

Ma il silenzio lo tradì: il verso del wendigo, le grida di Akima, il rumore del fuoco che divampava nella Grande Casa di Odum, le urla di guerra tornarono a tormentarlo. Chiuse gli occhi, agitando la testa come a voler scacciare quei ricordi, ma l'immagine del wendigo gli apparve, nitida come lo era stata nel sogno, così li riaprì nella speranza di fuggirgli, e si rese conto che il cuore era tornato a battere furioso nel petto.
Cercò di inspirare quanta più aria possibile, ma il fiato gli mancava: il panico lo stava opprimendo.
«Kitaan!»
Egli si voltò, e notò Niiza venirgli incontro, spaventata.
«Kitaan! Che ci fai sveglio?»
Ma non riuscì a risponderle: una sensazione soffocante gli mozzava le parole in gola.
Niiza gli si accovacciò di fianco. «Stai tremando… e sei madido di sudore…» constatò, toccandogli la fronte. «Ma sei freddo: bene.» Si strappò un pezzo della veste e lo asciugò; poi porse la sua mano sul petto del ragazzo. «Kitaan, guardami. Guardami.»
Egli fu sorpreso di riuscire a intravedere, nel buio, gli occhi verdi della ragazza: essi riflettevano la luce della luna, quel tanto che bastava. Non si oppose, e seguì gli ordini impartitigli.
«Il tuo cuore batte troppo velocemente. Devi calmarti. Guarda me. Segui il mio respiro.»
Ella inspirò, lentamente; trattenne l'aria nel petto, che si gonfiò, e altrettanto lentamente l'espirò, da un sottile spiraglio tra le labbra; i suoi occhi inquieti ma sicuri fissavano quelli di Kitaan.

Il ragazzo la imitò: inspirarono ed espirarono all'unisono, ancora, e ancora. E i loro respiri divennero uno.
Come per miracolo, il giovane Lupo sentì le grida e i versi che lo stavano tormentando farsi più distanti, e gradualmente svanire.
Gli occhi della sacerdotessa si tranquillizzarono, e con essi anche il cuore di Kitaan, che prese a battere più lentamente.
«Ecco… così.» sussurrò lei, dolcemente. «Va meglio?»
Kitaan si limitò ad annuire.
«Bene.» fece lei, lasciando scivolare la mano appoggiata al petto del ragazzo, volta ora a cercargli le mani. «Stai tremando… sei tormentato dai sogni, vero?»
«Continuamente…» confessò stancamente lui.
«Cosa sogni?»
Kitaan era intimorito all'idea di riesumare ancora una volta quei ricordi dalla mente; eppure, con le sue mani tremanti avvolte in quelle della giovane ragazza, e con gli occhi persi in quelli verdi di lei, non ebbe paura. «Sogno mia madre bruciare a Odum… sogno Mogan… e il wendigo che cerca di uccidermi. Provo a scappare, ma lui continua a prendermi. E ogni volta che ci riesce, invoco l'aiuto di qualcuno… che però non riesce ad aiutarmi. Sono solo, e infine il wendigo mi finisce.»
«I sogni possono essere la proiezione delle nostre più grandi paure, oltre che la dimora dei nostri desideri più felici… talvolta sono un luogo dove trovare rifugio, ma tu invece vuoi fuggire da essi.» sussurrò lei, con un velo di malinconia.
«Non ricordo neppure più l'ultima volta in cui un sogno mi ha cullato…» replicò con voce stanca e tremante di timore

Kitaan, come sul punto di scoppiare in lacrime. Abbassò lo sguardo, ma subito Niiza poggiò le sottili dita sotto il suo mento, riportando lo sguardo del Lupo ai suoi occhi verdi.
«Eppure, sei vivo, "Fratello Coraggioso"» gli sussurrò con dolcezza, e al tempo stesso fermezza. «Il tuo cuore batte ancora. E con esso, la tua forza. So quanto tu sia stanco, ma sei ancora qui. Hai attraversato prove difficili, ma respiri ancora su questa terra, e decidi di farlo per ciò in cui credi.»
Kitaan non rispose, ma si fece cullare dalle parole della ragazza.
Ella continuò a fissarlo, e dalle sue labbra Kitaan fu certo di intravedere un sorriso sbocciare come il primo fiore dopo l'inverno.
La ragazza si fece appena più distante. «Aspetta qui.»
Kitaan rimase a guardarla mentre si alzava e si insinuava nella tenda nella quale aveva riposato; fece ritorno poco dopo, e i suoi lunghi capelli smisero di danzare al vento solo quando fu nuovamente accovacciava al suo fianco, con qualcosa tra le mani, che teneva celato alla vista.
«Guarda.» disse lei, invitando il Lupo a osservare il cielo sopra di loro.
Egli alzò lo sguardo, e i suoi occhi si meravigliarono alla vista di un cielo finalmente terso, libero dalle nubi e nel quale erano visibili centinaia di stelle che brillavano nella volta celeste, andando a creare disegni e raffigurazioni che si riflettevano nei suoi occhi.
Il fiato gli venne meno, questa volta soffocato dalla meraviglia; una meraviglia che aveva dimenticato, e che solo ora gli si palesava nuovamente dinnanzi.

«Sai… quando ero piccola, la Grande Saggia mi raccontò una storia.» iniziò la ragazza. «Mi disse che molto tempo fa, ai tempi dei Primi Respiri della Valle, tra gli Antichi Spiriti visse una donna: si chiamava Asibikaashi, nella loro lingua "Donna Ragno". Ella era nata per vegliare sui popoli, e suo era il compito di proteggerli dalle forze oscure. Una notte, udì un pianto giungere trasportato dal vento, e ne seguì il suono sino alla sua origine. Trovò una bambina in preda agli incubi: il male stava impossessandosi di lei, attraverso il mondo dei sogni. Così, Asibikaashi creò, sopra la testa della piccola, una tela così sottile e così resistente che il male vi rimase imprigionato, come in una ragnatela, e la bambina fu liberata da ciò che la affliggeva.»
Dicendo ciò, aprì le mani: in esse era contenuta una collana, composta da un piccolo cerchio di legno flessibile, dentro il quale era ricamata una rete sottile, con piume e perle appese sotto di essa. «Da allora la bambina fu liberata dagli incubi, e divenne una grande guerriera, al servizio di Asibikaashi.»
Kitaan rimase affascinato dal racconto, e solo nel silenzio che ne seguì poggiò lo sguardo sull'oggetto tra le mani della ragazza.
«So che il male che stiamo affrontando ora è reale. So che nel tuo cuore c'è tormento, e che il peso di ciò che hai vissuto non può essere placato con facilità. Ma… forse *questo* può aiutarti a combatterlo. L'ho fatto dopo che ci siamo allontanati da Yokintuh.» continuò Niiza, mettendo con delicatezza la collana intorno al collo di Kitaan, e lasciando che l'oggetto si poggiasse sul suo petto,

all'altezza del cuore. «Il cerchio rappresenta il tutto: la vita e la morte, la terra e il cielo, il nostro mondo e le Terre Celesti; le piume e le perle catturano i pensieri felici e li rilasciano nella mente per infondere forza e serenità, mentre la rete cattura il male che si cela nell'oscurità del sonno, rimanendone intrappolato, per bruciare poi alle prime luci del sole.»
Kitaan rimase senza parole, fissando prima il talismano, poi Niiza, la quale aveva dipinti in viso la speranza, la dolcezza, e la grande fede che riponeva negli Spiriti Antichi.
«È un dono bellissimo…» disse il giovane Lupo quasi senza fiato, trattenendo a stento la commozione che stava liberandosi sotto forma di lacrime di gioia.
«Voglio che ti protegga. Sarà il tuo asabikeshiinh… il tuo ghermitore di sogni. Portalo sempre con te, e ti renderà un guerriero ancora più forte, proteggendoti dal male che ti affligge nel buio della notte e dandoti forza nella luce del sole.»
Kitaan sentì una nuova forza accendersi nello spirito, come una fiamma che nasce e brilla fiocamente nel mezzo d'una tormenta intenta a soffocare tutto con la sua forza e l'oscurità, senza però riuscire a soffocarla. E non seppe dire a sé stesso se tale forza era originata dal talismano che ora portava al collo, o più semplicemente da colei che glielo aveva donato.
«Sono certo che lo farà… grazie, Niiza.»
«Gli Spiriti Antichi vegliano su di noi, dalle Terre Celesti. E ci donano la loro forza.» sussurrò la ragazza, con tono speranzoso.

«Che sia così, o meno… è nei vivi, che io la sto trovando.» replicò con dolcezza il Lupo. Ancora una volta, fu certo di vedere nascere un timido sorriso nelle labbra della ragazza.
«Allora è un bene che siamo qui.» rispose lei, trattenendo una risata colma di dolce imbarazzo nato da un affetto che stava insidiandosi nel cuore.
«Lo è…»
Rimasero entrambi in silenzio, suggellati in quell'attimo infinito durante il quale i loro occhi rimasero fissi l'uno in quello dell'altra; poi si voltarono all'unisono, tornando a guardare le stelle sopra di loro.
«Mi chiedo…» riprese Kitaan, in poco più che un sussurro. «Cosa farai, quando sarà finito tutto? Voglio dire… se le cose dovessero funzionare.»
Niiza sospirò, gli occhi puntati al cielo, lasciando che la mente viaggiasse per alcuni istanti, prima di rispondere. «Ho riflettuto così a lungo, in questi ultimi giorni… dopo… dopo la morte della Grande Saggia… continuo a pensare alle sue parole.» sospirò, malinconica. «Forse aveva ragione: forse il tempo delle Grandi Sagge è giunto al termine. Hanno conservato il potere degli Sciamani per intere generazioni, custodendo la conoscenza dei rituali che essi avevano condiviso con gli uomini, con l'intento di fare del bene, di proteggere… ma quanto male è stato fatto, con quegli insegnamenti? Quante persone hanno sofferto tramite i rituali che il mio Ordine ha custodito così a lungo? E quanto bene è stato fatto, invece, con la sola forza delle nostre parole? Forse aveva ragione lei, forse il mondo non ha bisogno più di potenti rituali e conoscenze che l'uomo non dovrebbe possedere, ma deve ricordare tramite storie

e leggende quale è il suo vero posto, semplicemente nella forma in cui è: un essere in simbiosi con ciò che lo circonda, senza nulla che lo renda superiore ad esso.»
«Ho sempre creduto che il vostro Ordine fosse quanto di più simile a ciò che erano gli Sciamani, nelle storie che sentivo raccontare dalla nostra Saggia, a Hotomak.» rispose Kitaan, pensieroso. «Ma ora che non ci sono più né Sciamani, né Grandi Sagge… forse si può ricominciare. In modo differente, magari, ma è possibile. Se lo volessi, potresti dare inizio a qualcosa di nuovo.»
«Io?» chiese perplessa Niiza.
«Sì. Conservi la conoscenza di ciò che è stata la Valle sin dai suoi primi respiri, conosci le storie e le leggende degli Spiriti Antichi, e stai vivendo il momento forse più importante di tutta la nostra storia. E se tutto dovesse finire come spero, le generazioni che verranno avranno bisogno di una guida, che insegni loro il passato di queste terre, in modo che non commettano i nostri errori. Ma tu puoi fare questo meglio di chiunque altro, perché sei l'unica a conoscere a pieno la nostra storia. Io lo vorrei, per te: vorrei diventassi una nuova guida per i nostri popoli. Più di quanto abbiano fatto le Grandi Sagge, più di quanto abbiano fatto gli Sciamani, che hanno dato origine a tutto. Un nuovo inizio, con una nuova figura a divenire guida ed esempio per coloro che verranno… dei nuovi sciamani. E tu dovresti esserne la prima.»
Niiza rimase colpita e al tempo stesso intimorita dal peso delle parole pronunciate dal giovane Lupo; tuttavia, esse erano sinceramente colme di rispetto e di speranza, e l'importanza che ne derivava non la spaventava, poiché

pareva la naturale evoluzione di ciò che la Grande Saggia intendeva nelle sue ultime frasi, prima di spirare. Era un'eredità importante, ma le parole del Lupo erano così ricche di genuina speranza, che non poté fare a meno di restarne affascinata.
«Devi promettermi una cosa, però.» disse infine la giovane. «Resta al mio fianco, per darmi la forza di fare ciò che mi chiedi. E lo farò.» concluse in un sorriso.
Kitaan sentì il cuore gonfiarsi nel petto, poiché tante erano le emozioni che tali parole scatenarono in lui.
«Sarò con te, Niiza. Te lo prometto.»
Alzarono nuovamente gli occhi al cielo, lasciando che le stelle si riflettessero nei loro occhi e facendosi cullare dalla brezza della notte.
In quelle stelle, Kitaan pregò gli Spiriti Antichi di aiutarlo a compiere la sua impresa, di concedergli di salvare ciò per cui lottava; e, infine, di permettergli di mantenere la sua promessa.
E suggellò tale preghiera nell'asabikeshiinh che aveva intorno al collo.

La luna scomparve all'orizzonte, ma nuove nuvole coprirono il sole nascente, rendendo l'alba nulla più che un bagliore grigio che impedì alla luce di irradiare le Terre Selvagge.
Kitaan e Niiza svegliarono i due fratelli, e tutti insieme mangiarono della carne essiccata che i ragazzi avevano portato da Yokintuh; presero i teli con i quali avevano costruito le tende e dispersero i legni, in modo che nulla potesse far pensare a possibili guerrieri in avanscoperta che

il gruppo si fosse accampato, dando segno della loro posizione.
Si misero in viaggio nel silenzio più totale, e si incamminarono verso sud.

L'orizzonte finalmente mutò, quando dinnanzi ai loro occhi si intravidero i Totem dei Padri della Terra dei Bisonti: essi si ergevano alti, stagliandosi in direzione del cielo, in mezzo a una savana sempre più arida e spoglia; dietro di essi, un immenso canyon, che a causa della rifrazione dell'aria calda sembrava danzare, si apriva creando una gola che conduceva nella vera Terra di Taeysa.
«Ci siamo…» sussurrò Kitaan. «Ecco le Terre Danzanti.»

La roccia intorno a loro pareva stringersi sempre più, e quasi inghiottirli: essa aveva un colore come dorato, alta più di quanto si potesse immaginare, e la struttura curva e sinuosa dava l'impressione di avere intorno a sé delle onde agitate d'un mare però solido, affascinante e soffocante al tempo stesso.
La strada proseguiva, facendosi talvolta più stretta, talaltra più ampia; il terreno era secco e quasi bruciato, sintomo che le piogge non bagnavano quel luogo da diverso tempo.
«Ci siamo, vedo qualcosa…» disse Tysmak, incitando gli altri a seguirlo dopo essere passato per primo da una parete particolarmente stretta.
Gli altri lo raggiunsero, e come predetto dal compagno, di fronte ai loro occhi si presentò Taeysa, il Villaggio dei Bisonti.

Lo stupore nei loro volti fu dapprima ricolmo di fascino e sorpresa, alla vista di uno spettacolo così unico: il canyon che si apriva in un'immensa pianura circondata dalle rocce, con branchi di bisonti a pascolare, il vento che faceva danzare l'erba chiara, e il miraggio dato dal calore che faceva muovere le vette del canyon, fu quanto di più incredibile avessero visto da diverso tempo; ma tali emozioni lasciarono ben presto il posto a un sentimento ben più grave, che mozzò il fiato dei giovani viaggiatori.
«Per gli Spiriti Antichi… cosa è successo?» chiese intimorito Tysmak, gli occhi sbarrati a fissare ciò sul quale stava ora puntando il dito tremante.
Kitaan non riuscì a rispondere: il cuore parve fermarsi, e ogni speranza spezzarsi in esso, mentre il suo sguardo si fissava sul Villaggio dei Bisonti, completamente distrutto.

XI

IL FIGLIO PERDUTO

Guardandosi intorno circospetti, i ragazzi si lasciarono la gola del canyon alle spalle, scesero lungo il pendio roccioso e seguirono la lingua di terra battuta che conduceva verso la piana. L'erba chiara che si estendeva sin quasi a perdita d'occhio danzava come acqua nel mare alla mercè della calda brezza che giungeva da oltre i canyon che formavano i Monti Mathewi a sud, da terre sconosciute agli abitanti della Valle; l'aria impregnata dell'odore di fumo proveniente dal villaggio, e l'umidità, rendevano l'aria pesante, e il respirare quasi una sofferenza. Infine, le nuvole avevano coperto il sole, e ciò donava al panorama un aspetto grigio e tetro, in netto contrasto con i colori caldi che caratterizzavano la Terra dei Bisonti.

Il gruppo seguì la strada che conduceva nella pianura intorno al villaggio, e notarono che non v'erano mura o grandi barriere a difesa di Taeysa: solo degli insediamenti in legno si ergevano di qualche metro al di sopra del fascio d'erba, con appesi alle strutture anteriori dei grossi teli raffiguranti lo stemma del popolo dei Bisonti, che torreggiando sull'orizzonte si ponevano come avamposto

prima di varcare i confini veri e propri del grande villaggio delle Terre Danzanti.
Ma, a presidiare tali avamposti, non v'era anima viva. Ed un opprimente silenzio permeava l'aria.
«Dove sono finiti tutti?» sussurrò Tysmak, mentre superava camminando con cautela le strutture in legno che avrebbero dovuto ospitare i guerrieri posti a difesa del villaggio.
«Fate attenzione... state pronti a tutto.» fece Anhau, afferrando saldamente la lancia che teneva legata sulla schiena e puntandola davanti a sé, come pronto a rispondere ad una possibile imboscata.
Kitaan non riusciva a pronunciare parola alcuna: era così esterrefatto dal tetro paesaggio che gli si parava davanti, e così soffocato dalla più primordiale paura di aver sbagliato, e di aver così condannato tutti coloro che conosceva a morte, che a malapena l'aria riusciva a giungere ai suoi polmoni. Così, si limitò a stringere con fermezza il suo arco, incoccando una freccia e tendendo la corda quel tanto che bastava a rendere l'arma pronta all'uso. Avanzò in capo alla compagnia, e camminando con cautela e attento a non far troppo rumore, condusse il gruppo all'interno di Taeysa.
Nel villaggio regnava la desolazione più assoluta: la terra era arida e bruciata; i tipì che si estendevano per miglia e che rappresentavano la parte più esterna del villaggio erano in parte solo abbandonati, in parte addirittura rasi al suolo.
I wigwam e le abitazioni più interne e più grandi erano sontuosi, ornati con pregiati intagli in legno, con tendaggi ricchi di colori e arazzi sapientemente tessuti, ma vuoti e

bui; le porte dei magazzini e delle strutture adibite a conservare cibi e altri beni erano aperte, spalancate o distrutte in terra. Niiza entrò in uno di essi per studiarne ciò che vi era conservato, e tornò poco dopo con una lenza ai quali erano appesi alcuni pezzi di carne secca.
«Non c'è molto altro. Sembra stia stato tutto predato.» sussurrò, mostrando il misero bottino ai compagni di viaggio.
«Qui è successo qualcosa… e molto di recente.» constatò Tysmak, inginocchiandosi, attento a scrutare l'arida terra intorno a loro. «Guardate… migliaia di piedi hanno solcato il terreno, qui. E tutti nella stessa direzione…» concluse, seguendo con gli occhi le trecce ben visibili, che confluivano verso l'orizzonte che si erano lasciati alle spalle.
«Sono fuggiti nelle Terre Selvagge…» sussurrò Anhau, in risposta all'affermazione del fratello. «Ma perché?»
«Non ha senso…» fece Niiza, guardandosi intorno «Cosa può aver spinto l'intero villaggio a scappare così di fretta? Da cosa stavano fuggendo? Non ci sono segni di battaglia…»
Voltandosi, vide che Kitaan era già lontano rispetto a dove si trovavano: camminava lentamente, come perso nei suoi pensieri, e avanzava senza meta, osservando ciò che lo circondava; seppure gli stesse dando le spalle, Niiza immaginò che il suo volto fosse corroso dal timore e dalla frustrazione. Così, fece cenno ai due fratelli di seguirla, e di stare al passo con il giovane Lupo; si ricongiunsero con lui, e si lasciarono guidare dalla speranza di trovare degli indizi che potessero rispondere alle loro domande.

Dopo un po', davanti ai loro occhi si mostrò una struttura simile ad un tipì, ma molto più grande e sfarzosa.
Vi si avvicinarono, e al suo interno trovarono arazzi e grandi pietre incise, raffiguranti le storie del passato; al centro, un falò spento.
«La Casa degli Antichi...» constatò Niiza, i cui occhi andavano posandosi sui dettagli di quel luogo sacro che tanto le era a cuore, e che ora non era più che un sepolcro, contenente i resti di un Ordine ormai estinto.
«Il fuoco è spento...» notò Anhau.
«Ogni Grande Saggia ha il compito di mantenere alta la fiamma che mostra il passato di queste terre.» spiegò Niiza «E ogni volta che una di loro si ricongiunge ai nostri padri nelle Terre Celesti, il fuoco si estingue. È compito della Saggia che la sussegue riaccenderlo e farlo vivere nuovamente. Ma ormai i fuochi si sono spenti tutti... e ciò che rimane è solo un tipì abbandonato...»
«Allora qui vicino deve esserci anche la Grande Casa...» suggerì Tysmak. «Forse lì troveremo delle risposte.»
Niiza annuì, e lasciò che gli altri compagni di viaggio uscissero prima di lei.
Si guardò intorno un'ultima volta, carezzando il tendaggio e le travi in legno che sostenevano quel tempio, ormai abbandonato. Sospirò tristemente, e seguì i compagni all'esterno.

Non fu difficile vedere attraverso le abitazioni quella che pareva a tutti gli effetti la Grande Casa; così, in breve tempo, la compagnia fu dinnanzi ad essa: era un enorme

wigwam, le cui travi in legno si ergevano alte sopra le vette delle abitazioni limitrofe, e andavano convergendo in un soffitto a volta; enormi tendaggi con lo stemma della tribù dei Bisonti, sui quali era raffigurato l'imponente animale nello stile tribale tipico dei popoli della Valle, danzavano ai lati delle porte spalancate che conducevano all'ingresso, e grosse colonne intagliate raffiguranti dei volti non meglio riconoscibili reggevano il peso dell'imponente costruzione.
Attraverso le porte, però, non si udiva che il rumore del vento che soffiava dall'interno.
Kitaan fu il primo a varcare la soglia, l'arco ben teso e pronto; constatando che nessuno li avrebbe attaccati, fece segno agli amici di seguirlo.
Si trovarono al centro di una grande sala: essa era sfarzosa, ricca di arazzi colorati e sontuose colonne intagliate; tende color porpora appese lungo tutto il soffitto creavano un gioco di movimento dato dalla corrente del vento che nessuno dei ragazzi aveva mai visto prima, e che li meravigliò. Seguivano infine lussuosi tappeti in terra, il maestoso seggio del capotribù al centro della sala, e dietro di esso una nuova porta che dava su giardino privato, dal quale proveniva la calda brezza che soffiava fin fuori dall'ingresso principale.
Ma la meraviglia, ancora una volta, venne soffocata dall'orrore: diversi corpi erano stesi in terra, senza vita.
Gli occhi di Kitaan incontrarono quelli di Niiza, e così quelli di lei fecero lo stesso con i fratelli; istintivamente, le mani dei ragazzi si fecero più strette intorno alle armi, pronti a qualsiasi cosa.

Kitaan fece per avvicinarsi ad uno di essi, ma improvvisamente un rumore lo assordò: fu come un boato, un tuono, ma che proveniva da dentro la sua testa.
Lasciò cadere l'arco, e si portò le mani intorno al capo: il dolore era simile a una pressa, e tutto il corpo prese a tremare, indolenzito da qualcosa che non sapeva spiegarsi.
La vista gli si offuscò, ma riuscì a vedere di fronte a sé una figura in lontananza farsi sempre più vicina, e le sagome dei due fratelli corrergli incontro gridando il suo nome, per poi essere vittima a loro volta dello stesso male, che li fece cadere in terra.
Gridò, ma neppure sentiva la sua stessa voce.
Solo un fischio, e con esso una voce ovattata che pareva quasi una preghiera… o un maleficio.
«Wakan Tanka! Ch'adààh' na'damaa! T'adiyootyéét, t'adiyootyéét! Ostèn:ra isi o'ta:ra tàtsion't 'ach'i' nahwaii'na da'donììt!»
Più tali parole si ripetevano nella sua mente, più sentiva ogni muscolo del corpo irrigidirsi, fin quasi a strapparsi, e la testa dolergli al punto da esplodere dal dolore.
Era impotente.
Con ciò che rimaneva della vista, vide i suoi amici soffrire al suo stesso modo, e riuscì a percepire le loro grida, tra una parola e l'altra del terribile sortilegio del quale era inspiegabilmente caduto vittima.
Sentì la vita essere a un passo dall'abbandonarlo…
Ma poi percepì la voce di Niiza gridare qualcosa, con tono di supplica.
«Shoodì t'àà! Shoodì t'àà, ni'níłtłáád! Baah hol jiiniz doo haada!»

La voce nella sua testa smise di parlare: con la stessa velocità con la quale il male si era impossessato della sua testa e del suo corpo, così altrettanto velocemente scomparve.
Kitaan annaspò in cerca d'aria, tremando dalla paura. I suoi occhi incontrarono i due fratelli, stesi in terra come lui, che a loro volta cercavano di riprendersi da ciò che li aveva appena colpiti.
Guardò Niiza: ella era l'unica ancora in piedi; il volto terrorizzato, ma nei suoi occhi brillava qualcosa… una consapevolezza, forse: era riuscita a fermare qualsiasi cosa li stesse uccidendo, e lo sapeva. Respirava con il fiato corto per l'agitazione, ma era riuscita a fare qualcosa che nessun altro avrebbe potuto fare, per qualche motivo ancora sconosciuto.
La ragazza superò i suoi fratelli e il giovane Lupo, i quali stavano rialzandosi a fatica, e cautamente si portò sempre più vicina alla figura che stava andando loro incontro tremando come in preda a leggeri spasmi, e che probabilmente era stata la causa dell'attacco subìto.
«Shoodì t'àà… Naah hol jiiniz… shoodì t'àà…» sussurrò ancora lei, le mani alzate in forma di resa, e gli occhi colmi di terrore.
La figura le rispose nella stessa lingua, e Kitaan non comprese il significato di ciò che venne detto; proprio come Tysmak e Anhau, si limitò ad attendere.
Colui con il quale Niiza stava parlando, era ora ben visibile: un bambino, dalla pelle appena più scura di quella degli altri presenti, il viso e la pelle marchiati da strani simboli simili a ustioni, e il viso paffuto, che un tempo

doveva essere stato sicuramente dolce e innocente, ora scavato e… terrorizzato.
Kitaan sentì l'aria strozzarglisi in gola dallo stupore, poiché aveva capito di chi si trattasse.
A fugare ogni dubbio fu Niiza, che dopo aver parlato con il bambino, si voltò lentamente verso i suoi compagni: i suoi occhi brillavano. «Lo abbiamo trovato…» disse. «È Akii.»

Il cuore nel petto del giovane Lupo esplose, tanta era la speranza che finalmente tornava a divampare dopo il terrore che lo aveva avvilito. Gli occhi si riempirono di lacrime, che riuscì a stento a trattenere; le mani gli tremavano dall'emozione… Ma ci fu qualcosa che soffocò ogni emozione positiva: lo sguardo con il quale il bambino lo stava osservando.
Esso era un misto di rabbia e paura, ed era chiaro che v'era molto più di quanto potesse immaginare, in quegli occhi.
Così Kitaan alzò le mani, mostrandole vuote ad Akii. «Non voglio farti del male.» disse.
Ma quello sguardo non mutò.
Così Kitaan fece un passo in avanti, lentamente; di contro, Akii gridò, in un misto di spavento e furia, e la testa di Kitaan prese nuovamente a dolergli.
Fu Niiza a intervenire ancora una volta e a calmare il bambino, pregandolo nuovamente di smettere, con parole pronunciate nella lingua che solo loro due comprendevano; egli smise di gridare, e il dolore svanì così come era comparso.

Kitaan si riprese, e tornò a guardare Akii, il quale prese ancora una volta a tremare, stringendo i pugni delle piccole mani, allo stesso modo di quando si cerca di soffocare un dolore.
Non aveva la più pallida idea di cosa stesse succedendo.
«Io… io non capisco…»
Tysmak e Anhau gli furono accanto, camminando con cautela per non spaventare ulteriormente il bambino, e lo aiutarono a reggersi in piedi, poiché la debolezza e il male del quale era stato vittima lo fecero inginocchiare in terra, stremato.
«È terrorizzato da te!» suggerì Anhau.
«Ma cosa… perché?»
Niiza, nel frattempo, sembrava star cercando di convincere il bambino che Kitaan non fosse in alcun modo intenzionato a fargli del male, e quando il bambino le rispose, alzando il dito, fu chiaro a tutti ciò che lo tormentava.
«Dice di avere paura di te… di *quello*.» tradusse lei, alzando il dito.
Kitaan si guardò il petto, seguendo il gesto della ragazza: il simbolo del popolo di Hotomak era ben visibile; eppure, ancora non riusciva a capire.
Akii indicò poi gli uomini stesi a terra: Tysmak si mosse in direzione di uno di essi, e quando gli fu sopra lo girò, mostrandone il viso e il busto.
Kitaan perse ancora una volta il respiro: il simbolo dei Lupi era visibile sul petto del cadavere. «Ma… lui è uno degli uomini di Mogan… era con lui, quando tornò da queste terre… non capisco…»

Tysmak ne girò altri quattro: tutti appartenenti a Hotomak. Kitaan sentì il mondo farsi distorto intorno a lui, e il dolore per ciò che gli stava dinnanzi lo fece vacillare ancor più di quanto non stesse già facendo la debolezza.
Quando Tysmak girò il sesto corpo, però, fu sorpreso di constatare che non si trattava di un Lupo... ma di qualcuno molto simile nell'aspetto ad Akii: era un uomo possente, pelato, con la barba brizzolata e un lungo abito tribale; di fianco a lui, giaceva una donna, di bell'aspetto, ma sul cui volto era disegnato l'orrore che aveva vissuto prima di morire.
«Niiza...» disse Anhau «Devi chiedergli cosa è successo qui.»
Ella parlò, e a lungo il suono delle sole voci della sacerdotessa e del bambino riempirono la stanza. In diverse occasioni, lo sguardo della ragazza si fece truce, corroso dal dolore per ciò che il piccolo Bisonte stava raccontandole.
Nel frattempo, Kitaan non poté fare a meno di voltare lo sguardo prima sui cadaveri appartenenti alla tribù nel quale era nato, poi sulle due figure estranee, e infine sul bambino, il quale continuava a guardarlo con occhi colmi di rabbia e, ancor di più, paura.
Poi Niiza si avvicinò ad Akii, si chinò verso di lui, inginocchiandoglisi davanti, e parlò a bassa voce, con lo stesso tono con il quale una madre parla a un figlio per rassicurarlo. E nonostante nessun altro capisse il significato delle parole che stava pronunciando, era chiaro che in esse vi fosse misericordia e dolcezza, conforto e pietà.

Kitaan intuì che nelle ultime parole della sacerdotessa vi fosse la richiesta posta al bambino di fidarsi di loro, in quanto non rappresentavano alcuna minaccia, poiché egli finalmente distolse lo sguardo dal Lupo e fece cenno con la testa, come ad accettare una richiesta della ragazza.
Così, Niiza si voltò, rimanendo chinata di fianco al bambino, per farlo sentire meno solo in quella che sarebbe stata una conversazione nella lingua comune, che egli non avrebbe compreso.
«Non c'è altro modo per dirvelo: Akii non ricorda nulla della sua vita, prima di alcuni giorni fa.» esordì Niiza, spiazzando i presenti; prese un respiro profondo, e continuò. «I suoi sono ricordi offuscati dalla paura per ciò che ha passato… è traumatizzato da ciò che gli è stato fatto. Nassor aveva ragione: è stato rapito. Ma non dagli Sciamani… da uno soltanto. Uno solo, è stato il colpevole di ciò che gli è successo.»
«L'ultimo Sciamano…» suggerì Tysmak. «Quello che abbiamo incontrato sull'isola Weenas?»
«Sembra proprio di sì.» confermò lei. «Le uniche immagini che ricorda di quei momenti, sono di una figura che lo lega al tavolo e che lo rende vittima di un rituale molto potente… ha sofferto moltissimo. Ricorda le grida disperate, i pianti, la pelle che gli bruciava lungo tutto il corpo… e la testa, che gli doleva come mai avrebbe potuto sopportare… Eppure, è sopravvissuto.»
«*"Il bambino è l'unica arma che abbiamo per concludere la guerra."*, ricordate? Le parole dello Sciamano…» disse Tysmak ripescando tali parole dai ricordi.

«*"Ho dovuto agire... questo bambino è l'unica cosa che può salvarci."*» continuò per lui Kitaan, lo sguardo perso nelle immagini che si susseguivano nella mente, tornata a quei momenti nel tempio degli Sciamani. «Ha infuso il potere degli Sciamani dentro di lui, non è così? Per quello ha quei simboli su tutto il corpo… per quello, è riuscito a fare ciò ha fatto poco fa.»
«Esatto.» confermò Niiza. «Il suo è il corpo di un Figlio: ha in sé già il potere del Legame donato dagli Sciamani, quindi già custode del loro potere, seppur dormiente. Una vittima sacrificale perfetta, per ciò che era chiamato a fare.»
«Cosa gli è successo dopo?» chiese Anhau.
«Akii è stato preda di alcune visioni: ha visto tutta la storia degli Sciamani, una storia che va molto più indietro nel tempo di quanto io stessa conosca… ma ha visto anche altro, oltre al passato: nelle sue visioni, ha visto un uomo e una donna venire uccisi in questa Casa da degli uomini con lo stemma dei Lupi di Hotomak… ha visto sé stesso davanti ai Totem dei Padri di questa terra, ha visto gli Spiriti Antichi, e le Terre Celesti… ha visto… il wendigo… camminare nelle foreste della Valle, uccidendo decine e decine di uomini… e… e ha visto sé stesso combatterlo… e morire, per mano di un Lupo.»
Tutti rimasero scioccati all'udire di tali parole.
«Per questo appena ti ha visto ha cercato di ucciderti, Kitaan… tu porti con te lo stemma di ciò che lo ucciderà, secondo le sue visioni.» continuò Niiza. «Il potere che lo Sciamano gli ha infuso lo ha reso uno di loro… *l'ultimo*, di loro… e, una volta cancellati i suoi ricordi, egli è rimasto

solo un corpo con la conoscenza degli Sciamani… per questo parla la lingua antica, e non conosce quella corrente. Ma ha riconosciuto la nostra voce: si è ricordato di averla ascoltata già una volta…»
«Sull'isola, quando lo abbiamo trovato…» constatò Tysmak.
«Esatto. Io parlo la lingua antica… ed è così che mi ha capito, quando l'ho pregato di non farvi del male. Gli ho detto che non siamo sui nemici… e che può fidarsi di noi. Ma ha paura di te, Kitaan… le sue visioni si sono tutte avverate, fino ad ora.»
Il Lupo non seppe cosa dire: sentiva gli occhi di Akii su di sé, e non aveva idea di come dimostrare che non era intenzionato per nessuna ragione a fargli del male. Un pensiero simile, anzi, gli bagnò ancora una volta gli occhi: l'idea che una creatura così piccola avesse subìto così tanto dolore, e che fosse terrorizzata da lui, gli faceva male.
Così, lentamente, si chinò verso il bambino: egli, di contro, si scostò all'indietro, come pronto a fuggire, ma subito Kitaan mise dapprima le mani sul petto, e poi le allungò verso di lui. «Io ho bisogno di te.» disse lentamente, con le lacrime che gli solcavano il viso.
Akii sembrò capire il gesto del ragazzo, e il suo sguardo si fece meno austero, seppur ancora sospettoso.
«Ho bisogno di te…» ripeté il Lupo. «Abbiamo tutti bisogno di te.»
«Do yìdin da'an liinii 'nì. To'm yìdin da'an liinii 'nì.» tradusse Niiza.
Gli occhi di Akii si posarono su di lei, poi su Kitaan, e sui due fratelli… poi di nuovo su Niiza.

«'Nì t'sa to'm chodahoo'nne... sei la nostra unica speranza.» gli sussurrò la ragazza.
Akii la fissò intensamente, e dai suoi occhi azzurri brillò per la prima volta una luce diversa: la prima scintilla di fiducia aveva sfavillato in quell'animo distrutto, e la dolce voce della sacerdotessa era stata il soffio che l'aveva alimentata, accendendo il fuoco di un bene sopito da chissà quanto tempo.
Il bambino la prese per mano con dolcezza, la portò camminando lentamente davanti ai cadaveri dell'uomo e della donna vittime dell'attacco dei Lupi, e allungò il piccolo dito nella loro direzione.
«Ch'ì' haz 'ashchìinii, akót'é?» chiese il piccolo, con voce innocente e triste, come sul punto di piangere.
Niiza lo guardò intensamente, e i suoi occhi si bagnarono di lacrime che le solcarono il volto. «Akót'é...» rispose, lasciandosi andare a un pianto che condivise con il piccolo.
Nessuno, oltre a loro due, conosceva la lingua antica, eppure non fu difficile per Kitaan comprendere il significato di ciò che Akii aveva chiesto, e che gli era stato confermato da Niiza: i due corpi in terra erano Tayman e Ramiis, i genitori di Akii.
Con le poche forze rimaste, Kitaan si alzò in piedi. «Niiza. Ora dovrai parlare per me...»
Ella si asciugò le lacrime dal volto, attenta.
Gli occhi del Lupo si posarono sul piccolo Akii. «Mio fratello ha ordinato ai suoi uomini di uccidere la tua famiglia: aveva bisogno solo dei guerrieri del tuo popolo per combattere i suoi nemici, ma il suo scopo è quello di eliminare tutti coloro che possono diventare suoi nemici...

e ora, egli è il wendigo: è il male che colpirà queste terre, e sta arrivando, per spazzare via tutti coloro che troverà sulla sua strada… è *lui* il Lupo che hai visto nella tua visione, non io. Da soli non abbiamo alcuna speranza di sopravvivere contro una creatura simile… ma tu conservi in te il potere degli Sciamani: ne sei l'ultima testimonianza, sei il loro ultimo scopo. E so che in te c'è ciò che ci serve per fermarlo. *Deve* essere così. Perché senza di te, l'intera Valle è condannata.»
Niiza tradusse le sue parole, e gli occhi di Akii si riempirono nuovamente di rabbia… ma questa volta, non era nei confronti di Kitaan.
«Aiutaci a fermarlo… vendica la tua famiglia… e proteggi coloro che ancora vivono.»
Akii, all'udire di quelle parole, fu pervaso da una forza che trovava origine nel coraggio infuso dal giovane Lupo. Parlò, e Niiza tradusse per lui.
«Dice… che lo farà. Ha visto molto, nelle visioni, ed è venuto qui perché sa cosa deve fare. Ci mostrerà come combattere il wendigo.»

XII

WAKAN TANKA

La poca luce che filtrava dalle grige nuvole andava scomparendo sempre più a ovest, e la volta celeste iniziava a rabbuiarsi, colorandosi di tinte blu che, lentamente, avrebbero inghiottito il cielo nell'oscurità di una notte sempre più prossima.

Kitaan, in forma di rispetto nei confronti di Akii, chiese il permesso di riunirsi nell'ormai abbandonata Casa degli Antichi per dare un degno saluto al Figlio del Bisonte e a sua moglie, in modo che potessero trovare la pace nelle Terre Celesti; il bambino acconsentì, e così vennero accese due pire funebri dinnanzi al luogo sacro. Niiza pregò gli Spiriti Antichi di accogliere Tayman e Ramiis tra loro, e così rimasero in preghiera, fino a che i loro spiriti non ebbero raggiunto le lande della pace eterna.
Fatto ciò, Akii li invitò a seguirlo: fece loro strada, e si allontanarono dalla Grande Casa, tornando verso i confini del villaggio; poco dopo camminavano nei prati danzanti che separavano Taeysa dal canyon dal quale i ragazzi erano giunti.

«Niiza… puoi chiedere ad Akii come abbia fatto a sopravvivere da solo?» chiese Anhau, ultimo della fila indiana che avevano formato. «Da quando lo abbiamo visto scomparire nel portale creato dallo Sciamano, deve essere stato difficile per lui…»
Niiza ripeté la domanda al bambino, e ne ascoltò interessata la risposta; egli pareva più a suo agio, ora, e nonostante si trascinasse con inspiegabile stanchezza, sembrava sereno alla presenza del gruppo.
«Dice di ricordare poco di quel momento: ha sentito le nostre voci e quelle dello Sciamano, si è sentito spingere… e poi si è ritrovato in terra, sperduto nelle Terre Selvagge. È riuscito a togliersi il sacco che gli copriva il volto, e quando ha aperto gli occhi ha visto solo un'immensa distesa di terra, e il Vento Blu alle sue spalle… ha sentito di doversi dirigere verso le Terre Danzanti solo tramite ciò che aveva visto nelle sue visioni… in qualche modo, sapeva dove dover andare, e cosa fare…»
Akii continuò il suo racconto, ma il tono nella sua voce si fece più tetro.
«Una volta giunto qui, il villaggio era già in una situazione disperata: nella sua visione, Akii vide Tayman e Ramiis venire assassinati nel buio della notte dagli uomini di Mogan, e al mattino tutti gli abitanti si svegliarono senza più il loro capotribù, ucciso da chissà chi… consapevoli della Guerra dei Figli in atto, e terrorizzati all'idea che Kurut o le Ombre avessero sferrato un attacco così a sud e così di soppiatto, abbandonarono in gran fretta le loro abitazioni, e fuggirono in massa verso le Terre Selvagge, nella speranza di celarsi al nemico… ma i Lupi attesero…

forse per ordine di Mogan, o forse perché avevano a disposizione un intero villaggio completamente disabitato da depredare… comunque, quando Akii è finalmente giunto al villaggio, lo ha trovato esattamente com'è ora. Si è diretto nella Grande Casa, dove sapeva avrebbe trovato delle risposte alle sue visioni, e quando ha varcato la soglia… i Lupi lo hanno attaccato.»
Persino Niiza, che ripeteva le parole del bambino, rimase sconvolta nell'udire, e pronunciare nella lingua comune, tale frase; come lei, tutti gli altri si fermarono a guardare il bambino, il quale capì ben presto che lo sgomento aveva prevalso sulla curiosità dei suoi ascoltatori.
Raccontò ciò che era accaduto, e Niiza fu chiamata a tradurre.
«Loro provarono ad attaccarlo, ma lui… usò il potere degli Sciamani per difendersi… lo stesso potere che ha usato contro di voi, quando siamo entrati nella Grande Casa. Solo che con loro non si è fermato.»
Kitaan, Anhau e Tysmak si scambiarono degli sguardi sorpresi e spaventati: l'idea che, se non fosse stato per l'intervento di Niiza, sarebbero morti tra atroci sofferenze in pochi secondi, fece scorrere loro un brivido lungo la schiena.
«È in questo modo che combatterà il wendigo?» chiese Anhau.
«No.» fece Niiza, ascoltando e traducendo le parole del piccolo Sciamano. «Il… potere che vive nel suo corpo… è troppo potente, per lui. Lo Sciamano che lo ha torturato, e che lo ha reso com'è ora, non aveva altra scelta che infondergli tutta la conoscenza della sua stirpe, nella

speranza che potesse combattere il wendigo… ma il potere degli Sciamani, nella sua forma più pura, è qualcosa che non si può controllare a lungo… non è così per un essere umano. Un Figlio può farlo, per via del potere del Legame, ma esso è limitato, e si è legato al sangue di ogni discendente di generazione in generazione. Il potere degli Sciamani è una cosa ben più grande, però… A quanto pare, ogni volta che Akii usa il potere come lo farebbe uno Sciamano puro, i segni sulla sua pelle aumentano, bruciandogli la carne, e indebolendolo…»
«Ecco perché tremava, dopo averci affrontato.» constatò Tysmak.
«E questo spiega la sua spossatezza anche ora…» confermò Niiza. «È solo un bambino innocente, sul quale grava un peso più grande di tutti noi… un peso che rischia di ucciderlo.»
«Ma allora come può affrontare il wendigo, se il potere che gli è stato concesso lo porta a indebolirsi sempre di più?» chiese perplesso Anhau.
«Immagino lo scopriremo molto presto, fratello…» disse pensierosa la sacerdotessa, avvicinandosi al bambino e prendendolo per mano, accompagnandolo nella sua faticosa camminata e distaccandosi dal resto della compagnia.
Il silenzio tornò a essere interrotto solo dal fruscìo dell'erba che danzava al volere del vento caldo, e dai pesanti passi del gruppo, che diretto verso le gole del canyon, si lasciava alle spalle una volta per tutte il villaggio di Taeysa.

Una volta attraversate le insidiose e serpeggianti gole del canyon, gli occhi di tutti i presenti poterono ammirare uno spettacolo unico ed emozionante: la savana, dai colori caldi e accesi, stava lasciandosi lentamente inghiottire da un tramonto appena visibile tra le nuvole, che impedivano al sole di irradiare quelle splendide terre con i suoi raggi; e là, davanti a loro, i Totem dei Padri si ergevano alti sull'orizzonte infinito.
«Da' yi'nnii.» indicò Akii, alzando il dito verso le enormi colonne.
«Ci siamo quasi!» tradusse Niiza. «Andiamo.»

La compagnia si trovò al cospetto del Totem verso il quale Akii si era diretto in gran fretta: le incisioni sul legno, raffiguranti la vita dell'antenato Bisonte, si ergevano lungo tutta la circonferenza della maestosa colonna e in alto, verso l'estremità, sulla quale una testa di bisonte era stata intagliata con grande maestria. Gli occhi dell'antenato, insieme a tutti gli altri Padri, proteggevano i confini delle Tawatii, e scrutavano silenti dalle Terre Celesti.
Kitaan si perse a studiarne i dettagli, osservando le gesta raccontate in quelle incisioni, fino a che Akii non chiamò il gruppo intorno a sé.
Egli alzò la piccola mano, poggiandola sul legno; chiuse gli occhi, e pregò in un sussurro appena udibile.
«Sta pregando il Padre di donargli la forza per il percorso che dovrà intraprendere...» sussurrò Niiza ai compagni, che fissavano il bambino perplessi e affascinati al tempo stesso.

Quando Akii ebbe finito, chiamò con voce sottile la giovane sacerdotessa, chiedendo che le sue parole venissero tradotte; in un attimo il suo sguardo, dapprima pensoso ma innocente, si fece cupo e serio.
«Yàhzi na'iidzeet...» iniziò.
«Ho avuto una visione...» tradusse Niiza.
«Na'iidzeet to' haa'i yee taado tò'l'ee no'hadàà' shii... tò'lee 'anaasàzii: bi'àltstè n'disdzih yit'èego.»
«Una visione che mi ha mostrato un tempo molto lontano... un tempo remoto: i Primi Respiri del mondo.»
Gli occhi di Kitaan, Anhau, Tysmak, e della stessa Niiza, erano colmi di incredulità.
«Ho visto il primo sole sorgere su questa terra, ho visto il primo filo d'erba danzare al vento, e il primo fiocco di neve posarsi sulla fredda pietra. Ho visto una landa fertile ospitare esseri viventi di ogni forma e specie, e ho visto i primi uomini giungere dalle Terre della Notte, in cerca di una nuova casa. Una casa, che apparteneva già a qualcuno... i Wakan.»
Kitaan si trovò a ripetere silenziosamente la parola tradotta da Niiza, incredulo e confuso.
«I Wakan camminavano su queste terre da molto prima dell'essere umano, ed erano portatori di una conoscenza e di un potere estraneo agli occhi dell'uomo. Così, i Wakan, a quel tempo guidati dal loro grande padre Sh'aaman, videro nei mortali delle creature desiderose di imparare, di conoscere... così, li accolsero in queste terre. Agli occhi degli uomini, i Wakan erano figure mistiche, ancestrali, da rispettare e adorare: li chiamarono Sciamani, in onore del grande padre che li aveva accettati.»

All'udire di tali parole, lo sgomento si disegnò sui volti di coloro che ascoltavano le parole tradotte del piccolo Bisonte.
«I Wakan, o Sciamani, e gli uomini, vissero in armonia per molto, molto tempo... ma poi, accadde qualcosa che nessuno, né tra i Wakan, né tra gli umani, si sarebbe potuto aspettare: una donna Wakan, chiamata Whope, e un umano, Ta'kadayaan, si innamorarono. Celarono il loro amore agli occhi del mondo, poiché esso avrebbe creato una frattura troppo grande tra le due razze, che avrebbe portato alla guerra. E dal seme della loro unione nacque un figlio: Wakan Tanka. Egli era un simbolo, per Whope e Ta'kadayaan: la perfetta congiunzione delle due razze, che avrebbe potuto dare inizio a una nuova era per gli Sciamani e gli uomini, abbattendo ogni barriera di disparità... Ma così non fu. Sh'aaman scoprì ciò che Whope aveva fatto, e si infuriò: ella era andata contro i dettami che le erano stati insegnati, aveva tradito la fiducia dei suoi simili, e si era unita ad un umano, macchiando il proprio sangue in modo irreparabile, e con esso l'intera stirpe dei Wakan. Così, Sh'aaman dichiarò guerra alla razza degli uomini: avrebbe distrutto ogni reminiscenza della loro esistenza nella Valle; ma Wakan Tanka, ormai divenuto adulto, si consegnò agli Sciamani, per proteggere gli uomini, e si offrì in sacrificio per loro. I Wakan rimasero colpiti dal gesto dell'uomo: accettarono di dare nuovamente fiducia alla razza umana riportando pace ed equilibrio, ma il costo fu la vita di Wakan Tanka.»
Kitaan non poté fare a meno di pensare che la storia che stava ascoltando non differiva molto da quella che aveva

conosciuto riguardante Kaleth e la Guerra degli Antichi: perché la pace potesse tornare a regnare nella Valle, un immenso sacrificio era sempre stato necessario.
«Gli Sciamani, per evitare che un tale errore potesse ripetersi, lasciarono queste terre… eccezion fatta per alcuni di loro: essi avrebbero dovuto tenere sotto controllo gli umani; così, costruirono un tempio lontano dagli occhi fugaci dell'uomo, e rimasero celati nell'ombra ad osservare.»
«L'isola Weenas… il tempio di cui parla è quello dell'isola Weenas.» constatò Anhau guardando i compagni, che annuirono, condividendone il pensiero.
«Whope, distrutta dal dolore per la morte del figlio, e dopo aver perso tutto ciò che le era più caro, legò parte dello spirito di Wakan Tanka in un albero: esso rappresentava la vita terrena tramite le sue radici, e la vita eterea nei rami che si innalzavano verso il cielo… verso le Terre Celesti.» continuò Niiza.
Akii alzò nuovamente la mano, e la poggiò sul tronco del Totem dei Padri; riprese a parlare, e Niiza gli fece eco.
«Così, lo spirito di Wakan Tanka restò per metà sulla terra, e per metà nel regno dell'eterno riposo. L'albero crebbe, e si propagò in tutta la Valle… e lo stesso albero, è quello che venne utilizzato per costruire i Totem dei Padri. Per questo, essi rappresentano un collegamento tra questo mondo, e quello dei morti, ben più potente e intenso di quanto possiate immaginare.»
«Quindi… c'è *davvero* una giunzione tra questa terra, e le Terre Celesti?» chiese sbalordito Tysmak, che non credeva alle parole che aveva appena udito; Niiza aveva il suo

stesso sguardo, e ogni parola che usciva dalla sua bocca nella lingua comune era ora colma di sorpresa, poiché per quanto credesse fermamente nel fatto che ci fosse un regno pronto ad accogliere gli spiriti di coloro che si ricongiungevano ai propri antenati, mai avrebbe immaginato che gli stessi Totem dei Padri fossero vettori di un potere così antico e sbalorditivo.
«Sì. Il legno con il quale sono costruiti i Totem, chiamato "ihupa", è sacro: esso conserva in sé lo spirito di Wakan Tanka, ed è ciò con il quale… combatteremo il wendigo…» tradusse Niiza, perplessa nel pronunciare le ultime parole; chiese ad Akii di ripetere, nel timore di aver frainteso, ma la conferma del bambino arrivò senza esitazione.
«Nessuna arma può sconfiggerlo.» li interruppe Tysmak, pensoso e titubante. «Mayka stessa ci ha provato, e non lo ha minimamente scalfito.»
«Le armi degli uomini non possono nulla contro ciò che è stato creato dagli Sciamani. Ma il legno ihupa conserva lo spirito di un essere per metà Wakan. E, soprattutto, è un forte legame tra il nostro mondo, e le Terre Celesti.» riprese Niiza, ascoltando Akii spiegare. «Qualsiasi arma verrà costruita con questo legno, sarà infusa dello spirito di Wakan Tanka, e creerà quindi un potente collegamento tra chi ne verrà ferito, e le Terre Celesti…»
«Quindi… se colpissimo Mogan con un'arma fatta con lo ihupa… questa lo potrebbe liberare da Yanni e dal wendigo?» chiese Kitaan, colmo di speranza.

«Potrebbe indebolirlo, sì… ma per liberare lo spirito del wendigo dal corpo di Mogan, ci vorrà molto di più di una lancia o una freccia...»
«Per questo gli Sciamani non sono riusciti a uccidere Yanni, nel tempio?» chiese Tysmak.
«No…» tradusse Niiza per Akii. «Il wendigo era un'arma creata *dagli* Sciamani, e neppure realizzata realmente, prima che Yanni venisse a conoscenza del rituale per dargli vita… Non erano pronti per affrontarla… nessuno di noi lo è davvero. Ma se c'è una possibilità di fermarla, questa è l'unica che abbiamo.»
Kitaan annuì, e lasciò al bambino il tempo di spiegare il da farsi.
«Per portare lo spirito di Yanni, e del wendigo, lontano da Mogan, e rispedirla nelle Terre Celesti…» iniziò nuovamente Niiza, parlando a nome di Akii. «Avrò bisogno di uno strumento sacro. Una pipa… Chanupa: la costruirò con il legno ihupa, e al suo interno dovrà bruciare il sangue corrotto dal wendigo…»
«…Che potremo avere solo con le armi infuse del potere di Wakan Tanka.» fece Anhau, entusiasta di vedere finalmente un senso in ciò che stava andandosi a spiegare.
Akii annuì, una volta udita la traduzione della sacerdotessa, e continuò. «Quando avremo ottenuto il suo sangue, userò il mio potere per dare inizio al rituale… "Taka Waka Yap". Esso porterà lo spirito di Yanni nelle Terre Celesti, e distruggerà il wendigo… così, il vostro amico Mogan sarà salvo.»
Calò il silenzio: tutti rimasero attoniti, riascoltando nella mente le parole di Akii appena tradotte dalla lingua degli

Antichi, rimuginando su ciò che il bambino stava insinuando di poter fare, e sulla grandezza e la pericolosità dell'impresa.
Il bambino, d'altro canto, sapeva quanto il peso delle sue parole fosse un macigno negli spiriti di quei ragazzi che tanto riponevano il lui, e non affrettò alcuna reazione, lasciandoli metabolizzare la quantità incredibile di informazioni appena ricevute.
Fu Kitaan, finalmente, a rompere il silenzio: forse per senso del dovere, forse perché era il primo a voler credere in una possibilità… ad avere speranza. Si avvicinò ad Akii, gli si inginocchiò davanti, portando il suo volto a pochi centimetri da quelli del bambino, e parlò lentamente, così che le sue parole potessero trovare significato anche senza bisogno di essere tradotte da Niiza.
«Sei sicuro che funzionerà?» chiese.
Akii lo guardò a lungo: i suoi occhi, così grandi e penetranti, scrutarono l'animo tormentato, stanco e speranzoso del Lupo, ed egli capì; annuì, e il suo volto si fece incredibilmente duro, come se in lui ora stesse divampando una sicurezza, che lasciò sbalorditi tutti i presenti.
«La visione di te che combatti il wendigo… e del Lupo… te la senti di affrontarla?»
«Ta' na'iidzeet o'tk da'ahjgaagoo'né wendigo… i'pt kan… ta' hasht'e da'ahjgoto'k?» chiese Niiza, traducendo.
Ancora una volta, Akii annuì, sicuro di sé: era chiaro che fosse spaventato, ma aprì leggermente le labbra, inspirò l'aria che si faceva sempre più fredda, e rispose.
«Ládą́ą́ hatsiją̨' áhoot'é, ma' dooleel.»

«Cosa ha detto?» chiese Kitaan, guardando gli occhi verdi di Niiza, che si erano fatti colmi di lacrime di commozione, di paura e di pietà.
«Dice… che se è il suo destino, lo affronterà.»
Kitaan riportò gli occhi su Akii: egli tremava di paura, ma cercava con tutto sé stesso di restare coraggioso, sfoggiando uno sguardo il più sicuro di sé possibile.
Il giovane Lupo poggiò le sue mani sulle spalle del bambino, e gli sorrise.
«Noi saremo con te, e ti proteggeremo, qualsiasi cosa accada.»
Niiza tradusse, e Akii ringraziò con lo sguardo e con un cenno della testa.
Kitaan si alzò in piedi, rinvigorito dal desiderio di portare a termine una volta per tutte il compito affidatogli dal piccolo Bisonte; si voltò verso i suoi compagni. «Ora vale la pena lottare per qualcosa in più: questo bambino deve vivere, e sopravvivere a ciò che lo aspetta… ma lo farà solo se noi lo aiuteremo.»
Chiese a Tysmak il tomahawk, e se lo fece consegnare; poi si incamminò verso il Totem dei Padri che il piccolo Akii aveva toccato nel narrare l'antica storia.
Poggiò la sua mano sul legno del quale l'immensa colonna era costruita, ed ebbe l'impressione di percepirne il potere: che fosse solo la percezione nata dalla speranza, o il coraggio che tale legno infondeva ora nel suo cuore, Kitaan sentì lo spirito di Wakan Tanka divampare fin sulla sua pelle, attraverso il potente ihupa.
«Che tu possa proteggerci, Wakan Tanka…» disse il Lupo. «E insieme a te, tutti gli Spiriti Antichi.»

Sollevò il tomahawk, e colpì con tutta la sua forza: il legno si frantumò a causa della potenza dell'urto. Staccò l'arma dalla spessa corteccia, e colpì con ancora più forza.
E ancora. E ancora.
Finalmente, dal Totem dei Padri cadde un pezzo di legno: Kitaan spezzò una sua freccia, lasciandone cadere in terra il fusto; ne raccolse l'impennaggio e la punta e li legò alla nuova asta, fatta di legno ihupa.
La mostrò ai compagni, e ad Akii: la prima arma per combattere il wendigo, finalmente, era pronta.
«Sbrighiamoci.» disse ai due fratelli, e a Niiza. «Rompete i vostri tomahawk e le vostre lance: dobbiamo costruirne di nuove, e tornare subito a Yokintuh. Ci sarà molto da fare.»

XIII

LA VIA SENZA RITORNO

Nubi nere danzavano in cielo, ed un forte vento soffiava dal Vento Blu: i folti prati delle Taghendi si muovevano con la stessa forza delle onde che si infrangevano sulla costa, e la luce grigia proveniente dal cielo donava alle Terre di Primavera un aspetto tetro.

La compagnia vide le mura di Yokintuh quando il giorno era sorto già da diverso tempo, ma ciò che era appena visibile del sole attraverso le grandi nuvole indicava che quest'ultimo fosse ancora in fase di ascesa verso il punto più alto della volta celeste.
Gli occhi di Anhau brillarono di gioia. «Guardate, fratelli! Yokintuh resiste: nessuno ha attaccato il villaggio!»
Tysmak e Niiza tirarono un sospiro di sollievo, e un sorriso liberatorio esplose sui loro volti stanchi: il timore che potesse succedere qualcosa durante la loro assenza aveva presidiato nei loro cuori sin dal momento in cui Mayka aveva offerto loro l'opportunità di fuggire dalla rabbia di Tonikua; ma da quando Anhau aveva espresso i suoi

pensieri circa l'impresa di Kitaan, e soprattutto la possibilità che Mogan potesse attaccare il villaggio, con la diretta conseguenza di non poter più rivedere i propri genitori, una paura che era cresciuta sempre più di momento in momento aveva infettato la loro mente. Solo ritrovare Akii vivo, e quindi aver dato un senso concreto alla missione che avevano deciso di intraprendere, li aveva distolti dai timori che li avevano tormentati così assiduamente, ma da allora il loro pensiero più intenso era volto a tornare il più velocemente possibile verso Yokintuh… verso i loro genitori.
Anhau fu il primo a incamminarsi, rinvigorito dalla gioia, e il resto della compagnia quasi faticò a stargli dietro: Kitaan si era ripreso dalla debolezza grazie soprattutto alle cure di Niiza e al cibo recuperato dal villaggio di Taeysa prima del ritorno, ma era tutto meno che energico, e quasi trascinava un passo dietro al precedente; la ragazza, d'altro canto, aveva occhi solo per il piccolo Akii, con il quale si era intrattenuta in lunghe conversazioni sulla via del ritorno, con lo scopo di alleggerire il peso del compito che il bambino portava sulle sue sole spalle, per farlo sentire meno solo, e per imparare quanto più possibile circa i Wakan, o Sciamani, cercando a sua volta di insegnare quanto più possibile al Bisonte, con la speranza di riesumare ricordi dalla sua ormai disgregata memoria. Tysmak, infine, era quello tra tutti che meno aveva subito il peso del viaggio intrapreso; i suoi occhi, tuttavia, erano così attenti a scrutare l'orizzonte che circondava le mura del villaggio, pronto a una qualche imboscata o sorpresa inaspettata, che non era intenzionato ad abbassare la

guardia per correre alle porte di Yokintuh, e si era tenuto ben vicino al Lupo e a sua sorella, che teneva per mano il bambino Bisonte.
Finalmente si trovarono dinnanzi all'ingresso principale dell'immenso villaggio del Wapiti: la cinta in legno che fungeva da barriera tra le Terre Selvagge e Yokintuh era intatta lungo tutta la sua circonferenza, che si interrompeva solo a contatto con il Vento Blu, superata la battigia ai confini del villaggio, e non v'erano segni che suggerissero un qualche scontro o evento particolare. Tutto era rimasto come sempre; eppure, le grandi porte che davano sulla lunga strada principale che conduceva al cuore di Yokintuh erano stranamente spalancate.
E nessun guerriero di Tonikua in groppa ai wapiti, come era sempre stato, le presidiava.
Anzi: un silenzio sinistro giungeva trasportato dalla marea, a est.
«Qualcosa non va.» sussurrò Kitaan, estraendo l'arco poggiato sulle spalle.
I compagni si armarono a loro volta: le loro lance e i loro tomahawk erano ora costruiti con legno ihupa, ed esso infondeva in loro un rinnovato coraggio, tramite il quale i loro occhi vigilavano su ciò che li circondava senza paura alcuna; Akii, disarmato e debole a causa del potere degli Sciamani, stava come rintanato dietro Niiza, attento a seguire gli stessi passi della giovane sacerdotessa senza mai distanziarsi per più di qualche centimetro dalla sua lunga gonna.
«Andiamo.» fece Kitaan in tono fermo, sospirando la fredda aria che giungeva dal Vento Blu.

Superarono le maestose porte, e si trovarono nello stesso punto dove si erano ricongiunti la notte in cui Mayka li aveva liberati.
Si guardarono intorno: nulla.

Proseguirono, con occhi circospetti, lungo tutta la strada che conduceva al cuore di Yokintuh: la zona agricola, ricca di prati coltivati e irrigati dal fiume che scorreva al centro del villaggio, e che ospitava i tipì innalzati per dare riparo alle Aquile di Haskau e ai Lupi di Hotomak fino a qualche tempo prima, era disabitata, e non v'era alcun agricoltore intento a svolgere i suoi doveri quotidiani. Più avanti, laddove ogni giorno le donne più giovani erano chiamate a pulire le stoffe e le vesti degli altri abitanti agli argini del fiume, non c'era nessuno.
In fila indiana, con Kitaan a capo, camminarono lungo il pontile che si ergeva sopra le acque e che conduceva all'isola al centro del villaggio, e l'unico suono che udirono fu lo scricchiolio del legno sotto il loro peso, che echeggiò e si perse nel silenzio e nel vento.
Giunti dall'altra parte, però, non un guerriero si presentò a loro.
«Non c'è nessuno... neppure ora... qui, dove risiede la Grande Casa di Tonikua...» constatò Tysmak, guardandosi intorno amareggiato.
«Dove sono tutti?» si domandò tra sé e sé Anhau.
«Non può essere successo ciò che è accaduto a Taeysa... sarebbe impossibile.» suggerì Kitaan, incamminandosi nei meandri dell'isolotto tra i capanni e i giardini, intento ad arrivare alla dimora del capotribù in cerca di risposte.

Entrarono nella Grande Casa, ma essa era deserta, e non v'era nulla che suggerisse una fuga precipitosa; d'altro canto, però, tutte le armi erano sparite, e con esse coloro che le brandivano a difesa del Figlio del Wapiti.
Così, si incamminarono lungo la zona abitativa, dove i wigwam, i magazzini e i tipì risultarono a loro volta abbandonati.
Non un fumo si ergeva nel cielo, non una grido o un sussurro giungeva trasportato dalla brezza. Nessun segno di vita.
Il solo suono del Vento Blu, ora più vicino, echeggiava tra le abitazioni e le sinuose stradine che serpeggiavano tutt'intorno alla strada principale.
Fu Tysmak, ora, ad allungare il passo, superando Kitaan; il suo sguardo era torvo, un misto di preoccupazione e rabbia. Era chiaro dove fosse diretto.

Spalancò la porta dell'abitazione nel quale lui, Anhau e Niiza erano cresciuti; il tomahawk alzato davanti al suo viso, pronto a colpire.
«Tysmak! Figlio mio!» gridò con la voce mozzata dall'emozione Naya. Lei e il vecchio Tailock balzarono in piedi e corsero alla porta, dalla quale stavano ora entrando tutti i ragazzi.
«Che gli Spiriti Antichi siano ringraziati, siete vivi!» disse il padre dei giovani ragazzi, in lacrime per la gioia, correndo a stringerli in un caloroso abbraccio. «Abbiamo avuto così tanta paura per voi!»
Tysmak, Anhau e Niiza non riuscirono a pronunciare alcuna parola per diversi secondi: così tanta era la gioia e

l'incredulità di rivedere i propri genitori sani e salvi, in un luogo così tetro e abbandonato come era divenuto Yokintuh, che a stento credettero ai loro occhi.
Si crogiolarono tra le braccia del padre e della madre, scoppiando a piangere a loro volta e lasciando che le lacrime portassero via una volta per tutte ogni paura e timore a lungo conservati nel cuore.
Dietro di loro, Kitaan provava le stesse emozioni, ma si teneva in disparte; accanto a lui, confuso, Akii osservava.
«Kitaan, ragazzo mio!» disse singhiozzando Naya, voltandosi verso il giovane Lupo; si asciugò le lacrime, che ricominciarono a solcarle il viso, e corse ad abbracciarlo.
In quel momento, egli si sentì a casa, al pari dei suoi compagni di viaggio: tanto era successo tra quelle mura… quello che era iniziato come un semplice incontro tra giovani estranei, era ben presto divenuto un legame intenso oltre ogni aspettativa, quando quegli stessi sconosciuti gli avevano offerto asilo e riparo in un momento terribile quale era stato l'arrivo di Mundook. Gli era stato offerto un nascondiglio, un tetto sotto il quale ripararsi… persino un'identità fittizia, con il solo intento di proteggerlo dagli uomini di Kurut.
E quell'abitazione tra tante altre, d'un tratto era divenuta come una casa; quegli sconosciuti, si erano tramutati in amici e alleati. Una forza, fino a prima sconosciuta, aveva irradiato il suo cuore, attraverso i verdi occhi di una ragazza che lì abitava, e che ora lo guardava con quello stesso sguardo colmo di gioia e coraggio che lo avevano catturato sin dal loro primo incontro.
Si lasciò così stringere da Naya, e la abbracciò a sua volta.

«Padre, ma cosa è successo?» chiese Tysmak, rompendo quel momento di assoluta gioia, riportando tutti i presenti alla realtà. «Dove sono tutti?»
«Perché non c'è nessuno a guardia del villaggio?» continuò per lui Anhau.
Tailock prese un respiro, e il suo sguardo voltò in terra. «Se ne sono andati tutti. Il giorno dopo che siete partiti voi.»
Gli sguardi confusi che lo investirono lo invitarono a proseguire.
«Quando siete scappati con quella donna, quella... Mayka... c'è stato un gran trambusto: l'intero villaggio si è attivato, sentendo gli uomini di Tonikua gridare a un qualche strano avvenimento che stava avendo luogo alle porte del villaggio... Temevamo vi avessero catturato. Ma le nostre paure sono state presto soffocate, quando Tonikua e i suoi uomini sono tornati al villaggio senza voi al seguito. Ha ordinato a tutti di fare ritorno nelle proprie abitazioni, e così abbiamo fatto. Non si è udito null'altro fino al mattino... Poi, quando le luci del mattino hanno illuminato il cielo... Tonikua ha chiamato a raccolta tutti: l'intero villaggio. Ci ha fatti radunare davanti alla Grande Casa... e ha parlato.»
«Ci ha raccontato tutto.» continuò Naya, la voce spezzata dal timore e dal ricordo delle parole udite. «Ha... parlato di cosa era accaduto nella notte: di Mayka, di tre ragazzi fuggiti, tra i quali v'era "il traditore Kitaan", come ha voluto nominarti...» disse, guardando desolata il Lupo «Ma ci ha raccontato cosa gli è stato riferito dalla Figlia dell'Aquila: ci ha detto della caduta di Kurut... e di Mogan. Di questo... wendigo... di questo male, che sta per

abbattersi su di noi… e ci ha detto che non c'è più alcuna speranza di salvarsi da ciò che accadrà.» Si interruppe, per dare sfogo a un pianto di paura che le aveva mozzato la voce sino a quel momento; respirò, avvolta dalle braccia del marito, e cercò di ricomporsi.
«Ha invitato tutti a fuggire.» riprese Tailock, cercando di mantenere il tono il più calmo possibile. «Ci ha detto che il nostro destino apparteneva unicamente a noi, e che lui non si sarebbe più posto come nostro capotribù. Ci ha consigliati di costruire delle barche e fuggire nel Vento Blu lasciandoci alle spalle la Valle, o di scappare oltre le Terre della Notte, il più lontano possibile "da queste lande condannate".»
«Tutti sono andati nel panico: hanno iniziato subito a prepararsi, accumulando quante più scorte possibili… Il giorno dopo, Yokintuh era deserta…» disse tra i sospiri Naya, cercando aria.
«Perché non siete andati con loro?» chiese Niiza, sul punto di piangere a sua volta, poiché perfettamente consapevole della risposta alla sua domanda.
«Niiza, amore… come potevamo farlo? Come potevamo andarcene… abbandonare voi! Non avremmo mai potuto: eravate lontani, ma sapevamo che sareste tornati, prima o poi! E anche se non foste mai tornati, noi vi avremmo aspettato comunque! Fosse anche arrivato Mogan, fosse anche arrivata la fine… l'avremmo accettata senza esitazione… noi viviamo per noi, e non conta nient'altro! Dovevamo aspettarvi, fossimo anche andati incontro alla morte nel farlo! Senza di voi non andiamo da nessuna parte!» disse, scoppiando infine in un pianto colmo sì di

paura, ma anche di gioia, nell'essersi riconciliata infine con i suoi amati figli. Corse tra le braccia di Niiza, e la strinse a sé, condividendo con lei nuove lacrime.
«Ora non c'è più nulla che ci leghi a queste terre.» disse Tailock, guardando i suoi figli. «La mia barca è pronta: possiamo salpare oggi stesso… tutti insieme.»
«Temo che le cose non possano andare così, padre…» rispose Niiza, voltandosi verso il padre. «Forse possiamo sistemare le cose.»
Tailock la guardò con fare stupito e incuriosito.
«Abbiamo trovato ciò che cercavamo.» si intromise Kitaan, catturando su di sé l'attenzione di Tailock e Naya. «Questo bambino…» disse indicando Akii «è ciò che ci serve per sconfiggere il wendigo, e salvare la Valle dalla catastrofe che ci attende.»
Trascorse i successivi minuti raccontando minuziosamente il loro viaggio verso le Tawatii, il loro arrivo al villaggio dei Bisonti, fino all'incontro con Akii e ciò che egli aveva raccontato. Spiegò le visioni del bambino, del potere che egli conservava, di Wakan Tanka e del rituale con la pipa Chanupa, che era ora conservata nella sacca che Niiza portava sulle spalle.
Tailock e Naya rimasero affascinati e stupiti dalle parole del giovane Lupo, e i loro sguardi passarono più volte tra lui e il piccolo Figlio del Bisonte, il quale era tornato tra le braccia di Niiza, accucciatasi al suo fianco per dargli conforto.
«È incredibile…» disse in un sussurro Tailock. «Siete certi che funzionerà?»

«Non c'è altro modo…» convenne Kitaan. «Ogni speranza è riposta ora in questo bambino, e nel suo potere. Se arriverà la fine per tutti noi, l'affronteremo combattendo.»
Gli occhi di Tailock scrutarono con attenzione prima Kitaan, poi i suoi figli, soffermandosi in particolar modo in quelli di Niiza, che ricambiavano mostrando fermezza e fiducia verso il Lupo. Era chiaro che si fidasse ciecamente del giudizio della giovane sacerdotessa: se lei fosse stata sicura, non ci sarebbe stato motivo di dubitare.
«Bene, allora.» disse infine, traendo un lungo sospiro volto a calmare la paura che pulsava col cuore. «Mi auguro che riuscirete nell'impresa. Possiamo fare qualcosa?»
«No…» disse Tysmak. «Ma potete dirci dov'è andato Tonikua. Avremo bisogno di tutto l'aiuto possibile per affrontare Mogan e il suo esercito.»
«Tonikua ha perso il senno, figlio.» fece Naya, preoccupata e disillusa. «Ci ha abbandonato: ha detto che la fine era vicina, e che avrebbe concluso il suo destino prima di incontrare la morte per mano di Mogan. Ha riunito tutti i suoi uomini, ed è partito, lasciandosi il villaggio alle spalle.»
«È chiaro dove si sia diretto, vero?» chiese Anhau a Kitaan, dopo una breve pausa.
«Da Qalentosh… è ovvio. Intende vendicarsi, prima della fine.»
«Di questo passo, deve essere già arrivato ad Haskau…»
«E dobbiamo pregare gli Spiriti Antichi che la battaglia lo abbia visto vincitore, sempre che sia già avvenuta.»
«Allora non ci resta che andare.» fece Niiza, alzandosi in piedi, tenendo stretta la mano di Akii. «Non dobbiamo

perdere altro tempo: se Tonikua è ad Haskau, è lì che andremo.»
«E se fosse stato sconfitto?» domandò spaventato Tailock. «E se il popolo delle Ombre lo avesse sopraffatto? Cosa fareste? Non potete rischiare di farvi catturare.»
«Dubito che Qalentosh possa sopravvivere ad un attacco di Tonikua.» ribatté pensoso Kitaan. «Le Ombre traevano il loro potere dall'alleanza con Kurut, ma una volta ucciso Mundook, Qalentosh si è rintanato con i suoi guerrieri nell'unico posto in cui potesse difendersi in caso di attacco… e ora che anche Kurut è caduto, per lui è finita: non ha più uomini come prima della guerra, e non ha alleati. Tonikua è solo, è vero, ma i suoi uomini sono meglio preparati, e ha il Legame dalla sua. Credo che Tonikua sia sì accecato dalla rabbia, ma non credo voglia condurre i suoi uomini a morte certa… Se c'è un barlume di umanità in lui, li rispetta ancora al punto da condurli in battaglia solo con la consapevolezza di una vittoria certa. Ma noi abbiamo bisogno di lui, di Meeko, e di tutti i guerrieri che possono ancora combattere… e lui deve tornare in sé, per ciò che ci attende.»
«Credi capirà?» chiese Tysmak.
«Deve. Perché altrimenti Keelosh sarà davvero morto invano.»

Uscirono dalla casa, e respirarono la fredda aria che giungeva dalla battigia.
«Bene… è ora di avviarci.» disse sospirando Tysmak, mentre guidava i compagni fuori dall'abitazione, seguiti infine da Naya e Tailock.

Si erano abbeverati e sfamati, riposandosi quel tanto che bastava per iniziare una nuova traversata nelle fredde Terre Selvagge; avevano poi preso provviste per il viaggio, e imbracciato nuovamente le armi, pronti a partire.
«Prendetevi cura di voi…» disse Naya con un filo di voce.
Niiza prese il viso della madre tra le mani, guardandola intensamente. «Non abbiate paura per noi. Ora più che mai, gli Spiriti Antichi ci proteggono. Ma voi ora dovete pensare a voi stessi.»
«Aspetteremo il vostro ritorno, ancora una volta.» rispose Naya. «E se la morte dovesse giungere alle nostre porte, allora l'accoglieremo con serenità, perché sapremo che non avete potuto fermarla, e che ci starete già aspettando nelle Terre Celesti.»
«Esatto, madre. Sempre insieme.»
«Venite qui…» incitò Naya, chiamando a sé i tre figli per stringerli in un caloroso abbraccio, al quale si aggiunse anche Tailock, il quale tratteneva a stento le lacrime.
Kitaan rimase a guardarli, con di fianco Akii, e il suo cuore si riempì di sentimenti contrastanti: la dolcezza di quella famiglia riunita venne soffocata dalla tristezza per la sua, ormai distrutta, che venne a sua volta spezzata dalla speranza, che dovette combattere con la paura di ciò che stava per affrontare, in un turbinio di emozioni al quale riuscì a non cedere con grande fatica.
Fu allora che Niiza lo invitò a unirsi a quel gesto così caloroso, e Kitaan non riuscì a desistere: si lasciò cullare da quella manciata di secondi, che spazzarono ogni sentimento negativo o oscuro, per lasciare spazio, seppur per solo qualche istante, alla sola gioia.

«A presto, madre. A presto, padre.» disse Tysmak, separandosi dai genitori e arretrando, pronto a partire.
«A presto, figli miei.» disse Naya, lasciando che una nuova lacrima solcasse il suo viso. «Abbiate cura di voi. E che gli Spiriti Antichi vi proteggano.»
«Che gli Spiriti Antichi proteggano anche voi. Oggi, e per sempre.» rispose Niiza, che prese nuovamente per mano Akii e si allontanò.
Anhau baciò la madre sulla fronte e strinse in un nuovo abbraccio il padre, per poi seguire il fratello e la sorella sulla strada principale.
«Kitaan…» disse infine Tailock, guardando il Lupo con occhi colmi di speranza. «Prenditi cura di loro. Proteggili, e riportali da me. Ti prego.»
«Lo farò… promesso.» rispose il ragazzo, con nel cuore un grande peso.
Si voltò, lasciandosi alle spalle quelle due persone di straordinaria bontà, e mise un passo dinnanzi all'altro, seguendo i compagni verso una nuova tappa del viaggio. L'ultima, prima della grande battaglia che li attendeva.

XIV

FUOCO E OMBRA

Una goccia di pioggia piombò dal cielo: scivolò sul palco del wapiti, e ne impregnò lo strato vellutato.
Un'altra goccia cadde sulla criniera che avvolgeva il collo dell'animale, aggiungendosi alle precedenti.
L'immensa bestia scosse la testa bramendo infastidito, liberandosi della pioggia di cui era fradicio. L'aria calda emessa dal suo respiro incontrò quella gelida della notte, e una folta condensa gli si parò davanti, per poi scomparire sotto lo scrosciò costante del temporale.
Dietro di lui, un lamento umano venne emesso: esso era sintomo di sofferenza, e soffocato dalla stessa.
Il rumore della pioggia lo coprì fin quasi a renderlo inudibile.
Oltre alla pioggia, altri suoni riempirono l'aria: il rumore di centinaia di voci, che gridavano ripetutamente un'unica parola, all'unisono.
«Morte! Morte! Morte!»
I guerrieri di Yokintuh batterono le lance in terra, ritmicamente, a suggellare ancor più intensamente la potenza del loro coro: davanti ai loro occhi, quattro wapiti, ben distanti tra loro, camminavano in cerchio lentamente.

Al centro, con gli arti annodati a delle funi legate intorno alle immense corna degli animali, una figura incappucciata si dimenava, lamentandosi.
«Morte! Morte! Morte!»
La pioggia batteva violenta sul corpo della figura, e il sacco con il quale la testa era coperta era zuppo d'acqua, il che impediva alla vittima di respirare normalmente.
Una tortura, questa, che si aggiungeva a quella già in atto.
«Morte! Morte! Morte!»
D'un tratto, però, calò il silenzio, e solo un deciso rumore di passi riempì l'aria più di quanto non stesse facendo il temporale.
Gli occhi di tutti i guerrieri di Yokintuh si voltarono verso l'uomo che avanzava nella loro direzione, e la calca si diramò al suo passaggio.
Tonikua, i cui occhi color ghiaccio brillavano nel buio della notte per guidare i suoi wapiti tramite il Legame, erano fissi dinnanzi a sé; dinnanzi all'uomo sotto tortura.
Si fermò, e ordinò silenziosamente ai suoi animali di fermarsi: questi ultimi obbedirono; le corde tese si poggiarono in terra, e il corpo della vittima piombò sul terreno fradicio.
La figura prese nuovamente a lamentarsi, cercando aria e annaspando; neppure aveva la forza di muoversi, ora che le gambe e le braccia erano state strattonate con cotanta forza dai possenti wapiti. Era un animale, legato come una misera preda, e nulla più.
Tonikua lo osservò a lungo, crogiolandosi nella visione del suo prigioniero; poi alzò lo sguardo, poggiando gli occhi al di sopra della calca di guerrieri che gli stava tutt'intorno:

dinnanzi a sé, avvolta nel buio della notte e privata d'ogni fonte di luce, la sagoma di Haskau, o di ciò che ne rimaneva, si intravedeva sulla cima dell'altura che poi si diramava andando a creare i Monti Toska. In basso, sulla collina che ora li ospitava, un centinaio di cadaveri del popolo d'Ombra giacevano in terra, e lingue di fuoco brillavano nella notte, laddove erano stati appiccati degli incendi durante lo scontro per combattere le forze nemiche, e successivamente, per disfarsi dei corpi putrefacenti dei pochi che, tra i guerrieri di Yokintuh, erano periti nello scontro.

Il viaggio da Yokintuh ad Haskau era durato poco più di due giorni, e alla tetra luce del terzo i Wapiti erano giunti ai Totem dei Padri del popolo dell'Aquila; avevano stazionato per prepararsi allo scontro, e una volta giunti ai piedi dei Monti Toska, avevano finalmente incontrato i primi ricognitori Ombra.
Tonikua li aveva torturati, obbligandoli a confermare la posizione di Qalentosh e dei suoi uomini. Egli si era rintanato tra le mura di Haskau, in alto sulle vertiginose alture, ricostruendo le fortificazioni e rendendo il villaggio nuovamente difficile da assediare.
Ma senza il potere delle aquile e di Mayka, Haskau non era completamente inespugnabile: Tonikua aveva attaccato con tutte le sue forze, contrastando la debole resistenza di Qalentosh e dei suoi guerrieri, risalendo il monte in groppa ai suoi possenti wapiti e sfondando le mura mal ridotte del villaggio.

Il capotribù Ombra, che ben presto si era resto conto di non poter contrastare la forza dei nemici, e di non essere in grado di usare a suo favore la posizione strategica del villaggio, aveva battuto in ritirata, e al calare della notte aveva cercato di fuggire con quel che rimaneva del suo esercito, scendendo nuovamente a valle nella speranza di seminare gli avversari nelle Terre Selvagge con l'ausilio della coltre di nebbia che avvolgeva le terre delle Aquile.
Una mossa stupida, e soprattutto vigliacca: sotto le stelle della volta celeste, Tonikua era tornato all'attacco, circondando il suo avversario tramite i suoi wapiti Richiamati dal Legame e costringendolo allo scontro con i suoi uomini, scesi a loro volta da Haskau.
Ne era seguito uno scontro di indescrivibile violenza: i guerrieri di Tonikua non mostrarono pietà agli avversari, e lo stesso Figlio del Wapiti dimenticò ogni onore nel battersi, dando sfogo all'ira che aveva covato così a lungo.
Ogni suo colpo inferto, era in nome di sua moglie Mara, e di suo figlio Keelosh, i cui nomi vennero gridati così a lungo e con cotanta forza quella notte, che pure gli Spiriti Antichi nelle remote Terre Danzanti li avrebbero potuti udire.
Eppure, un solo ordine era stato impartito da Tonikua prima che lo scontro avesse luogo.
«Voglio Qalentosh vivo.» Così si era pronunciato il Figlio del Wapiti.
Fu per questo, che quando il Figlio del Wapiti si trovò dinnanzi al suo acerrimo nemico, lasciò in terra ogni arma e nello spirito il Legame, invitando l'avversario a battersi da uomo a uomo.

Il combattimento vide dapprima i due combattenti scontrarsi con ferocia ma onore, ma quando Qalentosh capì che non avrebbe potuto vincere contro un uomo così possente come Tonikua, si mostrò per il disonorevole patetico che era, e lanciò contro l'avversario delle sacche contenenti la Zillya, la famigerata polvere appartenente al popolo di Mokanzee con la quale Mara era stata drogata e che l'aveva portata alla morte, estraendo poi dei coltelli con i quali avere vantaggio nello scontro.
Ma neppure questo aveva fermato Tonikua dal prendersi la sua vendetta: riuscendo a fuggire dai fumi della Zillya, e disarmando l'avversario, riuscì a metterlo fuori combattimento, e renderlo finalmente suo prigioniero.
Alle prime luci del nuovo giorno, annunciato da una forte pioggia che non aveva più smesso di scrociare, il popolo d'Ombra era stato sconfitto.
Qalentosh era stato portato dagli uomini di Tonikua in uno spiazzo dove potesse essere ben visibile agli occhi di tutti, e sotto ordine del Figlio del Wapiti era stato legato.
Tonikua gli aveva fatto inalare piccole dosi di Zillya, e si era dilettato in macabri spettacoli nei quali picchiava e torturava un Qalentosh privato del senno, ma conscio, davanti ai suoi uomini.
Prima che le tenebre avvolgessero nuovamente il cielo sopra di loro, Tonikua aveva fatto accendere i fuochi per bruciare i corpi dei caduti, e aveva poi ordinato che gli arti di Qalentosh venissero legati alle corna di quattro wapiti.
Era susseguita un'orrenda tortura: i quattro animali avrebbero avanzato in cerchio, talvolta velocemente, talaltra lentamente, ben distanziati tra loro; al centro,

Qalentosh sarebbe stato scosso nelle varie direzioni, e bastarono pochi secondi perché gli arti si frantumassero. Egli era tenuto in vita dalla Zillya, e terribilmente sofferente.
Qalentosh si ritirò a pregare gli Spiriti Antichi, sotto la pioggia scrosciante.
«Mara, moglie mia.» disse. «Ora puoi riposare in pace, nelle Terre Celesti. Giustizia è stata fatta. Presto potrai guardare in faccia l'uomo che ti ha portato via da me, e condannare il suo spirito a un male eterno. Lo condurrò io al tuo cospetto, amore mio.»
La tortura andò avanti a lungo, e a più riprese.
Fino a che Tonikua non obbligò i suoi animali a fermarsi, e i suoi uomini a smettere d'incitare i cori che stavano riempiendo l'aria.

Slegò le corde dai palchi dei wapiti, lasciandoli liberi dal potere del Legame, e si incamminò lentamente verso il suo prigioniero: egli singhiozzava e annaspava in cerca di ossigeno, impossibilitato a muovere le braccia per liberarsi dal sacco che lo opprimeva, giacché queste ultime erano rotte e adagiate confusamente sul terreno bagnato, come anche le gambe.
Tonikua rimase a guardarlo, con gli occhi privi di pietà, e disgustati.
Gli tolse il sacco dalla nuca, e l'uomo inspirò quanta più aria possibile, gemendo per il dolore e la paura.
«Ora capisci, Qalentosh?» fece il Figlio del Wapiti, afferrando il volto emaciato dell'Ombra tra le dita della mano. «Ora capisci cosa si prova? Quello che hai fatto a

mia moglie… alla donna della mia vita… ora stai assaporando il male che si prova a sentire il cuore spezzarsi nel petto.»
Qalentosh continuava a piangere e a singhiozzare, con fare patetico, senza neppure provare a formulare parola alcuna che potesse salvarlo da un destino ormai prossimo.
«Hai portato lei alla pazzia, e alla morte… hai dato il mio popolo in pasto a Mundook, aiutandolo nella sua impresa di conquistare il mio villaggio… e se ci fosse stata lei, la mia Mara… forse ora Keelosh sarebbe ancora vivo. Ma tu mi hai portato via la cosa più importante… mi hai privato della mia sola ragione di vita, condannandomi a un'esistenza priva di ragione, e di speranza. Senza lei, senza Keelosh… io non ho interesse a vivere. Ma qualsiasi cosa accadrà, tu camminerai davanti a me, nella strada per le Terre Celesti. E vi giungerai come dannato… non troverai pace o serenità ad accoglierti, te lo posso assicurare. Ma non ho intenzione di affrettare quel momento… voglio godermi ancora un po' lo spettacolo, nel vederti soffrire come ha sofferto il mio cuore.»
Si allontanò, dando le spalle all'uomo, e si avvicinò a Meeko, il quale reggeva la lancia del suo capotribù.
Lo sguardo del guerriero era truce, e privo d'empatia verso ciò che stava accadendo.
Tonikua lesse chiaramente attraverso i suoi occhi, ch'egli era in disaccordo con le pratiche perpetrate.
Ma poco gli importava: la sua vendetta era l'unica cosa che lo mantenesse vivo.
Afferrò la lancia, e si girò nuovamente verso la sua vittima.
«Tonikua!» si sentì chiamare.

Voltandosi, vide uno dei suoi guerrieri farsi largo attraverso la calca di uomini, e giungere al suo cospetto con il fiato corto.
«Tonikua, perdonami. C'è una cosa che devi vedere.»

I guerrieri fecero largo al loro capotribù e lo seguirono, mentre egli camminò in gran fretta dietro al messaggero, che quasi correva per l'agitazione giù per la collina, illuminato dai soli falò che brillavano nella notte.
La pioggia scrosciava impetuosa, e fu difficile per il Figlio del Wapiti scrutare oltre essa, quando finalmente il guerriero si fermò, indicando le cinque figure che attendevano d'essere ricevute.
Tonikua sentì il cuore pesargli nel petto come un macigno, quando le riconobbe.
Kitaan fu il primo ad andargli incontro, con passo deciso e privo di paura; Tysmak, Anhau, Niiza e Akii attesero, in silenzio.
La pioggia si frappose tra loro, e non vi fu suono alcuno per diversi istanti, durante i quali il giovane Lupo e il Figlio del Wapiti si guardarono intensamente: il primo con occhi colmi di fermezza e sicurezza, il secondo sbalordito e impietrito.
«So che non c'è alcuna gioia nel vedermi al tuo cospetto, Tonikua.» iniziò finalmente Kitaan. «E so anche cosa rischio, a mostrarmi ai tuoi occhi.»
Gli occhi color ghiaccio che lo osservavano, in effetti, erano ora colmi d'odio, e rancore.
«Ma promisi a me stesso che sarei tornato solo se avessi avuto una reale ragione per farlo. Non intendo disonorarti

con parole vane, o offenderti con false speranze. Non ho la presunzione d'essere perdonato da te, per ciò che ho fatto… ma è importante che tu lo sappia. Keelosh-»
«Non… dire… quel nome.» disse con voce tremante di rabbia Tonikua.
«Keelosh non è morto invano.» continuò imperterrito Kitaan. «Ne ho le prove. Proprio qui.»
Fece cenno ai compagni di avvicinarsi, e questi si incamminarono affiancandosi al giovane Lupo con fare sospetto, e le armi ben salde in mano, pronti a combattere e difendere l'amico se Tonikua si fosse mosso con fare minaccioso.
Il Figlio del Wapiti, d'altro canto, non si mosse d'un solo passo: furono solo i suoi occhi a spostarsi verso gli altri presenti.
«Vedi questo bambino? È Akii.» disse il Lupo, e proseguì vedendo lo sguardo attonito del Wapiti riempirsi di stupore, all'udire di tale nome. «Lo abbiamo trovato, Tonikua. È vivo… è stato rapito dagli Sciamani… e conserva in sé il potere per sconfiggere Yanni. Abbiamo la possibilità di fermare tutto questo… possiamo lottare contro il male che sta per abbattersi su queste terre… e vivere. Di nuovo.»
Tonikua stava ora balbettando, senza proferire parola; i suoi occhi saettavano ora da Kitaan ad Akii, e viceversa.
«Possiamo fermare Mogan… Keelosh non è morto invano, Tonikua. Puoi credermi.»
Il Figlio del Wapiti lo guardò per alcuni istanti ancora; poi prese un lungo respiro, cercando di calmare i battiti del suo cuore furioso. «Venite con me… spiegatemi tutto.»

Vennero guidati dal capotribù di Yokintuh dentro un grande tipì, costruito con tendaggi recuperati da Haskau per ripararsi dalla pioggia, e issato poco distante dai Totem dei Padri.
Lì vi entrarono Tonikua e i ragazzi, lasciando che solo Meeko presenziasse a ciò che stava per essere affrontato: egli era, a detta del Figlio del Wapiti, l'unico rimasto dell'alleanza originaria di cui si fidasse ciecamente.
Kitaan passò i successivi minuti a raccontare nel dettaglio ciò che era accaduto loro: dalla scoperta di ciò che Mogan aveva fatto a Tayman e sua moglie, alla disgrazia nella quale era caduta Taeysa, fino alla storia di Akii e del piano ch'egli aveva in mente per fermare Mogan.
Tonikua ascoltò con attenzione, soppesando ogni singola parola, fino a che il giovane Lupo non concluse il suo racconto.

«Quindi… è così che intende affrontare il wendigo?» chiese infine, con tono calmo ma scettico.
«Sì.» rispose con fermezza il Lupo. «Dovremo ferire Mogan con il legno ihupa, e usare la pipa Chanupa per il rituale che condurrà Yanni, e il wendigo, nelle Terre Celesti.»
«Avete pensato che questo non impedirà a Mogan di combattere comunque? Il suo spirito è corrotto da Yanni, è vero, ma egli vuole la nostra morte indipendentemente da ciò che è accaduto con quella bambina.»
«Potremo farlo tornare in sé. O fermarlo, se non volesse desistere. Ma sarà solo un uomo, allora, e dovrà sottomettersi alla nostra forza…»

«Lo conosci meglio di quanto lo conosca io, Kitaan. Sai che ha un cuore duro come le zanne d'un lupo. Vorrà il nostro sangue, che sia il wendigo o che sia un uomo.»
«Io voglio salvarlo, Tonikua: devo farlo… devo provarci. Quando ero piccolo, mio padre mi disse che il potere del Legame, il potere degli Sciamani, non è nulla in confronto al legame che unisce due fratelli. Se le cose dovessero andare per il peggio, e lui dovesse morire nel rituale, accetterò la sua morte, perché lo avrò liberato di un male che nostro padre non avrebbe mai voluto vedere nei suoi occhi. Ma se riuscirò a salvarlo, non dovrai cercare giustizia contro di lui: sarà mio compito proteggerlo e farlo vivere. In memoria di mio padre. Mogan potrà odiarmi, o perdonarmi; potrà rinnegarmi, o desiderare di riaccettarmi come suo fratello… ma è qualcosa che riguarderà solo ed esclusivamente me.»
«Sempre che sopravviva.» disse cinicamente Tonikua.
«Sempre che sopravviva, sì.» rispose in un sussurro Kitaan.
Vi fu un momento di silenzio, nel quale tutti i presenti rimuginarono su quanto detto.
«Sai…» riprese Tonikua, con un tono più simile a quello che Kitaan aveva conosciuto nel loro primo incontro: colmo sì di amarezza, ma anche di dolcezza. «Mio figlio si fidava di te. Ti ammirava. Mi disse persino… che avrebbe voluto visitare Hotomak al tuo fianco, quando la guerra fosse finita. Rimase colpito dalle tue parole, al nostro primo incontro, tanto quanto me. Dal tuo coraggio, dal tuo onore… Non vi conoscevate da tanto, ma vedeva in te un amico. Furono le sue parole a convincermi di seguirti: mi avevi colpito, ed ero già deciso a fare ciò che ti dissi… ma

furono le sue parole a farmi capire che ero nel giusto, che stavo seguendo la retta via… Non credo che tu sia stato la causa della sua morte. Non è stata colpa tua. Viviamo in un mondo corrotto dal male, ed è così raro trovare del bene, che risulta terribilmente semplice dimenticarlo… Ho dimenticato, Kitaan. Mi dispiace. Mi dispiace davvero.»
Tali parole ebbero un impatto così potente, che Kitaan sentì un calore nel cuore che temeva di non poter più provare nei confronti del Figlio del Wapiti. Lasciò che una lacrima solcasse il suo viso, senza timore di nasconderla.
Ed essa bastò a sancire la pace che era tornata tra i due.
«Ebbene, avremo bisogno di tutti gli uomini di cui possiamo disporre.» fece Tonikua. «Meeko… portalo qui.»
Il guerriero corse fuori dal tipì, e scomparve sotto la pioggia; gli occhi curiosi dei ragazzi lo seguirono, per poi spostarsi su Tonikua.
Egli iniziò a raccontare di come era riuscito a riconquistare Haskau, e sconfiggere Qalentosh, e finì giusto in tempo per vedere tornare, in lontananza, Meeko, seguito da alcuni uomini.
«C'è una cosa che anche tu devi sapere, Kitaan: quando ho attaccato Qalentosh e siamo entrati ad Haskau, c'è stato qualcosa che non mi sarei aspettato di trovare in mano alle Ombre… o forse sarebbe più corretto dire *qualcuno*.» Alzò il braccio, invitando i presenti a voltarsi.
«Zio Kayosh!» esplose Kitaan alla vista di Schiena di Lupo. Corse tra le sue braccia e lo strinse con tutta la sua forza.

«Yá'át'ééh abíní, ragazzo mio.» disse debolmente l'uomo, avvolgendo a sua volta le braccia intorno a quelle del giovane.
Kitaan si allontanò dallo zio quel tanto che bastava per poterlo guardare più attentamente: egli era tumefatto e scavato in volto; la sua possanza era venuta meno, ed egli pareva invecchiato di molte lune.
«Cosa… come…» chiese balbettando il ragazzo.
«Quando… siete andati via… sono partito in cerca di vostra madre. Sono stato catturato dagli uomini di Qalentosh appena due giorni dopo essere partito da Yokintuh. Non oso ripercorrere con la mia mente ciò che mi hanno fatto… ringrazio solo gli Spiriti Antichi di avermi mantenuto vivo. Anche se in più momenti ho pregato che mi prendessero tra loro… Qalentosh mi ha detto cosa era successo ad Akima… che l'avevano tenuta prigioniera, e consegnata a Kurut in persona. Il resto della storia me lo ha raccontato Tonikua. Povera anima… prego continuamente per lei…»
Kitaan raccontò la vera versione di ciò che era accaduto, e tanto Tonikua quanto Kayosh rimasero sconvolti dalle parole del giovane Lupo; il secondo, in particolare, fu così vittima delle emozioni e del dolore che quasi svenne, dovendosi sedere in terra.
Scoppiò in lacrime, ma si ricompose altrettanto velocemente.
Avrebbe pianto più tardi, giacché fin troppe lacrime erano state versate per il male che stava incombendo sulla Valle da ormai troppo tempo.

Kitaan spiegò a Kayosh il piano di Akii, e raccontò in breve quello che era accaduto e che erano chiamati a compiere; Kayosh non rispose, ma si limitò ad annuire: avrebbe fatto ciò che gli veniva chiesto, ma ora desiderava solo piangere la sorella.

Uscirono tutti dal tipì, e Tonikua chiese ai presenti di seguirlo.
Si incamminarono su per la collina, e giunsero nuovamente dinnanzi a tutti i guerrieri di Yokintuh.
Tonikua si fece largo tra la folla, e si fermò a pochi passi da Qalentosh, che ancora stava disteso in terra senza forze.
Gli occhi di tutti i presenti erano sul Figlio del Wapiti.
«Ho desiderato a lungo la vendetta.» iniziò dopo un lungo silenzio. «Sono stato accecato dalla rabbia, ed essa ha corrotto il mio spirito. Non so cosa vediate in me, ora: capirò se provate disprezzo nei miei confronti, se mi ritenete un mostro. Non so se ho portato la vergogna sulla mia famiglia, e spero che i miei padri non stiano guardando a me con ribrezzo. Ancor di più, spero con tutto il mio cuore che mia moglie e mio figlio mi amino, anche dopo tutto il male che ho fatto. Ma la mia stirpe si conclude con me: non avrete altri Figli a guidarvi, se mai dovessimo tornare a Yokintuh sani e salvi. La guerra che ci attende porterà una nuova era per la Valle, e io sono pronto a lasciare *a voi* il potere di decidere cosa ne sarà del nostro villaggio, se dovessimo riuscire a tornare indietro. Sono pronto a ricongiungermi con i miei padri, con il mio amore e mio figlio. Ma non lo farò da mostro…»

Prese la sua lancia, e con essa si avvicinò a Qalentosh. Egli cercò invano di scappare, ma senza gli arti funzionanti fu impossibile per lui muoversi d'un solo centimetro. Egli era conscio di cosa stesse per succedere, e la Zillya con il quale era stato drogato non era sufficiente a cancellare la paura dal suo spirito.
Tonikua gli camminò intorno, poi si posizionò dinnanzi il suo busto.
«Che tu possa trovare la pace, nelle Terre Celesti.»
Sollevò la lancia e colpì con freddezza.
Qalentosh rantolò per un solo istante, poi la vita lo abbandonò, e il suo volto dipinto cadde di lato; gli occhi spenti fissarono il vuoto, e così rimasero.
Tonikua estrasse la lancia dal petto dell'ultima Ombra, e tornò a guardare il suo popolo, e i suoi alleati.
«Abbiamo un ultimo compito: proteggere la Valle dal male che sta per abbattersi su di noi. L'era degli uomini giungerà al termine, se non agiamo. Abbiamo la possibilità di rimediare agli errori dei nostri antenati, e mettere fine una volta per tutte ai conflitti che da troppo tempo imperversano tra queste lande. La battaglia che ci attende sarà impetuosa, e non posso promettervi che vedremo un nuovo giorno nascere, quando tutto sarà finito. Ma vi chiedo di credere: in me, nelle mie parole. Perché io stesso, ora, credo: credo che non tutto sia perduto, credo che ci sia il modo di redimerci dai peccati del nostro sangue; credo che valga di nuovo la pena combattere per chi vive, ma credo soprattutto in coloro che mi hanno mostrato la via da seguire, e che per primi non hanno mai smesso di lottare per la pace dei nostri popoli.» disse, voltando lo sguardo su

Kitaan: esso ero uno sguardo di rispetto e orgoglio, e gli occhi del Wapiti brillavano ora d'una luce che da tempo aveva perduto.
Il Lupo ricambiò, sentendosi rinvigorire dalle parole del capotribù di Yokintuh, al pari dei suoi uomini e di tutti coloro che stavano ascoltandolo.
«Siamo l'ultima resistenza.» riprese Tonikua, stringendo la lancia con forza, e gridando con voce tonante. «L'ultima forza in grado di contrapporsi alle tenebre. Fate divampare in voi il fuoco che alimenterà il coraggio nei vostri cuori, perché sarà solo grazie ad esso, che vinceremo!»
L'esercito di Yokintuh esplose in un fragoroso grido di guerra, volto a unificare i cuori di tutti coloro che stavano approntandosi alla battaglia finale contro il male, e il loro inno al coraggio fu così potente che parve che la Valle tutta potesse udirlo.
Kitaan rimase a guardare i coraggiosi guerrieri intorno a sé, fino a quando qualcosa, nel cielo, catturò la sua attenzione: due piccole stelle stavano muovendosi in gran fretta dal cielo.
Il suo cuore già perse un battito per l'emozione, poiché egli conosceva bene l'origine di tale barlume.
«Tonikua! Guarda!»
Le due luci persero quota, e si spensero nel buio della notte quando si trovarono a pochi centimetri dal suolo, nei pressi dei Totem dei Padri in fondo alla collina alle spalle dell'armata Wapiti.
Il silenzio tornò a segnare sovrano: tutti erano in attesa di scoprire l'origine di quelle luci, e Tonikua più di chiunque altro era impaziente di confrontarsi con ciò che

immaginava avrebbe visto comparirgli dinnanzi da lì a poco.
Dalle tenebre, una figura sinuosa comparve attraverso la fitta pioggia: i suoi passi erano lenti, ma decisi; il suo portamento, fiero. Quando ella fu vicina ad un falò che ne illuminò il viso seducente e austero, due occhi color ghiaccio brillarono nella notte.
«Non siete soli.» disse con voce tonante.
Un grido d'aquila echeggiò nel vento, e una sagoma piombò dapprima alle spalle della figura, per poi rialzarsi in volo sopra l'esercito di Tonikua.
Mayka e Anitaka erano tornate.
Il Figlio del Wapiti le corse incontro, seguito a ruota da Kitaan, e dai tre fratelli, da cui Akii non s'era mai distaccato.
In un attimo, l'intera armata di Yokintuh fu alle spalle del suo capotribù, dinnanzi la Figlia dell'Aquila.
«Sei tornata…» disse Tonikua, con la voce spezzata dall'emozione, ma non dall'odio e dal rancore.
Mayka prese un respiro profondo, soppesando con attenzione le proprie parole, e osservando coloro che le erano andati incontro: riuscì a intravedere Kitaan tra la folla, e questo dapprima la impaurì, poi le diede forza.
«Ho desiderato con tutta me stessa lasciarmi alle spalle il male che ho dovuto vivere.» iniziò con voce lenta e tremante, colma di dolore e coraggio insieme. «Ho desiderato con tutta me stessa liberarmi del fardello che pesava nel mio cuore… o in ciò che rimane di esso. Non ho più ragione per cui vivere: ho perso la mia casa, il mio popolo… i miei amici, e le mie sorelle. E sul mio spirito

grava un'orrenda colpa, dal quale non posso liberarmi fuggendo. Non troverò mai pace per ciò che ho fatto, e che ho visto… questo lo so bene. Ma posso ancora fare qualcosa: posso proteggere coloro che meritano ancora di vivere…»

Fu allora che, alle sue spalle, un corteo affiorò dal buio delle tenebre, proveniente dalle Terre Selvagge: centinaia, forse migliaia di torce brillavano nella notte, e Anitaka si librava nel cielo guidandolo verso il luogo ove si trovava la Figlia dell'Aquila.

«… E sono intenzionata a farlo.»

Tutti i presenti rimasero sbalorditi vedendo ciò che gli si stava parando dinnanzi: i popoli di Hotomak e di Haskau, dispersi nelle Terre Selvagge sin dalla battaglia contro Kurut, stavano avanzando uniti, guidati dalla Figlia dell'Aquila; insieme a loro, marciava il popolo di Yokintuh, fuggito dalle Terre di Primavera, e di Taeysa, dispersosi dopo l'attacco dei Lupi.

«Ma come…» domandò balbettando Tonikua, la voce spezzata dall'emozione.

«Ho trovato coloro che riuscirono a fuggire da Haskau durante la battaglia che si era tenuta contro Kurut e le Ombre: si erano rifugiati a sud, nelle foreste, lontani dai villaggi che stavano facendosi guerra, nella speranza di restare celati e protetti. Non potevano immaginare che un male ben peggiore degli Orsi di Machmak stesse risorgendo… Dovevo trovarli, metterli in salvo, e così ho fatto. Ma altri stavano giungendo nella loro direzione: gli abitanti di Taeysa, lontani ormai dalle Terre Danzanti, e diretti a nord. Parlai con loro, e li invitai a unirsi ai superstiti di Hotomak e Haskau. Partimmo insieme, verso settentrione, ma ben presto Anitaka mi riportò la notizia che il tuo popolo, Tonikua, stava disperdendosi verso ovest, nelle Terre Selvagge: volai da loro, e unii tutti coloro che potevo in un unico raggruppamento. Erano tutti disperati, e abbandonati a loro stessi, senza più i loro Figli a vegliare sulla loro sorte. Era mia intenzione scappare insieme a loro al di là dei Monti Toska, attraverso le Terre della Notte… e voglio ancora che sia così: se il male dovesse infine abbattersi su queste lande, e non ci fosse per noi alcuna speranza di fermarlo, loro dovranno salvarsi. Sono tutto ciò che rimane dei nostri antichi popoli. Tutto ciò che rimane di *noi*. Ma io… io non posso fuggire. Non posso scappare da quello che sono, da ciò che ho fatto. Il mio posto non è tra queste persone…» disse, indicando il corteo che stava avvicinandosi sempre più. «Non ho mai smesso di osservarvi: una parte di me mi spingeva ad alzarmi in volo, con il solo intento di guardare ciò che accadeva a coloro a cui tenevo. Ho visto te, Tonikua, liberare la mia terra dai nostri nemici… e ho visto te, Kitaan, tornare dalle Terre Danzanti, con quel bambino al seguito… E ho capito: ho capito che c'è ancora speranza nei vostri cuori, e che siete rimasti per lottare. Non potevo sottrarmi a questa chiamata… Ho portato a termine il mio compito ultimo: proteggere ciò che rimane dei nostri popoli: del mio, che avevo così a lungo abbandonato; del tuo, Kitaan… in onore di tua madre, che non ho potuto proteggere come avrei voluto. Del tuo, Tonikua, di cui ho perso il rispetto, al pari di come ho perso la tua amicizia e la tua fiducia; e di quello di Taeysa che, da quanto mi è

stato detto, è stato colpito da fin troppe disgrazie, e che ora ha perso ogni sua guida. Ora saranno salvi: se non riusciremo a sconfiggere Mogan, fuggiranno tutti oltre i Monti Toska, lontani dalla furia del wendigo; ma se dovessimo farcela... saranno liberi di tornare a vivere, come sempre avrebbe dovuto essere. Io li ho salvati... Ma ora il mio posto è qui, insieme a voi... se mi accetterete di nuovo al vostro fianco.»
Tutti rimasero in silenzio, contemplando le profonde parole dell'Aquila; il corteo giunse alle sue spalle, e Tonikua, Kitaan, Meeko, e tutti coloro che avevano ascoltato le parole della guerriera di Haskau poterono finalmente vedere i volti impauriti, innocenti, stanchi ma speranzosi degli abitanti sopravvissuti dei quattro popoli.
«L'intera Valle, o ciò che ne rimane, è riunita sotto lo stesso cielo, stanotte.» disse Tonikua, incamminandosi lentamente verso la guerriera, e lasciando cadere in terra la lancia. «Tutto grazie a te, Mayka, Figlia dell'Aquila. Hai salvato la mia gente, a cui io stesso ho voltato le spalle, accecato dalla paura e dalla rabbia... e insieme a loro, hai riunito tutti coloro che hanno subìto le terribili conseguenze di questa guerra. Hai uno spirito forte... e devo ringraziarti per ciò che hai fatto. Se vorrai unirti a noi, sarai la benvenuta.» concluse, poggiando le mani sulle spalle della donna, in forma di rispetto e di unione.
Kitaan si avvicinò alla guerriera, seguito dai suoi amici e da Akii, e i loro occhi furono colmi di rispetto e ammirazione. Sopra le loro teste, Anitaka prese a volare.
«Non ci resta che prepararci alla battaglia, allora.» disse il Lupo.

«Cosa hai in mente di fare?» chiese Mayka.
«Ti sembrerà strano, ma dovrai fidarti di me: Tonikua...» disse, voltandosi verso il Figlio del Wapiti. «Ordina ai tuoi uomini di preparare delle nuove armi. Che le costruiscano con il legno dei Totem dei Padri. Mayka, mi auguro che perdonerai questo affronto verso i tuoi antenati, ma ti prego di credermi, se ti dico che non c'è altro modo. Se vogliamo combattere il wendigo, ciò che ci serve è il potere degli Spiriti Antichi. E che i tuoi uomini facciano il più in fretta possibile, Tonikua: dobbiamo partire per Hotomak, e dobbiamo farlo entro l'alba.»

XV

LA TERRA DEL LUPO

La luce del sole oltre le grige nubi andava disperdendosi a ovest, lasciando sempre più alle tenebre, che sarebbero giunte di lì a poco, il compito di avvolgere la volta celeste. Due aquile danzavano tra i cieli, destreggiandosi tra le gelide correnti che soffiavano attraverso i ghiacciai dei Monti Matseny.
I loro occhi, che potevano vedere ben al di là di quanto non potesse fare qualsiasi altro essere vivente in tutta la Valle, scrutarono con attenzione le vette innevate e le cime vertiginose.
D'un tratto, Anitaka richiamò l'attenzione di Mayka: aveva scrutato qualcosa.
Là, sul versante della montagna, tra le gole innevate e gli irti passi ghiacciati a strapiombo, un'immensa macchia si muoveva, diretta verso il valico che conduceva ai piedi del monte, e verso Hotomak.
Mayka poté vederlo chiaramente, grazie alla vista dell'aquila: Mogan guidava l'armata.

Un tuffo al cuore la riportò a Machmak: allo scontro con il Figlio del Lupo, alla lama che aveva penetrato la sua carne, e che, ciò nonostante, non lo aveva scalfito; alle grida delle sue sorelle… alla sua fuga, mentre le lasciava morire.
Titubò per un istante a causa della paura che permeava il suo cuore, ma ben presto si riprese. Fece cenno ad Anitaka di seguirla, e insieme saettarono verso ovest, tagliando l'aria e volando il più velocemente possibile in direzione delle Terre Selvagge.

Un sottile strato di neve aveva coperto il terreno, e il freddo vento proveniente dalla catena montuosa a nord, misto alla pioggia, ormai lontana, l'avevano in parte ghiacciato.
Il fiume Ka'tooh scorreva lento, e l'acqua gelida che giungeva dalle vette dei monti serpeggiava verso sud ovest, lasciandosi alle spalle i bianchi prati e le rigogliose foreste che si ergevano ai piedi dei Monti Matseny.
«Siamo arrivati.» disse Kitaan ai compagni che gli stavano accanto, a capo dell'esercito Wapiti.
I suoi occhi si posarono sul paesaggio innevato, e una sensazione di malinconia gli avvolse il cuore: davanti a sé, i Totem dei Padri si stagliavano alti sull'orizzonte, lungo tutto il perimetro che delineava i confini della terra nel quale era cresciuto… la *sua* terra; sua, e dei suoi antenati.
Di fronte ai suoi occhi, il Totem di Kaleth, il Primo Lupo, si innalzava sopra tutti gli altri, e la testa dell'animale guida del popolo che lo rappresentava, intagliata nel legno ihupa, osservava le Terre Selvagge, a protezione del suo territorio.

Kitaan rimase a guardarlo a lungo, ed ebbe come la sensazione che gli occhi del suo antenato stessero ricambiando lo sguardo, dalle Terre Celesti.
Egli era divenuto una leggenda, aveva salvato il suo popolo e l'intera Valle… e ora che il mondo dei vivi era nuovamente in pericolo, Kitaan si chiese cosa egli pensasse del suo operato, e dell'impresa che stava per compiere.
Stava facendo la cosa giusta? O stava distruggendo una volta per tutte ciò per il quale il suo antenato si era battuto così strenuamente, e per il quale aveva sacrificato così tanto?
Volle credere che Kaleth fosse orgoglioso del suo discendente, e come lui, anche suo padre Kayr, e tutti i Figli del Lupo il cui sangue scorreva nelle sue stesse vene.
Si voltò verso Kaleth, Meeko, Tonikua e Mayka, posando poi lo sguardo su Tysmak, Anhau, Niiza e Akii; dietro di loro, l'intero esercito di Yokintuh, e i wapiti Richiamati dal loro Figlio, avanzavano nella neve.
«Benvenuti a Hotomak, la "Terra dove lo Spirito Guerriero canta".» disse il giovane Lupo.

Si incamminarono verso le foreste a nord, costeggiando il fiume Ka'tooh e seguendone a ritroso la corrente, combattendo contro le gelide raffiche di vento che giungevano dai monti.

D'un tratto, Meeko alzò lo sguardo, colpito da qualcosa che attirò la sua attenzione.
«Guardate!» disse, «Stanno tornando!»

Dal cielo, due aquile piombarono dinnanzi a loro; Mayka si tramutò nella sua forma umana, e Anitaka continuò il suo volo a bassa quota, finendo poi per poggiarsi su di una roccia innevata poco distante.
«Li ho visti.» annunciò la guerriera. «Ho visto Mogan. Lui e la sua armata stanno arrivando.»
«Quanto distanti?» chiese Tonikua.
«Non più di un giorno da qui, temo. E non sembra siano state subìte grosse perdite lungo il cammino: il numero dei suoi uomini, sommato a coloro che tra i guerrieri Bisonti gli sono rimasti fedeli dopo la battaglia di Machmak, è di gran lunga maggiore al nostro.»
«Forse avremmo dovuto ingaggiare i popoli della Valle, invece di lasciare che si nascondessero tra i Monti Toska ad Haskau.» suggerì Anhau.
«No. Non importa quanti uomini abbiamo noi, o quanti ne abbia Mogan: se anche dovessimo prevalere su di loro, non c'è numero che possa competere contro il wendigo.» rispose decisa Mayka. «Egli non può essere fermato. Gli renderemmo solo più facile distruggere i nostri popoli, se gli scagliassimo contro coloro che sono sopravvissuti.»
«Mayka ha ragione.» disse Kitaan. «È stato un bene non coinvolgerli, e non ho mai avuto dubbi a riguardo, sin da quando abbiamo lasciato le terre di Haskau: se dovessimo fallire nella nostra impresa, i nostri clan potrebbero comunque salvarsi, lontano dalla Valle.»
«Esatto.» continuò la Figlia dell'Aquila. «Ho già detto ad Anitaka che se non sopravvivremo, sarà suo compito volare ad Haskau e guidare le tribù lontane dalla Valle. Se

invece ce la faremo, saremo noi stessi a farli tornare a casa.»
«Come pensate di affrontare Mogan e i suoi uomini?» chiese Tysmak.
«Credo che la cosa migliore da fare sia arrivare a Hotomak prima di loro.» iniziò Meeko, disegnando nella neve il suo piano. La sua esperienza in ambito bellico lo aveva reso capo dei guerrieri Wapiti al comando di Tonikua, e gran sicurezza trapariva dalla sua voce. «Non possiamo combatterli in campo aperto, sarebbe un suicidio: ci circonderebbero, e non avremmo modo neppure di affrontare Mogan. No... invece, credo che se ci rifugiassimo tra le mura di Hotomak, potremmo bloccare l'avanzata dei suoi uomini.»
«Li faremo passare attraverso le porte d'ingresso del villaggio.» si intromise Kayosh, a sua volta comandante di quello che un tempo era il suo esercito. «Dovremo creare delle barricate intorno ad esse: in questo modo, stringeremo lo spazio d'entrata al villaggio, e scaglioneremo l'avanzata degli uomini di Mogan. Affrontandone pochi per volta, il loro numero non conterà nulla.»
«Esatto.» convenne Meeko.
«Siete certi che le mura reggeranno?» chiese Tonikua. «Hotomak è già stata attaccata da Kurut, e non sappiamo in che condizioni sia.»
«Non abbiamo altra scelta.» ribatté Schiena di Lupo. «Dobbiamo solo pregare gli Spiriti Antichi che il villaggio non sia stato completamente raso al suolo, e possa fornirci

la protezione che ci occorre, affinché il rituale di Akii abbia luogo.»
«Esattamente.» fece Kitaan, seguito dagli amici e dal piccolo Bisonte. «Il vostro compito sarà quello di rallentare l'avanzata nemica, cercando di resistere il più possibile; Tonikua, Mayka: oltre a me, voi siete ciò per cui Mogan sta arrivando. Saremo i suoi bersagli principali: lo attireremo lontano dai suoi uomini, e lo affronteremo insieme. Siete gli ultimi Figli rimasti, i soli a poter usare il Legame oltre a Mogan: fate tutto ciò che è necessario a farci guadagnare tempo.»
«In quanto a noi...» continuò Niiza, affiancandosi a Kitaan con Akii al seguito. «Resteremo al centro del villaggio, e prepareremo il terreno per il rituale: Mogan dovrà trovarvisi all'interno, perché funzioni. Lo dovrete attirare da noi, ferirlo con le vostre armi ihupa, e tenerlo all'interno del cerchio fino a che il rituale non sarà concluso.»
La ragazza si voltò verso il piccolo Bisonte. «'Āt'ah, Akii... hoo'i yee'.»
Il bambino la guardò intensamente, con gli stessi occhi colmi di fiducia e paura con il quale un figlio guarda la propria madre, poi infilò le piccole mani nella sacca portata sulle spalle della sacerdotessa, e infine ne estrasse l'oggetto richiesto.
Allungò con attenzione le mani: la pipa Chanupa si presentò a tutti i presenti. Essa era lunga come il braccio di un adulto, sottile nell'intaglio, e all'estremità v'era un fornello a forma di T, dove avrebbe dovuto bruciare il sangue del wendigo.

Niiza e Akii si erano preoccupati di impreziosirla con piume d'aquila, chieste in prestito ad Anitaka, e perle ornamentali: queste ultime raffiguravano il legame tra la terra dei vivi e quella dei morti; le piume, che invece rappresentavano ciò con il quale l'animale aveva da sempre preso il volo, avrebbero aiutato a scacciare più velocemente lo spirito corrotto.
«Quindi è questa… l'arma con il quale distruggeremo il wendigo.» convenne Tonikua, osservando affascinato, e al tempo stesso preoccupato, il sacro cimelio.
«Sì.» confermò Niiza. «Nella pipa Chanupa dimora il potere di Wakan Tanka: con il rituale che effettueremo, lo spirito di Yanni, e quindi il wendigo, si separerà da Mogan, e verrà condotto nelle Terre Celesti. Ma…» continuò, soffermandosi a guardare gli occhi malinconici di Akii prima di proseguire. «È importante che voi sappiate che ci sarà un prezzo, per ciò che faremo.»
Tutti i presenti aggrottarono la fronte, perplessi.
«Akii, come ha spiegato a noi che lo abbiamo trovato, conserva in sé il potere degli Sciamani. Ma esso è un potere troppo grande per un singolo uomo… a maggior ragione, per un bambino. Egli è stato scelto per compiere questa impresa, ma non senza un sacrificio: ogni volta che usa il potere degli Sciamani, esso lo indebolisce. Ne abbiamo avuto la prova noi stessi, seppur minima.»
«Vuoi dire che…» fece Tonikua.
«Sì… è probabile che il rituale lo ucciderà.» confermò la giovane sacerdotessa.
Calò il silenzio, e gli occhi di tutti i presenti conversero sul bambino, il cui sguardo era fermo, impaurito ma sicuro.

«Egli è pronto a ciò che lo aspetta.» disse Niiza, guardandolo con rammarico. «Ha visto la sua morte per mano di un Lupo… è chiaro che sia Mogan. Ma sa perfettamente che il suo compito vale più della sua vita, e aver perso i propri genitori gli dà speranza… speranza di poterli rivedere nelle Terre Celesti. È pronto a morire per noi. *Questo*, è il prezzo che pagheremo. Ed è per questo che non dobbiamo fallire: lui farà questo per noi… non rendiamo il suo gesto vano.»
Tutti annuirono, osservando con ammirazione quel piccolo bambino dal viso paffuto e stanco, che rappresentava ora non solo l'unica speranza della Valle, ma anche il martire, che avrebbero ricordato per il resto della loro vita.
«Credo sia meglio avviarci, ora.» disse Tonikua, rompendo il silenzio. «Abbiamo ancora un giorno, prima che Mogan ci raggiunga: non dobbiamo perdere un solo istante. Hotomak è ancora lontana: non ci fermeremo finché non l'avremo raggiunta. Meeko, dai ordine ai nostri uomini di muoverci.»

La tratta finale del viaggio fu accompagnata dalle tenebre della notte: il sole calò velocemente a ovest, e l'esercito dovette avanzare nel buio, con le sole fiaccole a illuminare la via.
Seguirono a ritroso il fiume Ka'tooh, si insinuarono nelle foreste innevate ai piedi della catena montuosa, combattendo contro la neve che impediva loro di avanzare velocemente, e vennero inghiottiti dal fitto bosco.

Durante il tragitto fu Kayosh a guidare l'armata, poiché egli conosceva meglio di chiunque altro i sentieri e gli anfratti che caratterizzavano la Terra del Lupo.

Lungo la via, i suoi occhi si posarono su di un ammasso coperto dalla neve; incuriosito, distolse lo strato bianco, e il cuore prese a battere più forte, per un istante.
Si voltò verso i compagni. «Questi sono i corpi di coloro che sono morti mentre fuggivamo da Hotomak.» disse, con voce spezzata.
Kitaan gli fu accanto in un istante, accucciandosi in terra per osservare da vicino il cadavere, ormai decomposto e congelato. Le memorie di quella notte esplosero nella sua mente, rimandandolo a quei momenti di terrore: il suo popolo che fuggiva, guidato dalla Grande Saggia e da Akima, i guerrieri di Kurut che li inseguivano… Hotomak in fiamme, alle loro spalle… i lupi Richiamati da Kayr, che li avevano salvati sotto ordine dello stesso Figlio del Lupo, nel suo ultimo desiderio prima di cadere per mano del nemico.
«Siamo vicini.» disse rialzandosi, e soffocando il dolore nelle parti più recondite dell'animo. «Muoviamoci.»

XVI

L'ULTIMO TRAMONTO

Anitaka volò tra le cime degli alberi innevati, e lasciandosi trasportare dal vento planò sopra Hotomak, raggiungendo l'esercito che vi si era accampato.
Il villaggio del Lupo era divenuto l'ombra di ciò che fu un tempo: le mura costruite con massicci tronchi di legno erano rimaste intatte dalla battaglia contro Kurut, poiché il clan dell'Orso era penetrato attraverso l'ingresso principale dopo aver sfondato la resistenza di Kayr e dei suoi uomini, senza però abbattere la cinta che attorniava il villaggio.
I tipì e le abitazioni più vicini ad esse erano stati dati alle fiamme, in quella notte oscura, e ora non rimaneva altro che cumuli di legna bruciata, ormai annerita e coperta di neve.
Più internamente, laddove le fiamme non erano arrivate, i wigwam e le case, in parte distrutte, in parte solo saccheggiate ma ancora integre, si mostravano come silenti ricordi d'un'era drammaticamente giunta al termine, e si

estendevano per tutta la grandezza del villaggio per diverse miglia.
Fu chiaro agli occhi di Kitaan, di Kayosh e di tutti coloro che li seguivano, che Kurut non ebbe alcun interesse a radere al suolo Hotomak, la notte in cui attaccò, ma che il suo unico intento era stato quello di catturare Kayr, e costringerlo a parlare.
«Devono essersi stabiliti qui per un po'.» suggerì Kayosh guardandosi intorno, al loro arrivo, alle prime grige luci dell'alba nascosta dalle tetre nubi. «Per questo non hanno dato alle fiamme l'intero villaggio: Kurut deve essersi insidiato qui con i suoi uomini, per essere pronto a marciare contro di noi, ad Haskau. Un insulto per i nostri padri, vedere dalle Terre Danzanti il discendente del nostro acerrimo nemico dormire nei nostri letti, e scaldarsi con il nostro fuoco.»
Il vento, gelido e tagliente, soffiava burrascoso da nord, e l'intero villaggio era interamente ricoperto dalla neve, che diveniva più fitta nel bosco intorno ad esso, rendendo difficoltoso avanzarvisi: questa fu, a detta di Schiena di Lupo, una cosa positiva, che poteva aiutarli ulteriormente contro l'avanzata di Mogan.
Durante il resto del giorno, gli uomini di Tonikua avevano issato nuovamente le porte principali del villaggio, fortificandole. Erano state poi erette delle barricate, costruite con l'ausilio di ciò che rimaneva delle abitazioni distrutte intorno alle mura, poiché non v'era tempo di abbattere nuovi alberi; ma tanto bastava, dato che queste servivano solo come incanalamento per l'esercito nemico verso i guerrieri Wapiti.

L'intero villaggio, nelle ore successive, calò nel più assoluto silenzio: era tempo di riposare, di meditare, e di pregare gli Spiriti Antichi.
Tutti coloro che volevano farlo si ritrovarono nella Casa degli Antichi, che era stata risparmiata dalla furia degli Orsi, e che era rimasta perfettamente intatta.
Davanti al fuoco, fu Niiza a guidare le preghiere di tutti i presenti verso gli Spiriti Antichi, con i rituali che le erano stati insegnati, e dei quali era, ormai, l'ultima conoscitrice.
E un ultimo canto venne intonato, e si disperse nei venti intorno a Hotomak, mentre attraverso le grige nubi l'ultimo tramonto lasciava lentamente il posto alle tenebre.

Kitaan camminò lungo le strade tra le quali era cresciuto, e i suoi occhi si posarono tra quelle tende e quelle abitazioni che un tempo avevano ospitato il suo popolo.
I suoi pensieri lo diressero tra i wigwam nella zona periferica del villaggio, all'ingresso di una casa dentro cui erano conservati drammatici ricordi.
Vi entrò: la porta cigolò raschiando contro il duro pavimento, e la luce del grigio crepuscolo illuminò appena ciò che rimaneva di quel luogo abbandonato e tetro.
Dinnanzi ai suoi occhi, i corpi di due bambini, ormai decomposti e congelati, giacevano in terra, in penombra; sulla parete dietro di loro, la scritta "*Potere*" era divenuta un tutt'uno con il legno.
Kitaan ricordò quella notte: i festeggiamenti per celebrare la Prima Luna e l'anniversario della fine della Guerra degli Antichi, il popolo in festa… Poi Kayosh, che giungeva al cospetto di suo padre Kayr per dargli la notizia di quanto

accaduto; la terribile scoperta di quei corpi… e poi Kurut e i suoi uomini, che giungevano alle porte del villaggio.
Quante cose erano cambiate da allora: una notte che aveva sancito l'inizio di un conflitto spaventoso, che aveva portato via così tanto, a così tanti… E sotto quello stesso cielo, ora, tutto sarebbe finito. In un modo, o nell'altro.

Kitaan si diresse verso le mura di Hotomak, dove Tonikua e i suoi uomini erano impegnati a fortificare ulteriormente l'ingresso del villaggio, intenzionati a rendere ancor più ardua l'avanzata nemica.
Il giovane Lupo si affiancò al Figlio del Wapiti, i cui occhi erano puntati sulla foresta innevata oltre la cinta di legno.
«È tutto pronto?» chiese.
«Sì. Tutto ciò che potevamo fare, lo abbiamo fatto: l'ingresso al villaggio rimarrà aperto, ma non appena Mogan arriverà, Kayosh e Meeko daranno l'allarme. Le mura sono ancora resistenti, e non potranno essere abbattute: l'unico modo per raggiungerci, sarà dall'ingresso principale.»
«Proprio come fece Kurut quando ci attaccò...» constatò Kitaan, rimuginando il passato.
«Ma le nostre barricate li incanaleranno.» continuò Tonikua, indicando le costruzioni che erano state issate tra ciò che rimaneva delle porte del villaggio, e la strada battuta dinnanzi le mura. «Sarà più difficile per loro avanzare. I miei uomini potranno colpirli lateralmente, e i wapiti che Richiamerò, insieme alle aquile di Mayka, faranno piombare il caos, rendendo ancor più difficoltoso per loro combatterci.»

«Non sono gli uomini a preoccuparmi...» disse pensoso il giovane Lupo.
«Lo so. Ma non appena vedremo Mogan, faremo in modo di portarlo verso di noi. I miei uomini saranno guidati da Meeko: non dubito che riusciranno a sopraffare i Lupi e i Bisonti al seguito di tuo fratello. Noi ci occuperemo di lui... e con il volere degli Spiriti Antichi, riusciremo nella nostra impresa.»
«Bene... confido in te e nelle tue capacità, Tonikua. Grazie di ciò che stai facendo.»
Fece per andarsene, ma il Figlio del Wapiti gli poggiò la mano sulla spalla, fermandolo.
«Aspetta, Kitaan...»
Il ragazzo si voltò, e poté vedere negli occhi color ghiaccio del capotribù un barlume di tristezza, che stava concretizzandosi in lucide lacrime, a stento trattenute.
«Volevo dirti... che mi dispiace per ciò che ho fatto.» continuò il Wapiti, dopo un lungo respiro. «Da che ti ho conosciuto, hai sempre dimostrato grande onore: verso la tua famiglia, verso i tuoi antenati, verso il tuo popolo, e verso coloro che volevi proteggere... che fossero tuoi amici, o estranei. Hai cercato di proteggere *me*: la mia famiglia, il mio popolo... e non hai esitato un solo istante, quando hai potuto scegliere se fuggire o restare al nostro fianco, a combattere per la nostra libertà. Hai affrontato tanto, come tutti noi. E hai *perso* tanto... ho dimenticato questo: non conoscevi Keelosh da molto, ma hai perso un amico, proprio come io ho perso un figlio. E prego ogni istante gli Spiriti Antichi perché lui e mia moglie possano perdonarmi per ciò che ho fatto... Lotterò con tutto me

stesso, Kitaan, perché il male che sta per travolgerci venga spazzato via… ma ora non temo la morte. L'ho desiderata a lungo, da quando Mara e Keelosh mi sono stati strappati via, e il mio unico pensiero era di portare con me tutti coloro che erano stati responsabili della loro caduta… ma non mi ero accorto che *io stesso* non li meritavo più, perché stavo macchiando il mio spirito di quella stessa crudeltà che rimproveravo ai miei nemici. Ora sto cercando la pace, e prima della fine, ho bisogno di guardarti negli occhi, e chiederti perdono… E solo se vorrai concedermelo, potrò tornare dalla mia famiglia, consapevole di essermi redento di tutti i miei peccati, e di aver ripulito il mio spirito dagli errori che ho commesso in questa vita. Perdonami, Kitaan.»

Il giovane Lupo fu colpito dalle profonde parole del Figlio del Wapiti, e poté leggere in esse il sincero pentimento che affliggeva il suo cuore.

«Questa guerra ha devastato tutti noi, Tonikua. Siamo tutti colpevoli per qualcosa, e portiamo sulle nostre spalle il peso degli errori nostri, e dei nostri padri. Ma non c'è colpa, nelle azioni che abbiamo dovuto compiere: esse sono la conseguenza di un male ben più antico, di cui tutti siamo stati equamente vittime. Da Kurut, che non è stato altro che un fantoccio nelle mani dello spirito del suo antenato, fino a Mogan, la cui sete di vendetta per la morte di nostro padre lo ha condotto verso un destino orribile. È anche mia la colpa: se non avessi creduto così fermamente nel Viaggio Astrale, forse Yanni non si sarebbe impadronita di lui… Ma, d'altra parte, nessuno di noi poteva immaginare cosa si celasse nell'oscurità di un passato che credevamo essere

dimenticato, e quanto male avrebbe portato all'intera Valle... Forse, persino lei è stata accecata dal rancore e dalla rabbia verso i nostri antenati, che l'hanno abbandonata e sacrificata per un bene solo in parte superiore... Ovunque posi lo sguardo, Tonikua, vedrai uomini e donne sporchi di una qualche colpa... Ma non mi sento di volerti giudicare per ciò che hai fatto, proprio come non intendo giudicare nessuno di coloro che abbiamo incontrato lungo questo viaggio. Quindi, se è il mio perdono che cerchi, per poterti ricongiungere in pace con la tua famiglia, allora lo hai: hai il mio perdono.»
«Grazie, Kitaan, "Fratello Coraggioso."»
«Vivi e combatti con il cuore sereno, Tonikua, Figlio del Wapiti: perché nostro è il compito di redimere la nostra stirpe dagli errori che sono stati perpetrati così a lungo.»
«Che gli Spiriti Antichi ti proteggano.»
«Che gli Spiriti Antichi proteggano te, e tutti noi.»
Il Giovane Lupo guardò Tonikua voltarsi e dirigersi verso Meeko e verso i suoi uomini: in lui v'era ora lo stesso capotribù che aveva conosciuto molte lune addietro, a Yokintuh. Un uomo forte e sicuro, onorevole e buono.
Si incamminò a sua volta, diretto alla Grande Casa, dove sapeva di poter incontrare qualcuno con cui necessitava parlare.

La Grande Casa era avvolta nel buio: l'unica luce che tagliava le tenebre era rappresentata da una fiaccola, tenuta in mano da Kayosh, mentre quest'ultimo fissava il seggio sul quale Kayr era stato seduto sin dal giorno in cui era divenuto capotribù di Hotomak, in successione a suo padre.

Kitaan entrò nella sua vecchia casa, e il profumo di quel luogo entro il quale era nato e cresciuto gli riempì le narici, rimandando la mente a dolci ricordi d'un'era ormai così lontana, e prossima a finire.
Accarezzò gli aratri di sua madre, posò lo sguardo sugli oggetti con i quali lui e Mogan avevano giocato per tutta la loro infanzia, e fissò a lungo le colonne in legno intagliato che rappresentavano le gesta dei suoi padri, nella grande sala verso la quale era diretto.
Kayosh era lì, come immaginava: egli era in silenzio, e meditava.
«Zio...» lo chiamò in poco più che un sussurro Kitaan.
Egli si voltò, come destato da un profondo sonno: i suoi erano occhi colmi di dolore.
«Sapevo di trovarti qui...» continuò il ragazzo, avvicinandosi lentamente.
Respirò l'aria fredda della stanza, una volta affiancatosi al parente, e insieme rimasero per alcuni istanti in silenzio, a osservare il seggio del vecchio capotribù.
«Ricordo come fosse ieri la sera in cui ci trovammo qui tutti insieme per l'ultima volta.» disse infine Kitaan, lasciando che i pensieri si tramutassero in parole. «Non voleva credere che quella donna fosse stata responsabile della morte dei suoi figli... Ora, io stesso credo che fosse stata proprio lei a ucciderli, e a scrivere quella parola sulla parete della sua casa...»
«Proveniva da Mokanzee... era un'Ombra anche lei... Fu lei ad aprire le porte ai nostri nemici.» suggerì Kayosh, con tono freddo e pensoso.

«Eppure, mio padre credette in lei, quando la trovaste nelle Terre Selvagge, dico bene?»
Kayosh annuì, senza mai voltare lo sguardo dal freddo seggio.
«Vedeva il buono in tutti, indistintamente dalla loro storia o dalle loro azioni...» continuò il ragazzo. «Credo che questo sia stato il suo più grande insegnamento. Sai... quando ero piccolo, ero geloso del Legame che Mogan aveva ereditato da nostro padre. Così, una volta, mi prese da parte, e mi disse che il Legame che gli Spiriti Antichi avevano donato alla nostra famiglia era nulla, confrontato con il legame che univa ognuno di noi: non come Figli del Lupo, ma come fratelli e sorelle, come famiglia.»
«Io ho mancato a questo compito, Kitaan.» disse con voce spezzata l'uomo. «Ho mancato alla richiesta di tuo padre di proteggervi. Non sono riuscito a guidare il nostro popolo verso la salvezza, non ho servito tuo fratello come avrei dovuto, e ho abbandonato sua moglie... mia sorella. E ora lei è morta. Perché non sono riuscito a fare ciò che Kayr mi aveva chiesto.»
«Zio... ciò che è accaduto, non è colpa nostra. Hai portato il nostro popolo lontano da Hotomak, quando venimmo attaccati; ci hai condotti attraverso le Terre Selvagge fino ad Haskau, permettendo a tutti noi di trovare speranza laddove c'era solo disperazione. Hai cantato per mio padre, sotto il cielo stellato, perché il suo spirito potesse trovare la pace nelle Terre Celesti. Sei stato accanto a Mogan, cercando di adempiere al tuo compito, e hai condotto i tuoi guerrieri alla battaglia di Yokintuh al fianco del tuo nuovo capotribù, vincendo e salvando migliaia di vite. L'amore

per mia madre ti ha fatto titubare, è vero… ma quanti di noi hanno fatto altrettanto? Io stesso ho abbandonato i miei doveri per fare ciò in cui credevo, e non me ne pento. Volevi cercarla, a causa di una bugia che ti era stata detta. E mi dispiace che tu abbia dovuto scoprire la verità in quel modo.»
«Mi manca molto, Kitaan… mi mancano molto entrambi.»
«Ora hai la possibilità di vendicarli, di combattere in loro nome. Zio, io credo che mio padre e mia madre stiano guardando a noi, ora, dalle Terre Celesti, e credo vogliano vederci lottare per ciò in cui credevano… ciò in cui *mio padre* credeva: c'è del buono, in questa terra, e vale la pena combattere perché i nostri popoli possano trovare la pace di cui il nostro stesso sangue li ha privati.»
Kayosh annuì, comprendendo le parole del nipote. «Sei realmente figlio di tuo padre, ragazzo.»
«Ti ringrazio, zio.»
«Credi davvero che ci sia ancora del buono persino in Mogan?»
«Sì, ne sono convinto. Il suo animo è corrotto da Yanni e dal wendigo, ma è nostro dovere cercare di salvarlo… siamo ancora la sua famiglia.»
Kayosh rimase in silenzio alcuni istanti, ripensando alle parole del nipote. Poi inspirò l'aria, e parlò. «E sia, allora. In nome di tuo padre Kayr, farò il possibile per riportare mio nipote qui da noi. E proteggerò te, ragazzo mio. Gli Spiriti Antichi hanno scelto bene il nome da concederti, "Fratello Coraggioso". Tuo padre e tua madre sono fieri di te, lo so per certo.»
«Grazie tante, zio.»

«Ora… vorrei restare qui ancora un po', se non ti dispiace… Vorrei pregare con loro.» continuò Kayosh, tornando a guardare il seggio di Kayr.
«Certamente. Ci vediamo più tardi.»
Kayosh fece un cenno con la testa, e si inginocchiò: prese a pregare con voce appena accennata gli spiriti di Kayr e di Akima, e degli Spiriti Antichi tutti.
Kitaan si voltò, e silenziosamente si portò fuori dalla Grande Casa, chiudendosi la porta alle sue spalle.
Alzò lo sguardo, e vide Anitaka volare alta nel cielo grigio del crepuscolo; la chiamò a sé con un fischio, ed ella gli planò dinnanzi.
«Anitaka, devo chiederti un favore… portami da Mayka: ho bisogno di parlarle.»

«E così, dietro al volto della capotribù, c'è ancora quella ragazza che siede da sola a riflettere davanti alla luna.» disse Kitaan, pronunciando le stesse parole che gli erano state dette dalla Figlia dell'Aquila molte lune addietro, mentre le si avvicinava, guidato da Anitaka.
La guerriera sedeva sul tetto di un wigwam, lontana dal centro del villaggio, intenta a osservare il cielo farsi sempre più buio.
Mayka si girò a guardare il Lupo che le si stava sedendo accanto, e tornò a guardare l'orizzonte.
«Non ti ho ancora potuto ringraziare davvero per avermi salvato.» riprese Kitaan, cercando lo sguardo di lei.
«Non devi, infatti.» rispose lei, con la voce così velata da sembrare nulla più che un sussurro. «Era mio dovere.»

«Tu credi ancora di dover redimere il tuo spirito per quello che è successo, non è così?»
Mayka non rispose subito: i suoi occhi si riempirono di lacrime che mai vennero versate, e il suo sguardo restò fisso sulle luci del villaggio del Lupo che andavano accendendosi per contrastare il buio che avanzava sempre più.
«Non so cosa ci attenderà, questa notte.» riprese Kitaan. «Ma voglio che tu sappia che non c'è rancore nel mio cuore, per te.»
Mayka abbassò lo sguardo, restando in silenzio, concentrata forse a non lasciarsi andare ad un pianto liberatorio.
«Ho capito sin da subito i motivi che ti hanno spinto a fare ciò che hai fatto nei confronti di mia madre. Dovevi compiere una scelta, e così hai fatto: la guerra non permette mai di fare ciò che è realmente giusto, ma solo ciò che *riteniamo* esserlo… per noi stessi, e per chi ci circonda. Per ciò in cui crediamo.»
«Il mio gesto ha condotto una nuova guerra da noi. Mogan vuole uccidere *me* più di chiunque altro.»
«E se non avessi fatto ciò che hai fatto, non ci sarebbe stata nessuna guerra da combattere, perché saremmo stati già tutti uccisi da Kurut. O ancora, se non avessi salvato me, Akii sarebbe stato solo e impotente, e non ci sarebbe stata alcuna possibilità di sconfiggere Yanni e il wendigo. Coloro che sono sopravvissuti dei nostri popoli sarebbero condannati, se non fosse stato per ciò che hai fatto.»
Tornò il silenzio, tra i due.

«Sento ancora le loro grida, lo sai?» riprese Mayka dopo alcuni lunghi istanti. «Le grida delle mie sorelle. E di tua madre. Riecheggiano nella mia mente continuamente, notte e giorno... Ogni istante, io rivedo i loro volti, risento le loro voci... Questa guerra mi ha portato via tutto, Kitaan. Tutto ciò che contava, mi è stato portato via. Non riesco a non pensare che sia tutta colpa mia. Il mio cuore è più leggero, al pensiero che tu mi abbia perdonata, ma non riesco a perdonare me stessa per aver abbandonato coloro che riponevano in me la loro fiducia e la loro vita...»
«Purtroppo, questo sembra essere il destino che gli Spiriti Antichi hanno creato per tutti noi, Mayka... Tutti abbiamo perso qualcuno a noi caro. È il prezzo che abbiamo dovuto pagare, come conseguenza delle azioni dei nostri padri...»
«Vorrei solo poter avere il loro perdono, Kitaan... Vorrei poter guardare in faccia ancora una volta tua madre, per dirle che mi dispiace... Vorrei rivedere le mie sorelle, per poterle stringere di nuovo a me ancora una volta...»
«Sono certo che loro sanno perché hai fatto ciò che hai fatto, Mayka... e sono convinto che i loro cuori stiano soffrendo solo nel vederti in questo stato. Credevano in te, e come allora, anche adesso. Devi combattere per loro, per fare sì che il loro sacrificio non sia stato vano.»
Mayka rimase a riflettere a lungo, osservando Anitaka librarsi nel cielo, ma senza rispondere.
Kitaan rispettò tale silenzio, e decise di non voler insistere ulteriormente, lasciando la guerriera ai suoi pensieri. «Bene, sarà meglio che vada...» disse, alzandosi.

«Aspetta.» fece Mayka afferrandolo dolcemente per il polso e guardandolo finalmente negli occhi. «Grazie, giovane Lupo.»
Egli annuì, sorridendole e chinando il capo in forma di rispetto; poi si allontanò, scendendo dal wigwam e tornando a camminare tra le vie del villaggio, lasciandosi alle spalle la Figlia dell'Aquila, immersa nei suoi pensieri.

Le fiaccole brillavano in tutto Hotomak, combattendo l'oscurità che stava coprendo la volta celeste.
Kitaan giunse dinnanzi alla Casa degli Antichi: un grande cerchio era stato disegnato da Akii e Niiza, e al suo interno v'era raffigurato un occhio circondato da diverse lune.
Akii, al centro del perimetro, pregava, con in mano la pipa Chanupa; Niiza, invece, era intenta a pregare dentro la grande capanna sacra, dinnanzi al fuoco.
Kitaan vi entrò, richiamando l'attenzione della giovane sacerdotessa.
«Posso disturbarti?» chiese.
«Certo. Siediti qui.» rispose lei, poggiando la mano in terra, al suo fianco.
Kitaan si sedette dove indicato, e rimase in silenzio, voltando lo sguardo dapprima sui cimeli e le decorazioni della Grande Casa, poi su Niiza.
«È tutto pronto?» chiese lei.
«Sembrerebbe di sì...»
«Gli uomini hanno paura... sono rimasti a pregare a lungo gli Spiriti Antichi...»
«Non posso non biasimarli... non sappiamo veramente cosa ci attende.»

«E tu? Tu hai paura?» chiese lei.
«Sì… certo. Eppure, sto cercando di aggrapparmi con tutto me stesso alla fede. Anche se è difficile.»
«Quel bambino ha sulle spalle una responsabilità immensa…» constatò Niiza, voltando lo sguardo fuori dalla capanna, in direzione di Akii, intento a pregare. «Posso solo immaginare cosa stia provando… Comprendo la paura che avviluppa i nostri cuori, ho paura io stessa, ma… gli Spiriti Antichi ci osservano… e penso vogliano che terminiamo ciò che loro hanno iniziato… penso ci proteggeranno. E questo mi dà forza.»
Kitaan rimase in silenzio alcuni istanti, contemplando le parole appena udite.
«Tutti sono stati spezzati da questa guerra.» disse infine. «Ho parlato con ognuno di loro: Tonikua, Kayosh, Mayka… tutti hanno perso ciò che li teneva legati a questo mondo, eppure sono qui a lottare per ciò che rimarrà all'alba. *Questo* è ciò che dà forza a me: credo in quello che sarà la Valle, quando tutto sarà finito.»
«Ci sarà tanto da ricostruire.»
«Per questo sono qui.» disse Kitaan; gli occhi di Niiza si fecero più intensi, guardando profondamente quelli del giovane Lupo. «Voglio che tu mi prometta ciò che ci siamo detti: quando tutto sarà finito, inizierà una nuova era per la Valle. I popoli avranno bisogno di una nuova guida, che ricordi loro gli errori compiuti dai nostri padri e da noi, per fare in modo che le cose non si ripetano più. Se nasceranno nuovi Figli, dovranno capire che il loro potere andrà usato per il solo bene di questo mondo, e non più per la sua

disfatta. Ci sarà bisogno di un nuovo Ordine… e vorrei fossi *tu* a crearlo.»
Niiza rimase a guardare il ragazzo a lungo, prima di parlare. «Racconterò la nostra storia, sì, te lo prometto. Ma la Valle avrà bisogno di nuovi capi, che ci conducano verso un'era di pace che perduri nelle generazioni a venire. Avremo bisogno di figure che siano d'esempio. Io ti prometto di guidare i nostri popoli, e di insegnare loro ciò che andrà insegnato… ma tu promettimi, Kitaan, che sarai al mio fianco, per ispirare coloro che ci seguiranno. Creiamo questa nuova era, insieme…»
Nel dire ciò, la sua mano cercò quella di lui, le loro dita si intrecciarono dolcemente, ed egli le si avvicinò.
Le loro labbra si toccarono appena, in un bacio colmo d'innocenza, che durò un tempo per loro infinito.
«Te lo prometto.» disse il giovane Lupo, sorridendo.
Lei sorrise a sua volta, e Kitaan si perse in quegli occhi verdi così colmi di bontà e dolcezza; una bontà che, ora, sapeva sarebbe stata tramandata in un mondo migliore, se la guerra si fosse conclusa con la loro vittoria.
«Sarà meglio riposare, ora.» suggerì il Lupo, alzandosi in piedi.
«Tu dove vai?»
«Devo fare ancora una cosa… ci vediamo più tardi.»
Lentamente, lasciò la mano di lei, e uscì dalla Grande Casa; si voltò un'ultima volta a guardarla, mentre si distendeva vicino al fuoco su di un manto di lupo, a riposare.
In lei v'era tutto il bene per il quale il mondo meritava di vivere.

Fu proprio per tale motivo, che sentì di dover fare un'ultima cosa.
Si avvicinò ad Akii, camminando lentamente sulla fredda neve.
Akii alzò lo sguardo, perplesso, e vide gli occhi severi di Kitaan guardarlo intensamente.
«Capisci ciò che dico?» chiese il Lupo, aiutandosi con i gesti per meglio farsi comprendere dal bambino.
Akii annuì, sempre più dubbioso.
«Bene.» fece Kitaan. «Perché c'è un'ultima cosa che devo chiederti.»

XVII

LA BATTAGLIA DI HOTOMAK

La notte inghiottì Hotomak: il vento gelido proveniente dai Monti Matseny soffiava funesto, alzando folate di neve e ghiaccio; gli alberi intorno al villaggio danzavano al volere della tormenta, e il soffio di quest'ultima riecheggiava tetra nell'oscurità.
Il villaggio era immerso in un cupo silenzio: nessuno osava proferire parola o emettere un qualsiasi suono.
I guerrieri, con le armi costruite con legno ihupa alla mano, attendevano, tremando per il freddo tanto quanto per la paura.
Davanti all'ingresso del villaggio, su di un'altura di fortuna costruita appena dentro le mura, Meeko e Kayosh osservavano l'oscurità dinnanzi a loro, in cerca di un qualsiasi segno, e attenti al minimo suono.
Tonikua, sotto di loro, camminava tra i suoi guerrieri, infondendo loro coraggio con la sua sola presenza e possanza.

A protezione dell'ingresso di Hotomak, l'intero esercito di Yokintuh, e i wapiti Richiamati dal Legame del loro Figlio, attendeva, in posizione d'attacco.
Dietro l'immenso schieramento, Kitaan, Anhau e Tysmak stringevano nervosamente tra le mani le rispettive armi: i due fratelli le lance, il Lupo l'arco, con nella faretra le frecce ihupa, e il tomahawk nella cinta.
Mayka e Anitaka si libravano sopra il villaggio, in attesa di scrutare l'armata nemica tra la tormenta.
Il silenzio perdurò per un tempo infinito, interrotto soltanto dall'inesorabile soffio del vento, la cui forza fece quasi spegnere le fiaccole accese in tutto il villaggio, che rappresentavano l'unica fonte di luce in quella notte così buia e priva di stelle, coperte invece dalle nubi.
Kitaan si trovò a ripensare a Niiza, alle loro ultime parole… e ad Akii.
Silenziosamente, pregò un'ultima volta gli Spiriti Antichi di proteggerlo, e di proteggere coloro che amava.

D'un tratto, il verso delle due aquile ruppe il silenzio: esse planarono verso l'ingresso del villaggio, e Mayka si trasformò nuovamente in umana, camminando verso Tonikua.
«È qui.» disse con voce colma di rabbia e paura insieme la Figlia dell'Aquila.
Kayosh suonò il suo corno, dando l'allarme.
In un baleno, il cuore di tutti coloro che respiravano dentro le mura di Hotomak si fermò per un istante.
Ed il terrore si avviluppò a ognuno di essi, indistintamente.

I guerrieri si misero in posizione, contraendo i muscoli e combattendo il panico che stava congelando loro le ossa al pari del gelo che soffiava funesto.
Gli occhi di Mayka presero a brillare: un immenso stormo di aquile, ch'ella aveva condotto in quelle terre tramite il Richiamo, si sollevò in volo, divenendo una maestosa nube di cacciatrici volanti, guidate da Anitaka.
Lo stesso fece Tonikua, e i suoi wapiti iniziarono ad agitarsi, scavando la neve con le possenti zampe e approntandosi alla carica tenendo basse le corna.
Kitaan sentì il cuore battergli all'impazzata: cercò di calmare il respiro, ma il ricordo del wendigo esplose nuovamente nella sua memoria, costringendolo a tremare.
D'istinto, strinse tra le mani l'asabikeshiinh, ricordando le parole di Niiza riguardanti la protezione che il cimelio infondeva, e sentì la paura venire contrastata da una forza nascente dal ricordo della ragazza.
Egli doveva combattere… per lei.
Respirò nuovamente la gelida aria notturna, strinse saldamente l'impugnatura dell'arco, e trasse la corda, preparandosi a scoccare.

Dalla coltre oscura della notte, un rumore giunse alle mura, e dentro di esse: il ringhiare di centinaia di lupi riecheggiò nel vento, e tante piccole luci azzurre brillarono nel buio.
Una figura si intravide nella tormenta: avanzò lentamente, solitaria, divenendo sempre più visibile agli occhi di coloro che l'osservavano silenti.

Il suo volto, contrito e freddo come il ghiaccio, pareva impassibile; il suo corpo, emaciato eppure fiero e possente, sembrava non temere il gelo che gli soffiava intorno.
Ed i suoi occhi, d'un azzurro intenso, brillavano nel buio, fissi su coloro che si trovavano al riparo dentro le mura.
Mogan si lasciò alle spalle la foresta, fermandosi nello spiazzo di neve che circondava le mura intorno al villaggio.
E così rimase, immobile.
Il silenzio, interrotto solo dal vento, sembrò pervadere l'intero mondo, mentre l'aria si faceva ogni secondo più irrespirabile a causa del terrore che la tormenta trasportava.
Kitaan si arrampicò su di un wigwam, poiché l'esercito che gli si parava davanti gli impediva di vedere l'ingresso del villaggio.
Fu così che lo vide: Mogan era giunto.
Un ricordo pervase la sua mente: la notte della Prima Luna, in quello stesso lembo di terra alle porte di Hotomak, si era trovato fianco a fianco al fratello maggiore a combattere contro Kurut, nell'assedio ch'egli aveva condotto contro i Lupi. Ora, in quello stesso luogo, stava per combattere il più spaventoso invasore che avesse mai camminato sulla Terra del Lupo: il Figlio del Lupo stesso… suo fratello.
Il viso di Mogan si mosse lentamente, e i suoi occhi incontrarono quelli di Kitaan.
Una sensazione di puro terrore pervase nuovamente il giovane Lupo: quello non era più suo fratello, ma il wendigo.
Le luci azzurre si fecero più vicine a Mogan, e un immenso branco di lupi gli fu accanto; dietro di loro, un canto di

guerra venne gridato dai guerrieri del Figlio del Lupo e dai suoi alleati.
Lo stesso canto di guerra che era stato intonato dai guerrieri di Kurut molte lune addietro.
«Uomini!» gridò Tonikua. «Preparatevi alla battaglia!»
I guerrieri di Yokintuh gridarono, sfogando la propria paura e trasformandola in coraggio, che rese più salde le prese sulle armi e più rigidi i muscoli delle gambe e delle braccia. I wapiti Richiamati bramirono, pronti alla carica, e le aquile gridarono nel vento il loro verso.
Erano pronti.
«Che gli Spiriti Antichi ci proteggano…» sussurrò Kitaan.

I lupi Richiamati da Mogan scattarono in avanti, venendo seguiti dai guerrieri, e penetrarono le mura di Hotomak.
Gli animali si scagliarono furiosi contro le prime file di guerrieri, e i wapiti Richiamati da Tonikua scattarono a loro volta contro i predatori.
L'armata di Mogan penetrò le mura, ma trovarono ardua resistenza tra le barricate attraverso le quali dovettero avanzare, con i guerrieri di Yokintuh che li attaccarono lateralmente, rallentando la loro avanzata.
Numerose frecce vennero scoccate da entrambi gli schieramenti mentre gli uomini di Mogan cercavano di avanzare nel villaggio, ma ben presto lo scontro si rece più compatto, obbligando i guerrieri a lasciare i propri archi in favore di armi per lo scontro ravvicinato.
Lo scontro fu violento, e il caos prese a regnare in breve tempo: i lupi Richiamati da Mogan si gettavano con ferocia sugli uomini e sui wapiti, la cui stazza più imponente li

rendeva meno agili; questi ultimi, d'altro canto, avevano dalla loro la possanza e la forza delle loro corna, con le quali colpirono e infilzarono tutti coloro, umani e animali, che gli si frapponevano davanti. Le aquile piombavano dal cielo colpendo con i loro artigli acuminati, guidate da Anitaka, ma molte di loro vennero abbattute dalle frecce dei guerrieri Bisonti e Lupi.
Tonikua e Mayka usavano il Legame per districarsi tra la baraonda, ora in forma animale, ora in forma umana, cercando di abbattere quanti più avversari possibili, nella speranza di creare vantaggio per i propri uomini.
Kitaan, Anhau e Tysmak si gettarono nella mischia, cercando però di restare nelle retrovie, in attesa di ritirarsi verso il centro del villaggio quando fosse giunto il momento propizio.
Kayosh, nel bel mezzo della battaglia, abbatté un guerriero di Taeysa, e voltandosi lo vide: Mogan avanzò finalmente verso le mura, seguito dalla sua immensa armata che pareva non avere fine, e scattando in avanti sollevò il proprio tomahawk, andando a scontrarsi con un gruppo di guerrieri Wapiti che si trovavano sulla sua strada.
Fu impressionante: il Figlio del Lupo, con una forza sovrumana, ruppe le difese degli avversari e affondò la sua lama nelle loro carni, abbattendoli; continuò la sua avanzata senza mai fermarsi, muovendosi con una ferocia sconcertante e sollevando i corpi dei suoi nemici con le sue stesse mani, lanciandoli in terra e uccidendoli senza pietà o spintonandoli con cotanta forza da allontanarli di diversi metri.

Kayosh sentì il cuore fermarglisi nel petto, alla vista di una furia così terrificante.
Mogan affrontò i guerrieri di Yokintuh senza mai interrompere la sua avanzata, ed era chiaro che il suo obiettivo fosse uno soltanto: Kitaan, il quale stava combattendo a sua volta, cercando di destreggiarsi tra il marasma di combattenti e cadaveri, di uomini e animali.
Kayosh suonò nuovamente il suo corno.
Tutti coloro che erano a conoscenza del piano, udirono il suono, e si prepararono: Mayka e Tonikua si trasformarono nella loro forma animale e si ritirarono oltre le retrovie dello scontro, andando a ricongiungersi con Kitaan, Anhau e Tysmak; Kayosh e Meeko continuarono a guidare gli uomini alla battaglia, nella speranza di rallentare il più possibile l'avanzata nemica, che li stava tuttavia costringendo sempre più a indietreggiare verso l'interno del villaggio.
Là, nel caos dello scontro, Mogan vide i capitribù unirsi al fratello e agli amici. Emise un verso di rabbia, lo stesso verso agghiacciante del wendigo: la pelle gli si raggrinzì ulteriormente, le braccia si fecero più sottili e tese, gli occhi si fecero più scavati, i denti divennero aguzzi, e il pallore della carne divenne quasi grigiastro. La bestia aveva preso il sopravvento, liberatasi da ciò che rimaneva della sua forma umana: il Figlio del Lupo, ormai divenuto un essere orripilante e raccapricciante, partì all'inseguimento.

Kitaan corse a perdifiato attraverso i tipì e i wigwam, cercando di districarsi tra le abitazioni per rallentare l'avanzata del nemico.

Si voltò: i lupi Richiamati stavano inseguendo lui e i due fratelli, i quali correvano a più non posso, voltandosi con il solo intento di colpire con le lance gli animali che li stavano puntando.
Dietro di loro, Mayka e Tonikua, in forma animale, cercavano di farsi strada abbattendo quanti più lupi possibili.
Kitaan scoccò una freccia, che penetrò la carne del lupo che gli era più vicino; questo ruzzolò in terra, senza vita, e subito un secondo lupo lo superò con un balzo, continuando la sua corsa, ringhiando feroce e cercando di morderlo.
Ancora dietro, l'armata di Mogan stava prendendo terreno, obbligando i guerrieri di Yokintuh alla ritirata; a farli resistere rimanevano Kayosh e Meeko.
Le urla disperate della battaglia riempirono la testa di Kitaan, che sentiva altresì il cuore battergli così forte nel petto da poter udire i suoi stessi battiti sin dentro i timpani.
Poi sentì un verso: un urlo raggelante, proveniente dalla strada alle sue spalle.
In un attimo, Mogan comparve dalle capanne, correndo più veloce di qualsiasi altro essere: superò i lupi che gli erano alle calcagna, e continuò la sua furiosa corsa, diretto verso il fratello.
Kitaan sentì il fiato mozzarsi e una paura primordiale bruciargli nel petto: scattò di lato, saettando tra le abitazioni abbandonate, cercando di far perdere le sue tracce all'orribile bestia.
Ma il wendigo seguì i suoi passi, e la distanza tra i due si fece sempre minore.

Kitaan si voltò nuovamente: Mogan era a pochi metri da lui, e lo avrebbe raggiunto da lì a pochi istanti.
Tonikua, in forma di wapiti, balzò contro il wendigo, lanciandolo lontano con tanta forza da fargli sfondare un wigwam; corse al fianco di Kitaan, per proteggerlo, ma il wendigo ricomparve dalle macerie dell'abitazione, e scattando furioso e illeso riprese la sua corsa.
Con un balzo, agguantò il Figlio del Wapiti per le possenti corna, e con una forza bruta lo scagliò lontano, facendo ruzzolare l'immenso animale su delle capanne vicine.
Kitaan rimase sconvolto dalla potenza di quell'essere: già una volta ne aveva saggiato la ferocia, ma mai si sarebbe immaginato che potesse essere così tanto impetuoso.
Questa volta incoccò la freccia di legno ihupa, si fermò e si volse verso la bestia: pregò che funzionasse, poiché se così non fosse stato, il wendigo lo avrebbe preso e mutilato.
Scoccò.
La punta della freccia penetrò la carne di Mogan: egli venne scagliato all'indietro, ed emise un grido di dolore.
La freccia, incastonata nella sua spalla, lo aveva ferito.
Aveva funzionato.
Con un secondo grido, Mogan si strappò la freccia di dosso, e riprese a correre verso il fratello.
Una nuova freccia di Kitaan sibilò nel vento, ma questa volta i riflessi del wendigo gli fecero schivare il colpo, e Kitaan dovette balzare di lato per non farsi afferrare dalle lunghe mani del mostro.
Rialzandosi in gran fretta, continuò la sua corsa serpeggiando tra le abitazioni.
Il wendigo continuava a seguirlo, senza sosta.

La freccia ihupa lo aveva ferito, certo, ma era chiaro che questo non potesse fermarlo: una verità di cui Kitaan era ben conscio, ma che al tempo stesso lo spaventava.
Sentì i passi del wendigo sempre più vicini, fino a che un'immensa aquila non gli si frappose davanti, superandolo.
Kitaan si volse nuovamente: Mayka era planata contro Mogan, e tramutatasi in umana rotolò con in mano il tomahawk di legno ihupa verso l'avversario, colpendolo sulla gamba e riprendendo il volo una volta giunta alle sue spalle.
Il wendigo era caduto in terra, la gamba sanguinante, ma si era rialzato e voltato, gridando contro la nuova avversaria.
Di nuovo, Mayka piombò sul nemico, divenendo umana e gridando furiosa: nei suoi occhi v'era il desiderio di vendicare le sue sorelle. Il suo tomahawk colpì il braccio del wendigo, e si trasformò ancora una volta in aquila.
Mogan gridò, guardando la sua nemica volteggiare sopra di lui in attesa del momento migliore per colpire.
Kitaan incoccò una nuova freccia, ora che il wendigo gli era di spalle. Scoccò, e lo colpì sul fianco.
Egli fu tramortito, e la pelle sembrava bruciargli nei punti colpiti dall'ihupa. Si voltò verso Kitaan, e scattò verso di lui.
Mayka planò di nuovo, ma questa volta Mogan era pronto: schivò il colpo della guerriera gettandosi di lato, e scomparendo tra le capanne.
Calò il silenzio.

Kitaan e Mayka si guardarono, per un istante che parve una vita, e saettarono i loro sguardi tutt'intorno a loro, alla ricerca della bestia.
Il wendigo ricomparve, facendo a pezzi un wigwam nel quale si era nascosto e piombando con tutta la sua ferocia sulla Figlia dell'Aquila.
Ella cercò di liberarsi, ma Mogan le afferrò il braccio e lo spezzò.
Il grido disperato della donna echeggiò ben al di sopra del rumore della battaglia che imperversava poco distante.
Kitaan sentì il cuore fermarglisi nel petto. Gridò di rabbia, scattando verso il proprio nemico, la freccia ben stretta tra le mani, poiché non poteva rischiare di scoccarla con l'arco e colpire Mayka, ora ch'ella era in preda al nemico.
Piombò sulla bestia, ficcando la freccia nella schiena coperta dal manto di lupo.
Mogan lasciò la presa dalla guerriera, e disarcionò Kitaan dalle proprie spalle, lanciandolo lontano.
Tonikua ricomparve, ancora in forma di wapiti, e scagliò il wendigo lontano; si tramutò in umano, si mise Mayka sulle spalle, poi si ritramutò in wapiti, e portò la guerriera lontana dallo scontro.
Kitaan si rialzò in gran fretta, sentendo il verso del wendigo vicino, senza però sapere dove si trovasse.
Si accucciò dentro un tipì, nascosto nel buio.
Sentiva il fiato corto, e il cuore battere all'impazzata nel petto.
Con le mani tremanti, incoccò nuovamente una freccia.

Dietro il telo della piccola capanna, un verso disumano e raccapricciante gli giunse alle orecchie, estremamente vicino…
Kitaan trattenne il respiro; il terrore quasi incontrollabile.
La mano del wendigo frantumò la tela della capanna, cercando di afferrare Kitaan alle spalle; il ragazzo si gettò in avanti, voltandosi e scoccando la freccia proprio mentre il mostro fece per piombargli addosso. Questa lo fece rimbalzare all'indietro, dando il tempo a Kitaan di rimettersi in piedi e scivolare fuori dalla capanna, ormai in frantumi.
Riprese a correre, e li vide: Anhau e Tysmak erano poco più avanti di lui, e poco distante Tonikua portava sulla sua groppa Mayka.
Saettò di lato, mettendo più distanza possibile tra lui e Mogan.
Finalmente, vide davanti a sé la Casa degli Antichi, e il cerchio del rituale. Dall'altra parte rispetto a dove si trovava ora, Akii e Niiza erano pronti: il bambino, con in mano la pipa Chanupa, attendeva terrorizzato.
Una nuova forza, alla visione dei suoi amici, lo fece correre più veloce.
Si trovò nello spiazzo innevato, ma Mogan lo raggiunse e gli fu addosso, tramortendolo alle spalle e facendolo ruzzolare in terra.
«Ora!» gridò Kitaan, ancor prima di trovare la forza per rialzarsi.
Tonikua fu il primo a correre incontro a Mogan: lo tramortì in forma di wapiti, spingendolo a terra e bloccandolo con le possenti corna.

Anhau e Tysmak gli furono addosso, infilzandolo con le lance sacre.
Mogan gridò, di dolore e di rabbia: in uno scatto furioso, si voltò, atterrò le corna dell'animale con l'intento di scagliarlo nuovamente lontano; ma questa volta Tonikua tornò umano, facendo perdere la presa all'avversario, e balzando lo colpì a sua volta con la possente ascia ihupa.
Kitaan scoccò la sua freccia, e colpì il fratello alla gamba, costringendolo nuovamente a terra.
Mogan si rialzò: era al centro del cerchio del rituale; tutti i combattenti, Mayka compresa, gli erano intorno.
Scattarono simultaneamente, scagliandosi contro il wendigo.
In una danza di lame e di colpi furiosi, presero a combattere: la forza del wendigo era guidata dall'ira, ed essa prevaleva sui duri colpi degli avversari; d'altro canto, i due Figli usarono il Legame per contrastarlo, e le armi in ihupa lo ferirono più volte, costringendolo ad arretrare e tornare alla carica usando l'impressionante forza fisica.
D'un tratto, però, Mogan afferrò Anhau, gli strappò dalle mani la lancia e lo scagliò lontano dallo scontro; balzò contro Tonikua, che stava caricandolo in forma di wapiti, e schivandolo infilzò l'arma nella carne del Figlio, che ruzzolò in terra tornando umano.
La furia del wendigo prevalse sulla sua lucidità, e in un impeto di rabbia egli si scagliò nuovamente su Tonikua, pronto a colpirlo mortalmente.
Ma una freccia gli trapassò il collo, colpendolo di lato, e questa fece cadere Mogan in terra.

Kitaan, ancora in posa di scoccata, incoccò una seconda freccia, attirando su di sé il wendigo.
Niiza vide la freccia che aveva colpito il collo di Mogan in terra, nella neve sporca di sangue, e capì: era stato un colpo perfetto.
Si gettò a raccoglierla, e la sollevò: era intrisa del sangue del wendigo. Scattò verso Akii, il quale era stato fino a quel momento tenuto ben lontano dalla furia di Mogan, e gli diede la freccia.
Il bambino guardò terrorizzato il wendigo affrontare Kitaan, Tysmak e Mayka, mentre Tonikua cercava di rialzarsi per continuare a combattere nonostante la ferita al fianco, dal quale perdeva sangue.
Era il suo momento: fece colare il sangue della bestia nel fornello della pipa, la riempì fino all'estremità, poi portò il cannello alla bocca, chiuse gli occhi e prese a intonare un canto, tenendo le labbra ben serrate intorno alla Chanupa.
Niiza intonò a sua volta il canto, dando inizio al rituale.
«O Wakan Tanka, hwéé'ìliinn ch'jjidii doo yi'àdooshòonii nààth daha'dààth 'aagaahn!»

"O Wakan Tanka, prendi con te lo spirito malvagio, e donagli la pace accogliendolo tra le tue braccia!"

Il cerchio del rituale dentro il quale i guerrieri e il wendigo stavano lottando prese a brillare sotto la neve sporca di sangue, e irradiò di luce argentea l'oscurità.
Improvvisamente, Mogan prese a contorcersi, in preda a un dolore lancinante. Gridò furioso, e cadde sulle stesse gambe, distorcendosi.

«Il rituale sta funzionando!» gridò Tysmak.
Niiza e Akii continuarono a pregare, e il respiro del bambino penetrò la pipa, andando ad alimentare il rituale: il sangue del wendigo, nel fornello, prese a bollire e a fumare.
Mogan si contorse sempre più: la sua pelle parve pulsare e ribollire come il sangue nella pipa, e gettandosi a terra prese a contorcersi in modo spasmodico.
Tutti rimasero immobilizzati dallo spettacolo raccapricciante che stava avendo luogo.
Ma in un impeto di furia cieca, consapevole della forza del rituale, il wendigo si rialzò, e con quanta più velocità riuscì ad avere, scattò verso Akii.
Kitaan e Tysmak gli furono addosso nel tentativo di fermarlo, ma la belva li gettò lontano.
Con le ultime forze rimaste, balzò contro il bambino.
Quest'ultimo venne investito dalla forza incontrollabile del mostro, ed entrambi ruzzolarono in terra.
Niiza accorse subito incontro ad Akii, aiutandolo a rialzarsi.
«Oh, no… no…» disse, guardando il petto del bambino: era lacerato da un graffio profondo.
Il piccolo si lasciò cadere tra le braccia della sacerdotessa, indebolito e spaventato.
Il wendigo, rotolato lontano, nella neve, non sembrava muoversi.
«Ce l'hai fatta, Akii.. ce l'hai fatta…» disse Niiza accarezzando la testa del piccolo.
Ma fu solo un momento.

Mogan gli piombò nuovamente addosso, strappando il bambino dalle mani della sacerdotessa.
Niiza si rialzò, scattando nel punto in cui i due si erano scontrati la prima volta, in cerca della reliquia.
La vide, e i suoi occhi si sgranarono, terrorizzati: la pipa era spezzata, e il sangue del wendigo era colato sulla fredda neve.
Niiza sentì il cuore fermarglisi nel petto: ogni speranza era perduta. Si voltò, giusto in tempo per vedere Akii venire schiacciato dal possente wendigo.
In un ultimo atto disperato, il piccolo Bisonte gridò con tutta la sua forza, rilasciando il potere degli Sciamani.
Mogan venne sollevato in aria da una forza misteriosa, e venne scagliato lontano, nell'oscurità del villaggio, ben distante da quel luogo.
Tutti accorsero intorno al bambino: Kitaan, Tysmak, Anhau, Tonikua e Mayka raggiunsero Niiza, che già stava prendendo in braccio il piccolo. Egli era debole, e i simboli sulla pelle era divenuti come ustioni sulla sua pelle, giungendo sin quasi al viso.
«Sta morendo...» disse Niiza piangendo. «E la pipa... la Chanupa è distrutta!»
Il grido del wendigo riecheggiò nell'oscurità, in lontananza.
«Andiamo! Dobbiamo andarcene da qui! Subito!» gridò Kitaan. «Tonikua, portaci via da qui! Mayka: tu e Anitaka volate con tutte le vostre aquile contro Mogan... fai piombare su di lui la forza del tuo animale guida! Fidatevi di me!»

Tonikua Richiamò i wapiti dalla battaglia, e li fece arrivare in gran fretta dinnanzi a loro: tutti salirono in groppa ai rispettivi animali.
«Seguitemi!» gridò Kitaan, iniziando a cavalcare e facendosi seguire dai compagni.

Il fiume Ka'tooh scorreva lento, ai confini delle Terre del Lupo. In quella landa, coperta di neve bianca, le prime luci dell'aurora anticipavano la fine della notte, e che un giorno nuovo sarebbe sorto da lì a poco.
Kitaan guidò i suoi compagni fino ai Totem dei Padri, seguiti da ciò che rimaneva dell'esercito di Yokintuh.
Mayka aveva guidato le sue aquile Richiamate contro gli uomini di Mogan, creando il caos e permettendo agli alleati di ritirarsi verso i confini della Terra del Lupo, sotto ordine di Tonikua.
Kitaan scese dal wapiti, e aiutò Niiza a far scendere Akii dal suo.
«Tonikua.» disse il giovane Lupo. «Tu e i tuoi uomini proteggeteci.»
«Uomini!» gridò con tutta la sua forza il Figlio del Wapiti. «Resistete!»
Meeko e Kayosh diedero indicazioni, e ben presto si formò una barriera di guerrieri a protezione della compagnia.
«Cosa vuoi fare?» chiese Niiza a Kitaan, disperata.
«Arrivano!» si sentì gridare dalle prime file.
Mogan, insieme ai suoi guerrieri, marciava verso di loro: come un temporale funesto, l'armata avanzava feroce e inesorabile contro i superstiti.

«Akii… svegliati…» disse Kitaan al bambino, sempre più debole.
«Guerrieri… state pronti!» gridò Kayosh.
Le tue armate si scontrarono nuovamente, e ancora una volta i Figli usarono i rispettivi legami gli uni contro gli altri, dando manforte alle forze umane.
Aquile, lupi e wapiti si scagliarono contro i guerrieri di Yokintuh, di Taeysa e di Hotomak, in uno scontro che vedeva i primi troppo inferiori nel numero e alla mercè degli avversari, che in campo aperto li stavano già accerchiando.
«Akii, svegliati…»
Meeko e Kayosh dovettero ritirarsi ulteriormente, portando la battaglia sempre più vicina ai Totem dei Padri, e Mayka e Tonikua si unirono allo scontro, nella speranza di poter rallentare ulteriormente l'inesorabile avanzata nemica.
«Akii, svegliati!» ripeté Kitaan.
«Kitaan! Cosa vuoi fare?» chiese Niiza, mentre già nuove lacrime di paura solcarono il suo viso.
Il giovane Lupo alzò lo sguardo: dinnanzi ai suoi occhi, come a rallentatore, la battaglia stava infuriando.
Mogan si scagliò contro Mayka, ma nel combattimento Kayosh si gettò contro il nipote in difesa della guerriera, e susseguì uno scontro tra i due: l'abilità in combattimento di Schiena di Lupo, però, non riuscirono a contrastare la forza del wendigo, ormai nuovamente al pieno delle sue forze. In un colpo fatale, Mogan strappò la vita dal corpo di colui che una volta era stato suo zio, lasciandolo cadere in terra senza vita.

Tonikua e Mayka si unirono a combattere il wendigo, ma egli era inarrestabile, e ogni tentativo di ferirlo mortalmente fu vano.
Kitaan sentì un dolore proveniente dall'animo in frantumi pervadergli ogni fibra del suo essere, poiché intorno a lui non v'era che morte e disperazione.
Tanto aveva fatto per impedire che un destino così terribile si abbattesse sulla Valle, sui suoi amici e sui suoi cari; tanto aveva lottato, nella speranza di un fato migliore…
Aveva desiderato a lungo vivere una vita serena, lontana da conflitti, nella quale i suoi occhi si sarebbero potuti posare su di una landa in cui l'uomo non fosse distruttore, ma conservatore… Una vita in cui crescere e invecchiare, circondato da una natura rigogliosa, in perfetta armonia con gli esseri che l'abitavano, senza guerre o battaglie inutili, volte solo a distruggere quanto di buono già esisteva.
Sentì il cuore spezzarglisi, al pensiero che non avrebbe visto nulla di tutto ciò.
Ma sapeva cosa doveva fare.
Guardò Akii, e il bambino lo guardò a sua volta: egli era stanco e debole, ma cosciente.
«Akii… possiamo farcela.» disse il giovane Lupo.
«Che cosa? Fare che cosa?» chiese Niiza, disperata.
«Ciò che è necessario.» rispose Kitaan, mentre una lacrima gli solcava il viso.

XVIII

CIO' CHE E' NECESSARIO

«Sarà meglio riposare, ora.» suggerì il Lupo, alzandosi in piedi.
«Tu dove vai?»
«Devo fare ancora una cosa… ci vediamo più tardi.»
Lentamente, lasciò la mano di lei, e uscì dalla Grande Casa; si voltò un'ultima volta a guardarla, mentre si distendeva vicino al fuoco su di un manto di lupo, a riposare.
In lei v'era tutto il bene per il quale il mondo meritava di vivere.
Fu proprio per tale motivo, per questo che sentì di dover fare un'ultima cosa.
Si avvicinò ad Akii, camminando lentamente sulla fredda neve.
Akii alzò lo sguardo, perplesso, e vide gli occhi severi di Kitaan guardarlo intensamente.
«Capisci ciò che dico?» chiese il Lupo, aiutandosi con i gesti per meglio farsi comprendere dal bambino.
Akii annuì, sempre più dubbioso.

«Bene.» fece Kitaan. «Perché c'è un'ultima cosa che devo chiederti.»
Akii lo scrutò incuriosito, lasciando in terra la pipa Chanupa e restando fisso a guardare il ragazzo.
Kitaan si sedette di fronte a lui: nei suoi occhi v'era la paura e il timore, ma anche la speranza.
«Devo chiederti…» disse Kitaan, muovendo le mani per farsi comprendere al meglio. «Se la pipa Chanupa non dovesse funzionare… o se il rituale non riuscisse… cosa potremmo fare?»
Akii lo guardò intensamente, e aggrottò la fronte: non era stata la difficoltà nel comprendere il Lupo ad averlo turbato, ma la domanda, così chiara anche senza bisogno di parlare la stessa lingua. Erano stati gli occhi di Kitaan, a parlare più di ogni altro gesto, o parola.
«A'ho 'an'eelà begho'kìidii… to'ch Rake'nìha T'se nast'ahìì.» rispose il bambino, disegnano nella neve i Totem dei Padri, e un flusso che ne rappresentava il grande potere. «A'ho d'u Wakan Tanka begho'kìidii… d'a eeghòò bi'iinaa haada, m'a neezna haada.» E così dicendo, disegnò un uomo vivo, e un uomo al di sopra del cielo.
Kitaan capì: raffigurava il potere dei Totem: il collegamento tra il mondo dei vivi e il mondo dei morti, che riposavano nelle Terre Celesti.
«È nei Totem che troveremmo il modo di salvarci?»
«Shaa'nii...» rispose Akii, annuendo titubante, e con negli occhi il rammarico. Poggiò la mano sul petto di Kitaan, fingendo di stringere nel punto in cui batteva il cuore. «Tak'òò t'aah…»

A Kitaan non servì conoscere la lingua degli Antichi, per comprendere il significato di quel gesto: ci sarebbe stato un sacrificio da fare.
«Spiegami.» chiese il giovane Lupo.
Akii, dopo alcuni istanti di silenzio, volti a contemplare gli occhi profondi del ragazzo, incise un nuovo disegno sulla neve, iniziando a spiegare cosa sarebbe dovuto accadere.

XIX
LA DANZA DEL SOLE

«Che cosa? Fare che cosa?» chiese Niiza, disperata.
«Ciò che è necessario.» rispose Kitaan, mentre una lacrima gli solcava il viso. «Il rito Wiwanyag Wacipi.»
Chiamò a sé Anitaka con un fischio, ed essa sopraggiunse al suo cospetto.
Intorno a loro, la battaglia imperversava.
Kitaan si guardò intorno un'ultima volta: sapeva che da quel momento non sarebbe più potuto tornare indietro.
«Anitaka: colpiscimi qui, con gli artigli.» ordinò all'animale, indicandosi il petto.
«Cosa? Cosa stai dicendo?» chiese gridando Niiza, strattonando il ragazzo. «Dobbiamo andarcene da qui!»
«Fidati di me! Anitaka, ti prego!»
L'aquila gridò, contrariata, sbattendo le ali furiosa.
«Anitaka…» la implorò Kitaan. «Non c'è altro modo!»
Gli occhi di Niiza erano colmi di lacrime: ella non capiva cosa stesse accadendo, e il terrore per ciò che stava

succedendo intorno a loro la spaventava ogni secondo di più.
«Anitaka, fallo!» gridò Kitaan, in un misto di rabbia e paura.
L'aquila si sollevò in cielo, sbattendo le possenti ali; alzò le zampe e trafisse il petto di Kitaan con i lunghi artigli.
Il ragazzo gridò di dolore, mentre il sangue già colava dalle ferite.
«Presto!» disse il Lupo, guardando Akii e strattonandolo. «Fa' ciò che devi!»
Il bambino toccò con una mano il Totem dei Padri, sul quale era appoggiato; con l'altra toccò il petto di Kitaan.
«Niiza… ascoltami.» disse Kitaan, tirando a sé la giovane sacerdotessa; i loro volti erano distanti pochi centimetri l'uno dall'altro, ed entrambi disperati; ma negli occhi di Kitaan v'era la speranza. «Tocca il Totem dei Padri con una mano, e con l'altra tocca terra.»
«Io non capisco…»
«Fidati di me… ti prego.»
La ragazza eseguì l'ordine impartitole, e Kitaan fissò Akii, debole e in fin di vita.
«Fallo.» disse con voce tremante.
Il bambino cercò l'aria nei polmoni, e una lacrima corse lungo il suo volto paffuto.
«o Wakan Tanka, unshimala ye oyate wani wachin cha! » disse, in un sussurro.
Kitaan fece lo stesso, poiché aveva imparato il rituale proprio grazie al bambino, che lo aveva istruito prima dello scontro.
«O Wakan Tanka, unshimala ye oyate wani wachin cha! »

"O Grande Spirito, sii misericordioso con me affinché il mio popolo possa vivere!"

Akii gridò di dolore: i simboli sul suo volto presero a bruciare, e a brillare di luce argentea.
Kitaan posò gli occhi sulla battaglia che imperversava intorno a loro: Mogan si era ora voltato verso di lui, e stava avanzando, pronto a ucciderli tutti. Posò poi lo sguardo su Niiza: i suoi occhi verdi, così dolci, erano colmi di lacrime; e, ciò nonostante, furono la cosa più bella sul quale Kitaan poté mai posare lo sguardo. Infine, guardò dietro di lei: là, a est, oltre l'orizzonte, il sole stava sorgendo.
Non un sole coperto dalle nubi, come era stato da troppo tempo a quella parte, bensì un sole limpido, la cui luce tenue brillò finalmente nel cielo, e investì i suoi occhi.
Sentì un potere ancestrale travolgerlo, e il suo spirito venire catapultato in un luogo ultraterreno, lontano da quella battaglia così terribile, lontano da quegli occhi verdi; lontano da quell'alba pronta a sorgere.

XX LA PRIMA ALBA

Kitaan aprì gli occhi: un'intensa luce, proveniente dal cielo azzurro, gli irradiava il viso.
Si alzò in piedi, frastornato, e cercando di respirare a pieni polmoni l'aria che gli colpì delicatamente il volto, si guardò intorno. I suoi occhi si spalancarono, increduli, tanto rimase stupefatto dal panorama che gli si parò davanti: un'immensa prateria lo circondava, estendendosi ben al di là di dove lo sguardo potesse arrivare; fili d'erba bianchi danzavano leggiadri al volere d'una fresca brezza, e all'orizzonte una foresta d'alberi argentei brillava alla luce del sole.
Era un luogo simile alla Valle, ma intriso d'un aurea idilliaca, sin quasi eterea.
Kitaan sentì il cuore battergli con vigore nel petto, e non riuscì a trattenere il tremore che gli accapponò la pelle, vittima inerme dell'emozione che stava pervadendolo: un misto di timore, ma soprattutto di meraviglia.
C'era riuscito: era giunto nelle Terre Danzanti.
Mosse i suoi primi passi, sentendo sotto i piedi il dolce suono dell'erba che si piegava al tatto, lasciandosi

trasportare dalla tiepida brezza che giungeva da luoghi a lui sconosciuti.
Il suo sguardo venne catturato ben presto da delle figure che stavano andandogli incontro, comparse dall'etere; quando queste gli furono più vicine, il suo cuore perse nuovamente un colpo, e il suo respiro venne mozzato.
Un uomo, fiero nel portamento e nello sguardo, conduceva un numeroso gruppo di altre persone: uomini, donne e bambini, d'ogni età. Egli era alto e possente, portava sulla nuca un copricapo di pelle animale, con ornamenti pendenti ai lati, e lunghe piume che giungevano sin dietro le spalle; il petto era scoperto, e tatuato di simboli simili a quelli incisi sulla pelle degli Sciamani, e lunghi calzoni bianchi gli coprivano le gambe.
Dietro di lui, Kitaan riconobbe finalmente i volti di molte delle figure che seguivano l'uomo in testa al gruppo, e l'emozione fu così incontenibile da tramutarsi immediatamente in lacrime.
Kayr, suo padre, camminava fiero tenendo per mano Akima, la cui bellezza era tornata a splendere come un tempo, e che sembrava ancor più accentuata dagli abiti candidi con i quali era vestita; di fianco a lei, Kayosh, e dietro di loro tutti i padri del Figlio del Lupo. Più in là, tra le fila di persone che stavano lentamente andandogli incontro, riconobbe Keelosh e Mara seguiti da coloro che erano morti a Yokintuh, appartenenti alla tribù del Wapiti; Tailock e Ramiis, la Grande Saggia di Hotomak e quella di Yokintuh, che camminavano l'una accanto all'altra, seguite dalle altre Sagge del loro Ordine, che erano

decedute prima di loro. E ancora intorno, gli spiriti di tutti i defunti della Valle, di qualsiasi tribù e generazione.
Erano tutti lì: gli Spiriti Antichi delle Terre Celesti, giunti insieme al suo cospetto.
L'uomo in testa all'immenso gruppo si staccò dagli altri, camminando leggiadro verso Kitaan; il suo era uno sguardo duro, ma sereno: il volto di un grande capo, appartenente a un passato lontano, e in pace.
«Wakan Tanka...» disse il giovane Lupo con la voce spezzata dall'emozione.
L'uomo annuì sorridendo, senza proferire parola.
«Padre... madre...» li salutò Kitaan, contenendo a stento altre lacrime; i due sorrisero a loro volta, toccandosi il petto laddove un tempo aveva battuto il loro cuore.
Kitaan guardò ancora una volta tutti coloro che aveva conosciuto, faticando a credere a ciò che aveva dinnanzi. E a colpirlo ulteriormente, furono i loro visi sereni, che lo guardavano con dolcezza.
«Ho bisogno del vostro aiuto...» disse, voltando nuovamente lo sguardo verso Wakan Tanka, e verso Kayr.
Il Grande Spirito non parlò, ma con il solo sguardo invitò Kitaan a parlare.
Il giovane Lupo inspirò la tiepida brezza che lo circondava; espirò, e solo dopo alcuni lunghi istanti di silenzio, prese a parlare.
«Vengo al vostro cospetto, con una richiesta... Una richiesta nata da una preghiera.» iniziò. «A lungo, vi ho pregato di liberare la Valle dal male che l'affliggeva; a lungo ho sussurrato le mie parole al cielo, rivolte a voi, implorandovi di porre fine al dolore che stava distruggendo

le vite di così tante persone. Siamo stati vittime di un male di cui non eravamo colpevoli, e che ha frantumato la pace che per secoli i nostri popoli hanno cercato di mantenere. Ma non è bastato… Non è bastato, perché il peso di ciò che è accaduto era troppo grande, per essere dimenticato; perché troppo rancore si era radicato nei nostri cuori, per essere curato. Perché troppo è stato il potere concessoci… un potere che non dovrebbe appartenere all'uomo. E così, il vostro errore, è diventata la nostra condanna.»
Lo sguardo di Wakan Tanka divenne colmo di rammarico, all'udire di tali parole; e come il suo, anche il volto di Kayr e di Akima si intristì.
«Ho cercato di fare tutto il possibile, per rimediare…» continuò Kitaan. «Ma nonostante i miei sforzi, tutto sembra ormai perduto. Sono qui per pregarvi di fermare tutto questo, una volta per tutte: come accadde un tempo, così può essere ancora. Come gli Sciamani posero fine alla Guerra degli Antichi, io vi imploro di porre fine alla Guerra dei Figli.»
Kayr si avvicinò a Wakan Tanka, facendosi più vicino al proprio figlio.
«Siamo stanchi: stanchi dei conflitti, stanchi della paura che pervade i nostri cuori. Siamo stanchi di vedere le persone intorno a noi morire, a causa di una guerra che nessuno di noi ha desiderato.»
Altre figure comparvero al fianco del Grande Spirito, e di Kayr: Kaleth, e i suoi discendenti; i primi Figli, i capitribù che combatterono la Guerra degli Antichi. Kitaan poté riconoscere ognuno di loro, senza neppure bisogno di

conoscerne i nomi. Tutti gli furono intorno: i loro visi erano colmi di dolore e di pentimento.
«Vostra è stata la causa del male che sta distruggendo le nostre vite… le vite dei vostri discendenti, e dei vostri popoli.» continuò il ragazzo. «Quindi vi imploro di fare ciò che è più giusto: smettete di guardare a noi come coloro che porranno rimedio ai vostri errori, e agite un'ultima volta, per liberarci dal male che ci affigge… e concedeteci la pace che desideriamo.»
Gli spiriti dei capitribù si guardarono tra loro; Wakan Tanka, invece, non distolse lo sguardo per un solo istante da Kitaan.
«Noi siamo pronti.» disse sospirando il giovane Lupo, richiamando a sé l'attenzione degli Antichi, e cercando il coraggio nelle parole che nascevano dal suo cuore. «Siamo pronti a lasciare questa vita, per riunirci ai nostri cari. Lo siamo tutti...» continuò, guardando Keelosh e Mara, Tailock e Ramiis, le sorelle guerriere di Mayka, e tutti coloro che gli erano intorno.
«È tempo che l'era dei Figli giunga al termine. La Valle, i popoli che la abitano… non hanno bisogno di questo: hanno bisogno di essere liberi. E non potranno mai esserlo, se saremo al loro fianco, portando con noi il rischio di proseguire le guerre che appartengono solo al nostro sangue, e che troppo a lungo li ha coinvolti. Dobbiamo lasciarli liberi di imparare dai nostri errori, senza la possibilità di ripeterli. E voi siete l'unico modo che ci rimane, perché questo avvenga.» concluse Kitaan, con gli occhi lucidi, ma colmi di coraggio.

Wakan Tanka lo guardò a lungo, intensamente: i suoi occhi erano indecifrabili. Ma poi, egli si voltò verso i Figli: verso Kaleth, verso Kayr, verso gli antichi capitribù, e verso tutti gli Spiriti Antichi alle loro spalle.
E tutti, all'unisono, annuirono.
Wakan Tanka allungò le mani verso Kitaan, e quando queste si poggiarono sul petto del ragazzo, una luce intensa brillò, accecandolo.

Kitaan aprì nuovamente gli occhi: era tornato sul campo di battaglia, nella landa innevata dinnanzi i Totem dei Padri.
Si guardò intorno, spiazzato: il tempo sembrava essersi arrestato.
Ogni guerriero era immobile, fermo all'istante in cui Kitaan aveva concluso il rituale, ed era stato condotto nelle Terre Celesti. All'orizzonte, il sole che annunciava l'alba era fisso nel cielo, e la sua luce tenue irradiava la neve e i volti di tutti i combattenti dei due eserciti, completamente immobilizzati nel tempo. Di fronte ai suoi occhi, Niiza lo osservava: il suo volto, disperato e impaurito, era bloccato.
Solo allora, il giovane Lupo guardò a sé stesso: egli era uno spirito etereo, separato dalla sua forma umana, e il suo corpo era rimasto là come lo ricordava.
D'un tratto, una luce argentea esplose nel cielo, sopra la sua testa: come uno squarcio nella volta celeste, un'immensa aurora si librò sopra i Totem dei Padri.
Da essa, migliaia di animali piombarono sulla Terra del Lupo, caricando verso i due eserciti: aquile, lupi, wapiti, bisonti, squali, orsi e puma giunsero come una furiosa onda contro i due schieramenti, investendoli con la loro forza e

gettandosi contro i guerrieri di Hotomak e di Taeysa che avevano lottato per Mogan; i quali, immobilizzati, nulla poterono fare per contrastarli.
Kitaan rimase a guardare, con il fiato mozzato: gli Spiriti Antichi erano giunti sulla Valle.
Lo spirito di Kaleth, in forma di lupo, si gettò con un balzo contro il corpo immobile di Mogan: le possenti fauci avvinghiarono lo spirito di Yanni, e quindi del wendigo, ch'egli custodiva, e lo strappò via dal suo discendente. Lo spirito corrotto della bambina si separò da quello di Mogan: il suo volto, colmo di rabbia, venne serrato tra le fauci del lupo, e si disgregò in una nube argentea, scomparendo per sempre.
Gli altri Spiriti Antichi fecero lo stesso con gli animi di coloro che erano stati corrotto dal male, dal desiderio di sangue, e dalla crudele malvagità istituita da Mogan: gli spiriti di quei combattenti, sporchi del desiderio di vedere la Valle bruciare, vennero colpiti dalla furia degli Spiriti Antichi, e spazzati via. I loro corpi, separati dallo spirito, ripresero a muoversi, e lentamente iniziarono a cadere in terra, senza vita.
Coloro il cui animo era invece puro, e che aveva combattuto per la pace e per la libertà, venne invece risparmiato, e i loro corpi rimasero immobili, fermi nel tempo.
Gli Spiriti Antichi presero forma umana, e il silenzio cadde nuovamente sulla Valle.
Kitaan rimase a guardare, mentre lo spirito di Kayr si avvicinava a Mogan: egli sfiorò il petto del figlio, e lo

spirito di quest'ultimo si separò dal corpo, prendendo a volare a mezz'aria.
Gli occhi di Mogan erano colmi di rammarico, e di dolore: egli era libero dalla corruzione di Yanni, e, conscio di ciò che aveva fatto, versò lacrime eteree di pentimento dinnanzi al padre. Kayr lo abbracciò, e finalmente poterono ricongiungersi.
Mogan posò lo sguardo su Kitaan: erano occhi che domandavano perdono, i suoi.
Il secondogenito annuì, con il cuore colmo di amarezza, e insieme di felicità: aveva liberato suo fratello dal male che lo aveva a lungo devastato. E con esso, aveva portato la pace nell'intera Valle.
Kayr fece cenno a Mogan di seguirlo, e il figlio annuì: insieme, si tramutarono in lupi e corsero nel cielo, laddove l'aurora argentea ancora danzava, come porta tra il mondo dei vivi e quello dei morti. Il corpo del dodicesimo Figlio del Lupo, ormai privato dell'anima, iniziò la sua lenta discesa in terra, fino a toccare la soffice neve bianca sotto i suoi piedi.
Kaleth guardò a Kitaan; gli si avvicinò, e lo invitò a guardare dinnanzi a sé.
Gli spiriti di Mara e di Keelosh giunsero davanti al corpo di Tonikua: insieme, toccarono il petto del capotribù, ed egli aprì gli occhi, come destatosi da un lungo sonno.
Il Figlio del Wapiti, alla vista dei suoi cari, scoppiò in lacrime, senza neppure accorgersi del mondo immobile che lo circondava, ricolmo degli Spiriti Antichi che camminavano tra i vivi.
«Cosa… come è possibile?» chiese tra le lacrime.

Keelosh lo invitò a voltarsi, e Tonikua poté vedere Kitaan guardarli da lontano. Egli comprese, senza neppure bisogno di chiedere: gli bastò guardarsi intorno, per comprendere il gesto che il Lupo aveva compiuto.
Mara gli porse la mano, invitandolo a seguirla.
Tonikua rimase a fissarli per qualche istante, confuso, poi capì. Si voltò ancora una volta verso Kitaan, ed egli gli sorrise.
Il Figlio del Wapiti, per la prima volta dopo tanto tempo, sorrise a sua volta ai suoi cari; con le lacrime che gli solcarono il viso dalla gioia, toccò la mano della propria amata, e del figlio, e lasciò che il suo spirito si separasse dal corpo.
Aveva infine ritrovato la sua famiglia, e con essa la pace.
Li seguì, e insieme volarono in cielo, nelle Terre Celesti.
Mayka venne sfiorata da una mano, e aprì gli occhi, sorpresa: dinnanzi a lei v'era Akima, con al seguito tutte le guerriere di Haskau.
La Figlia dell'Aquila scoppiò a piangere, alla vista della donna e delle sue sorelle. «Mi dispiace!» disse singhiozzando.
Ma Akima, sorridendole, le accarezzò il viso, e Mayka si perse in quegli occhi colmi di dolcezza: non v'era nella moglie di Kayr alcuna rabbia nei suoi confronti, e anzi ora la stava invitando a trovare la pace, circondata dalle sue sorelle.
Mayka sfiorò le mani di Akima, e il suo spirito si separò dal corpo; camminò tra le sue sorelle ritrovate, le quali le sorrisero con amore. La Figlia dell'Aquila si voltò verso Kitaan, ringraziandolo con un cenno della testa, e seguì il

corteo verso le Terre Celesti, abbandonando il mondo dei vivi con la pace finalmente ritrovata.
Tayman e Ramiis giunsero da Akii, il cui spirito si era già levato alto sopra il suo piccolo corpo senza vita.
Il bambino guardò Kitaan, e gli sorrise: erano riusciti nella folle impresa, e ora poteva ricongiungersi con la propria famiglia.
Così, tutti coloro che vollero riunirsi ai propri cari abbandonarono i propri corpi, danzando nel cielo fino alla splendente aurora.
Kaleth guardò Kitaan, ed egli comprese ciò che stava per accadere: doveva andare anche lui.
«Il nostro tempo è giunto al termine.» disse il giovane Lupo, tornando un'ultima volta nel suo corpo umano, e posando lo sguardo su Niiza, ancora immobile e inconsapevole di ciò che stava accadendole intorno.
Kitaan sospirò, e le si avvicinò. «Ma una nuova era, inizia. Sii la guida di cui i nostri popoli hanno bisogno.» sussurrò.
Prese l'asabikeshiinh che aveva legato intorno al collo, e lo donò con delicatezza alla ragazza, lasciandoglielo scivolare sul petto. «Che sia una protezione per te, ora. E che possa condurti a me, nei sogni che farai.»
Detto questo, si avvicinò un'ultima volta a lei, le baciò la fronte, e finalmente separò il suo spirito dal corpo.
Accompagnato da Kaleth, il giovane Kitaan si levò in cielo, guardando sotto di sé per un'ultima volta tutti coloro che aveva conosciuto, e che aveva amato.

Giunse dinnanzi all'aurora, accompagnato dall'antenato; egli l'attraversò, giungendo nelle Terre Celesti, ma quando

Kitaan fu pronto a seguirlo, una figura gli comparve davanti, impedendogli di proseguire.
Wakan Tanka posò gli occhi sul giovane Lupo: in essi v'era rispetto, e ammirazione, e nel sorriso che comparve dal suo volto, Kitaan capì che il grande sacrificio di cui si era reso responsabile era valso la pena, e che il Grande Spirito lo stava ringraziando.
Kitaan sorrise a sua volta, pronto ad attraversare l'aurora.
Ma Wakan Tanka poggiò la sua possente mano sul petto del giovane.
Kitaan lo guardò intensamente, e Wakan Tanka gli sorrise un'altra volta.

Un lampo brillò nel cielo, e l'aurora scomparve.
Niiza riaprì gli occhi.
Il cuore le batteva all'impazzata.
Eppure, un improvviso silenzio permeava l'aria.
Stranita, si voltò: la battaglia era finita.
Intorno a lei, i superstiti dell'esercito di Yokintuh si guardavano intorno, sorpresi a loro volta; sotto i loro piedi, i cadaveri dei loro nemici giacevano senza vita.
Meeko si incamminò tremando, e il suo respiro venne mozzato alla vista dei corpi di Mogan, di Tonikua, e di Mayka, stesi in terra.
Anhau e Tysmak giunsero correndo in cerca della sorella, e i loro volti si tranquillizzarono quando la videro sana e salva; eppure, anch'essi erano sorpresi e increduli.
Poi Niiza guardò davanti a sé: Akii giaceva ai piedi del Totem di Kaleth, privo di vita. Davanti a sé, tuttavia, il corpo di Kitaan era scomparso.

Sentì un peso intorno al collo, e poggiandovi gli occhi vide l'asabikeshiinh.
E allora capì.
Kitaan si era sacrificato per loro. E aveva riportato la pace sulla Valle, una volta per tutte.
Si voltò, poggiando gli occhi prima sui guerrieri sopravvissuti, e sui suoi fratelli e amici, che lentamente le camminarono incontro; poi sul sole, che finalmente prese a brillare nel cielo, libero dalle nubi che l'avevano avvolto così a lungo.
Niiza respirò la fredda aria del mattino e sorrise.
Dinnanzi alla prima alba dopo tanto tempo, la Guerra dei Figli era finalmente giunta al termine.

«Forza, andiamo! Volete perdervi i posti migliori?»
I bambini uscirono dalle loro capanne, correndo a perdifiato lungo le strade che conducevano al centro del villaggio, lasciandosi investire dalla dolce brezza che soffiava da nord.Il sole si sollevò, e prese a splendere oltre le cime dei Monti Matseny, sopra Hotomak.
L'inverno aveva lasciato nuovamente il posto a un clima più mite, i prati erano tornati verdi e rigogliosi; gli alberi danzavano al volere del vento, e il fiume Ka'tooh scorreva vigoroso poco distante.
I bambini raggiunsero i propri genitori e i coetanei, e insieme si avviarono verso la Casa degli Antichi.
Gli abitanti del villaggio presero posto all'interno della grande capanna, sedendosi intorno al fuoco.
Le risate riecheggiarono a lungo, fino a che una voce non richiamò il silenzio.
«Sta arrivando la sciamana!»
Tutti si zittirono di colpo.
La figura incappucciata comparve dinnanzi all'entrata della Casa, e gli abitanti si scostarono per farla passare.

Ella si portò lentamente verso il centro della capanna, sedendosi poi davanti al fuoco; una grande roccia si ergeva alle sue spalle.
La figura si tolse il cappuccio che le copriva il volto: era una donna di veneranda età, con un viso dolce; i suoi occhi verdi brillarono alla luce del fuoco.
Si guardò intorno: gli occhi dell'intero popolo di Hotomak erano su di lei.
«La Prima Alba sorge su Hotomak, la "Terra dove lo Spirito Guerriero canta", oggi. Su di noi, e su tutta la Valle. Anche lei qui per ascoltare. Anche lei qui per ricordare. E nessuna nuvola in cielo: gli Spiriti Antichi ci osservano. Sono tutti qui.» iniziò.
Si guardò il petto, e sorrise: prese l'asabikeshiinh che portava intorno al collo, e lo poggiò in cima alla roccia che aveva alle spalle.
«Oggi celebriamo l'anniversario della Prima Alba: l'inizio della nuova era per la Valle. E per farlo, vi racconterò una storia… una leggenda.» disse, prendendo da terra una pietra bianca.
«Vi racconterò la leggenda dei nostri padri, e dell'era oscura che colpì le nostre terre. Vi racconterò la Guerra degli Antichi, che mutò per sempre il nostro mondo...»
E dicendo questo, passò la pietra bianca sulla roccia, iniziando a disegnare delle strisce.
«Vi racconterò… del preludio di guerra che anticipò il più grande conflitto che la Valle abbia mai visto.»
Il disegno prese sempre più forma.

«Vi racconterò dell'eredità che gli Antichi ci lasciarono, e di come questa divenne una terribile minaccia per la nostra gente...»
Terminò il disegno, mostrandolo a tutti i presenti: esso rappresentava la testa di un lupo.
«E vi racconterò di come uomini e donne coraggiosi ci protessero, donando la loro vita per noi... perché la pace potesse tornare a regnare come mai prima d'ora su queste lande, al sorgere di un'alba che sancì la fine della "Guerra dei Figli". Vi racconterò una leggenda, in modo che non possano mai essere dimenticati...Vi racconterò la leggenda di un uomo, che si sacrificò per tutti noi.»
La sua mente la riportò a quella notte, in quella stessa capanna. Alle sue dita intrecciate a quelle di un giovane ragazzo... un giovane Lupo. Al loro bacio, e ai loro occhi, uniti per sempre nella sua memoria. Ricordò Kitaan.
Alzò ancora una volta la pietra bianca, iniziando a scrivere, sotto il disegno del lupo, delle lettere.

K

K I

K IT

KA IT

KA AIT

KANAIT

«Vi racconterò la storia di Kanait, nella lingua degli Antichi, "Lupo Salvatore".»
Tutti rimasero in silenzio, affascinati dalle parole di Niiza.
«In un tempo remoto, durante i Primi Respiri di queste terre, i nostri padri giunsero nella Valle...» iniziò la sciamana.
E grandi gesta vennero raccontate nella Casa degli Antichi, nel luogo ove per sempre sarebbero stati custoditi i ricordi di un'era ormai giunta al termine.
L'alba brillò in cielo, divenendo un nuovo giorno per la Valle, e per i suoi abitanti, in quel tempo di pace, che sarebbe perdurato per sempre.

Un lupo bianco avanzò nella neve, seguendo lo scrociare dell'acqua fredda che scendeva giù dai ghiacciai e si dirigeva oltre i ripidi pendii del monte.
L'aria soffiava forte, e sollevava cristalli di ghiaccio che andavano librandosi nel cielo, là dove la notte aveva donato il posto all'alba.
Si avvicinò al torrente, e si dissetò.
Quando ebbe finito, rimase a osservare il proprio riflesso nell'acqua limpida: la cicatrice intorno all'occhio gli ricordò ciò per il quale aveva attraversato, anche ora, a distanza di così tanti anni, gli insidiosi Monti Leeskah, solo per poter guardare ancora una volta il panorama di fronte a sé, come era solito fare al giungere della Prima Alba.
Sentì un verso sopra la sua testa: Anitaka sorvolò le vette del monte, danzando in cielo, per poi planare e poggiarsi su di una roccia.
Kitaan la raggiunse, fermandosi sul bordo di uno strapiombo che dava sull'orizzonte davanti a loro.
La Valle venne irradiata dalla luce del sole, al sorgere di un nuovo giorno.
Un giorno di pace.
Un giorno in cui sapeva che i suoi amici vivevano serenamente.
Rimase a guardare la Valle un'ultima volta, lasciando che i raggi del sole brillassero nei suoi occhi.
Guardò Anitaka: l'aquila si alzò in volo, lasciandosi trasportare dal vento, e sbattendo le possenti ali si direzionò verso i monti alle loro spalle, pronta a tornare indietro da dove erano giunti.

Kitaan ululò, e il suo verso venne trasportato dalla brezza, che dal nord sarebbe giunta in tutta la Valle, e in tutti i popoli che ora erano tornati ad abitarla.
Si voltò, seguendo Anitaka.
E insieme ripresero il loro viaggio, nelle terre sconosciute a nord della Valle, consapevoli che essa non aveva più bisogno di loro.
Poiché la Prima Alba brillava nel cielo, e la Valle era in pace.

FINE

INDICE

LA TRILOGIA DI

KANAIT

LIBRO PRIMO
Preludio di guerra

LIBRO SECONDO
L'eredità degli Antichi

LIBRO TERZO
La Prima Alba

Printed by Amazon Italia Logistica S.r.l.
Torrazza Piemonte (TO), Italy